1495

Grâce à un programme d'aide à la traduction du Conseil des Arts, il est enfin devenu possible de faire connaître au Québec les œuvres marquantes d'auteurs canadiens-anglais connues souvent dans tous les pays de langue anglaise, mais ignorées dans les pays de langue française parce qu'elles n'avaient jamais été traduites.

Ce même programme permet aux œuvres marquantes de nos écrivains d'être traduites en anglais.

La Collection des Deux Solitudes a donc pour but de faire connaître, en français, les ouvrages les plus importants de la littérature canadienne-anglaise de ces dernières années.

## LA SÉRIE DES ÉMILIE DE LA NOUVELLE LUNE — 1, 2, 3

La série originale de Lucy Maud Montgomery : EMILY OF NEW MOON, EMILY CLIMBS et EMILY'S QUEST, est reprise en traduction dans la collection des Deux Solitudes, jeunesse

Chez l'éditeur, pour couper court, on dit : ÉMILIE DE LA NOUVELLE LUNE 1, 2, 3. Ce système, nous l'adoptons pour les lecteurs, qui s'y reconnaîtront plus aisément. Plus encore que ANNE OF GREEN GABLES, ÉMILIE DE LA NOUVELLE LUNE ravira, car Émilie, c'est, selon le témoignage de l'auteure elle-même et de ses biographes, Lucy Maud telle qu'elle était, en ce temps-là.

Paule Daveluy

# Émilie
# de la Nouvelle Lune
# 2

# Lucy Maud Montgomery

# Émilie
# de la
# Nouvelle Lune
# 2

traduit de l'anglais par
PAULE DAVELUY

PIERRE TISSEYRE
8925, boulevard Saint-Laurent — Montréal, H2N 1M5

Dépôt légal: 4ᵉ trimestre 1988
Bibliothèque nationale du Canada
Bibliothèque nationale du Québec


L'édition originale en langue anglaise
de cet ouvrage
a été publiée en 1924
par
McClelland and Stewart Limited, Toronto
sous le titre *Emily Climbs*
et réimprimée en 1984 dans la collection
*Canadian Favourites*.
*Copyright* © MacClelland and Stewart


Illustration de la couverture:
Charles Vinh


**Données de catalogage avant publication (Canada)**
Montgomery, L. M. (Lucy Maud), 1874-1942.
Emily Climbs. Français
Émilie de la Nouvelle Lune 2
Traduction de: Emily Climbs.
Pour les jeunes de 10 à 15 ans.
ISBN 2-89051-350-5
I. Titre. II. Titre: Emily Climbs. Français.
PS8526. O57E4414 1988    jC813'.52    C88-096407-3
PS9526. O57E4414 1988
PZ23. M66Em 1988


Copyright © Ottawa, Canada, 1988
Le Cercle du Livre de France Ltée
ISBN-2-89051-350-5

À
«Pastor Felîx»
avec ma gratitude

# Table des matières

# I

# Écrire pour se vider le cœur

Émilie Byrd Starr était seule dans sa chambre, dans la vieille maison de ferme de la Nouvelle Lune, à Blair Water, par un soir orageux de février des années d'avant-guerre. Elle se sentait, à ce moment-là, aussi parfaitement heureuse qu'il est permis à un humain de l'être. Sa tante Élisabeth, consciente du froid nocturne, l'avait autorisée, faveur rarissime, à faire du feu dans sa petite cheminée. Et le feu brillait, clair, inondant de sa lumière mordorée la pièce impeccablement propre, aux meubles anciens et aux fenêtres à larges embrasures dont les carreaux dépolis d'un blanc bleuté se piquaient de couronnes de flocons de neige. Il donnait de la profondeur, du mystère et de la séduction au miroir mural qui reflétait Émilie, recroquevillée sur le canapé devant le feu et qui écrivait, à la lueur de deux longues bougies blanches — seule source de lumière permise à la Nouvelle Lune — dans un nouveau calepin-Jimmy à la couverture noire brillante que son cousin lui avait offert le jour même. Émilie avait été très contente de recevoir ce calepin, car elle avait rempli à ras bords celui que le cousin lui avait donné, l'automne précédent. Depuis plus d'une semaine, empêchée d'écrire à cause d'un cahier inexistant, elle souffrait d'un «manque» grave.

Son journal était devenu l'un des pôles majeurs de sa jeune existence. Il avait pris la relève des lettres qu'elle avait écrites, tout au long de son enfance, à son père, mort trop tôt, lettres dans lesquelles elle se vidait le cœur de ses problèmes et de ses soucis, car, même à l'âge magique de presque quatorze ans, les demoiselles qui vivent sous la tutelle sévère d'une tante Élisabeth Murray ne sont à l'abri ni des problèmes ni des soucis. Il arrivait à Émilie de penser que, sans ce journal, elle éclaterait, faute d'exutoire à ses émotions. Le gros calepin noir était devenu pour elle un ami précieux et le dépositaire de confidences qui brûlent d'être dites, mais dont on n'ose s'ouvrir à personne, tant elles sont incandescentes. Qui plus est, les calepins vierges étaient denrées rares à la Nouvelle Lune. Sans le cousin Jimmy, Émilie n'en eût vraisemblablement jamais possédé un seul. Ce n'est certes pas la tante Élisabeth qui lui en eût procuré. Selon cette dernière, Émilie perdait beaucoup de temps «à écrire des niaiseries». Quant à la tante Laura, elle n'osait s'élever contre sa sœur, mais considérait, elle aussi, qu'Émilie eût pu occuper plus utilement son temps. Un trésor, cette tante Laura, mais un trésor fermé à certaines réalités qui lui resteraient toujours étrangères.

Le cousin Jimmy, lui, ne craignait pas la tante Élisabeth et faisait surgir un calepin neuf comme par magie, chaque fois qu'Émilie allait être à court. Ce jour-là, du reste, il s'était rendu à Shrewsbury, en dépit de l'orage qui menaçait, uniquement pour quérir ce nouveau calepin. Émilie était donc aux anges, car elle écrivait à la lueur ténue de son feu, pendant que, dehors, le vent hurlait dans les grands arbres de la Nouvelle Lune, tourmentant la neige au-dessus du jardin et gémissant dans les branches des Trois Princesses, les peupliers de Lombardie ainsi baptisés par elle à son arrivée à la ferme.

O

«Que j'aime ces tempêtes nocturnes, quand je n'ai pas à m'y colleter! écrivait Émilie. Cousin Jimmy et moi avons passé une soirée splendide à établir les plans du jardin et à choisir nos graines de semence et nos plants dans le catalogue. Là où les bancs de neige font le gros dos derrière la cuisine d'été, nous aurons une plate-bande d'asters roses, et nous donnerons, aux forsythias, un arrière-plan d'amandiers. Rien ne me plaît davantage que de rêver à l'été, en plein cœur d'une tempête. Je ris toute seule, assise ici, bien au chaud près de mon feu, pendant que, dehors, les éléments se déchaînent. Tout ça, je le dois à mon trisaïeul Murray. Le cher homme a bâti cette maison, il y a plus de cent ans, et l'a bâtie solide. Qui sait si, dans cent autres années, quelqu'un que je ne connais pas ne triomphera pas de la sorte d'un impondérable à cause d'un geste que moi, Émilie, j'aurai posé? *Il y a là de quoi m'inspirer.*

«J'ai écrit cette phrase en italiques, sans trop m'en rendre compte. M. Carpenter prétend que j'abuse des italiques. Il dit que l'ère victorienne m'obsède et qu'il faut que j'en sorte. J'ai cherché dans le dictionnaire ce que c'était qu'être *obsédé*. Pas très reluisant. Moins grave, cependant, que d'être *possédé*. M'y revoilà encore avec des mots en italique. Cette fois, cependant, ils s'imposent.

«J'ai lu le dictionnaire pendant une heure entière. Tante Élisabeth a trouvé ça louche et m'a incitée à tricoter plutôt mes bas à côtes, occupation qui, selon elle, m'est plus profitable. Elle est persuadée que c'est malsain de se plonger ainsi dans un dictionnaire, mais ne saurait dire pourquoi. Chose certaine, elle-même ne s'y intéresse pas du tout. Moi, *j'adore* lire le dictionnaire. Oui, ces italiques sont *nécessaires*, monsieur Carpenter. Écrire «j'adore» de la manière ordinaire ne traduit pas du tout mon emballement. Les mots me *fascinent* (je me suis arrêtée à la première syllabe, cette fois); leur musique, la résonance de certains d'entre eux — hanté, mystique, éphémère — provoquent chez moi *le déclic.* Malheur! Il me faut absolument écrire déclic en italique. Ce mot sort du quotidien. Il nomme le phénomène le plus extraordinaire qui me soit jamais arrivé. Quand *le déclic* se déclenche, c'est comme si une porte s'ouvrait soudain dans le mur devant moi, m'offrant une vision *du ciel,* oui, c'est bien cela, *du ciel.* Encore des italiques! Oh! je vois bien pourquoi M. Carpenter me gronde. *Je dois* me défaire de cette habitude.

«À mon sens, les mots de plusieurs syllabes ne sont pas harmonieux: incriminant, obstructionnisme, international, inconstitutionnel... Ils me font penser à ces dahlias géants et à ces chrysanthèmes très laids que le cousin Jimmy m'a montrés à l'exposition de Charlottetown, l'automne dernier. Les gens avaient beau s'exclamer sur leur splendeur, nous ne leur trouvions aucune grâce. Les petits chrysanthèmes jaunes du cousin Jimmy qui éclairent comme des étoiles le nord-ouest de la sapinière sont mille fois plus jolis. Mais je m'éloigne de mon sujet — une autre de mes mauvaises habitudes, au dire de M. Carpenter, qui prétend que *je dois* (les italiques sont de lui) apprendre à me concentrer. Voilà un autre grand mot pas très beau, lui non plus.

«Quand même, je me suis bien amusée avec le dictionnaire, bien plus qu'avec les bas à côtes. Parlant de bas, je rêve d'en posséder une paire — juste une — en soie. Ilse en a trois. Son père lui donne tout ce qu'elle veut, maintenant qu'il a appris à l'aimer. Mais tante Élisabeth dit que c'est *immoral* de porter des bas de soie. Et les robes de soie, alors? Elle en porte bien, elle! Il me faudra des années — peut-être bien la vie entière —avant d'être en mesure de m'acheter une seule robe de soie. Elle ne sera ni noire, ni brune, ni marine — doux Seigneur, non! Foin des couleurs pratiques qu'arborent les Murray de la Nouvelle Lune! Elle sera en soie des Indes, chatoyante sous les lustres comme un ciel crépusculaire entrevu par des carreaux givrés. Elle aura des fronces de guipure pareilles à de petites plumes de neige accrochées aux vitres. Teddy dit qu'il me peindra dans cette robe et qu'il nommera son tableau: La jeune fille de glace, et tante Laura sourit et déclare de cette voix condescendante qui m'enrage:

— Une telle robe ne te serait d'aucune utilité, Émilie.

«Peut-être bien, mais je m'y sentirais à l'aise, comme si elle faisait partie de moi. Comme si elle avait *grandi* avec moi, plutôt que d'avoir été achetée et enfilée. Il me faut *une* robe comme celle-là dans ma vie. Et, dessous, un jupon de soie *et* des bas de soie!

«Ilse a une telle robe: rose vif. Tante Élisabeth dit que le docteur Burnley habille sa fille d'une façon trop ostentatoire, mais le pauvre homme veut compenser pour les années où il ne l'habillait pas du tout... je ne veux pas dire qu'Ilse allait toute nue, mais son père se fichait éperdument de ce qu'elle portait, quand elle était petite. Ce sont des personnes dévouées qui s'occupaient d'elle. Maintenant, elle le mène par le bout du nez. Il la laisse libre d'agir à sa guise. Tante Élisabeth prétend que c'est mauvais pour Ilse, mais moi, je l'envie. C'est mal, je le sais, mais je ne peux pas m'en empêcher. Son père va l'envoyer à l'école secondaire de Shrewsbury, cet automne et, ensuite, elle ira étudier la diction à Montréal. Je l'envie pour ça, bien plus que pour sa robe de soie. J'aimerais aller à Shrewsbury, moi aussi, mais tante Élisabeth ne voudra jamais. Elle est persuadée qu'elle ne peut me faire confiance parce que ma mère s'est enfuie avec un jeune homme, autrefois. Elle n'a pourtant pas à craindre que je suive cet exemple. Je ne me marierai jamais, c'est décidé: je serai *mariée à mon art*.

«Teddy veut aller à Shrewsbury, cet automne, mais sa mère n'est pas d'accord, elle non plus, non qu'elle craigne une fugue, mais elle l'aime si jalousement qu'elle refuse de s'en séparer. Teddy veut être peintre, et M. Carpenter trouve qu'il est doué et qu'on devrait lui laisser sa chance, mais personne n'ose s'en ouvrir à sa mère. Mme Kent n'est pas plus haute que trois pommes — pas plus haute que moi, en fait — elle paraît calme et timide. Pourtant, tout le monde a peur d'elle. Moi, surtout. Elle m'épouvante. Elle ne m'aimait déjà pas beaucoup, du temps où Ilse et moi allions au Trécarré jouer avec Teddy. Maintenant, c'est bien pis: je sens qu'elle me déteste carrément. Parce que Teddy m'aime bien. Elle ne peut supporter que son fils aime quelqu'un ou quelque chose d'autre qu'elle. Elle jalouse même les tableaux qu'il peint. Il n'y a donc guère de possibilité que Teddy aille à Shrewsbury. Perry ira, lui. Il n'a pas un sou vaillant, mais il gagnera l'argent de ses cours en travaillant. C'est d'ailleurs pour ça qu'il a choisi l'école secondaire de Shrewsbury de préférence à l'académie Queen's: il trouvera plus aisément un emploi au premier endroit et la pension y sera moins chère.

— Ma vieille bique de tante Tom a un peu d'argent, m'a-t-il rappelé, en me regardant *d'un air entendu*, mais elle refuse de me donner un seul sou, à moins que tu... à moins que tu...

«J'ai rougi, à mon grand désarroi. Il faisait allusion à un événement que je préfère oublier: la rencontre, il y a long-temps, entre sa tante Tom et moi, dans le boisé du Grand Fendant, quand elle m'avait fait mourir de peur *en exigeant que* j'accepte d'épouser Perry, *le temps venu*, auquel cas, elle paierait ses études. Je n'ai soufflé mot de cet ultimatum à personne, sauf à Ilse. Réaction de celle-ci:

— Elle en a du toupet, cette vieille tante Tom, de prétendre à une Murray pour son Perry!

«Ilse est très dure pour Perry, ces jours-ci. Elle le reprend sans cesse pour des vétilles dont moi, je souris. Elle ne jure plus comme autrefois, mais elle dit maintenant des choses cruelles, mordantes, qui blessent beaucoup plus que ses sacres. Moi, ça ne me dérange pas. Je sais que ce ne sont que des mots et qu'elle m'aime autant que je l'aime. Mais Perry, lui, ne peut plus gober ça. Il n'est pas seul, à la Nouvelle Lune, à se sentir dans ses petits souliers. Moi aussi, j'ai gaffé, hier, et j'en meurs de honte. Les Dames bénévoles s'étaient réunies ici, et tante Élisabeth les a invitées à souper avec leurs maris. Ilse et moi servions à la table qu'on avait dressée dans la cuisine, celle de la salle à manger n'étant pas assez longue pour l'occasion. C'était amusant, au début, puis, les invités servis, c'est devenu monotone, et je me suis mise à composer des poèmes, debout près de la fenêtre ouvrant sur le jardin. J'étais si prise par mes pensées que j'en ai bientôt oublié tout ce qui m'entourait, jusqu'à ce que j'entende tante Élisabeth dire «Émilie» d'un ton coupant, en m'indiquant de l'œil M. Johnson, notre nouveau pasteur. Déroutée, je me suis saisie de la théière en m'exclamant:

— Oh, monsieur Tasse, voulez-vous que j'emplisse votre Johnson?

«Un éclat de rire a fusé tout autour de la table, mais tante Élisabeth a paru froissée, et tante Laura, déçue... et moi, eh bien! j'aurais voulu disparaître sous le plancher. Je n'en ai pas dormi de la nuit, plus malheureuse, en fait, de cette gaffe que si j'avais fait quelque chose de vraiment mal. L'«orgueil» des Murray — le mien— en a pris un coup et c'est ça vraiment qui est abominable. Tante Ruth Dutton ne se trompe peut-être pas tellement, quand elle émet des jugements sévères à mon endroit.

«Et puis non. Elle se trompe.

«La tradition de la Nouvelle Lune exige que ses femmes se montrent toujours dignes et gracieuses, et c'était manquer de dignité et de grâce que de poser une question aussi ridicule au nouveau pasteur.

«Maintenant que j'ai noté cet incident dans mon journal, je me sens moins penaude qu'avant. Dès lors que c'est consigné sur papier, rien ne paraît plus aussi affreux — non plus, hélas! aussi merveilleux. Traduire les événements en mots semble les ramener à une dimension acceptable. Même les vers que j'ai composés, juste avant ma question farfelue ne me sembleront plus aussi réussis, couchés sur le papier:

*Là où l'ombre pose doucement son pied de velours...*

«Non, vraiment, ça n'a plus le même éclat. Pourtant, quand j'étais là-bas, debout derrière les convives qui causaient et mangeaient, et que j'ai *vu* la nuit tomber doucement sur le jardin et sur les collines, le déclic s'est produit et j'ai oublié tout ce qui n'était pas cette beauté. J'ai tenté de la transposer dans les mots d'un poème. Ce vers est né de lui-même, comme si *quelqu'un* avait voulu s'exprimer à travers moi. C'est ce *quelqu'un* qui donnait à ce vers son merveilleux. Maintenant que ce quelqu'un n'est plus là, les mots paraissent insipides. L'image que j'essayais de transmettre, à travers eux, ne me semble plus séduisante du tout.

«Oh, trouver les mots pour nommer les choses comme je les vois! Patience, me répète M. Carpenter. Les mots sont ton véhicule. Fais-en tes esclaves. Persévère et ils en viendront à dire ce que tu veux qu'ils disent. Il a raison. Et je persévère. Mais je sens qu'il existe, *au-delà* des mots, un impondérable qui échappe à ma main tendue pour le saisir, mais qui y laisse néanmoins un trésor inattendu.

«Cela me fait souvenir d'un jour de l'automne dernier, alors que Dean et moi nous nous promenions dans la montagne Délectable. Nous avons marché jusqu'à la forêt qui la borde, plantée surtout de sapins, mais dont un angle abrite de splendides vieux pins. Nous nous sommes assis sous leurs branches et Dean m'a lu, parmi d'autres poèmes, *Le Château périlleux* de Walter Scott. Le regard levé vers les branches plumeuses, il m'a dit:

— Mon étoile, connais-tu ces vers d'Emerson: *Les dieux parlent dans les pins — les dieux des terres nordiques, ceux des sagas des Vikings?*

«Ces vers, que j'ai aimés aussitôt, il les a récités de mémoire. Je ne les oublierai jamais:

*Les dieux parlent dans l'air des hauts plateaux*
*Ils parlent dans le pin qui tremble,*
*Leurs voix emplissent les lointains nuages*
*De leur dialogues divins;*
*Et le poète qui capte par hasard en passant*
*L'un des mots de ce discours*
*Est marqué par le sort pour toujours,*
*Les âges devront lui obéir.*

«Oh, ce *mot capté par hasard*, le voilà bien, *l'impondérable* qui me fuit. Je suis constamment à l'écoute pour le capter, je sais que je ne l'entendrai jamais — mon oreille n'est pas assez exercée pour le saisir — mais j'entends, parfois, son petit air léger et lointain. Le ravissement que j'en ressens alors est à la fois douceur et douleur.

«Dommage que je me sois fourvoyée à ce point, sitôt après une aussi magnifique expérience! Si je n'avais que flotté derrière M. Johnson d'un pied aussi velouté que le crépuscule et que je lui aie gracieusement servi son thé à même la théière d'argent de mon arrière grand-mère Murray, tante Élisabeth l'eût apprécié beaucoup plus que si j'avais troussé le plus extraordinaire des poèmes.

«Cousin Jimmy et elle sont si différents! Je lui ai récité mon poème, ce soir, et il l'a trouvé bien tourné. Bien tourné, peut-être, mais tellement inférieur à celui qui était dans ma tête. Cousin Jimmy est poète, lui aussi. Il est très brillant, par endroits. Et, par d'autres — ceux où son cerveau a été touché quand tante Élisabeth l'a poussé dans le puits — il n'est *rien du tout*. Il n'y a là que *du noir*. Les gens disent de lui qu'il est timbré. Tante Ruth prétend même qu'il n'a pas assez de génie pour chasser les chats de la laiterie. Et pourtant, si on additionne ses points forts, on s'aperçoit que personne, à Blair Water, pas même M. Carpenter, ne lui arrive à la cheville. Le problème, c'est qu'on ne peut pas rassembler ses points forts: il y a toujours des trous dans le dessin. Je l'aime comme il est. Ses bizarreries ne m'effraient pas. Les gens le craignent, même tante Élisabeth, mais, chez elle, le remords le dispute à l'effroi. Perry n'en a pas peur. Il se vante d'ailleurs à qui veut l'entendre qu'il n'a peur de rien, qu'il ignore même le sens de la peur. Je l'envie. J'aimerais avoir son courage. M. Carpenter dit que la peur est un sentiment détestable, source de bien des maux et de toutes les haines du monde :

— Avoir peur, ma belle, m'a-t-il dit, c'est avouer sa faiblesse. L'objet de ta crainte devient plus fort que toi — du moins, tu en viens à le croire. Alors, bannis ce sentiment de ton cœur. Rappelle-toi ce conseil d'Emerson : *Fais toujours ce que tu crains de faire.*

«C'est un idéal de perfection difficile à atteindre, comme dit Dean, et je doute de jamais y parvenir. À dire vrai, j'ai peur d'un tas de *choses*, mais il n'y a vraiment que deux êtres sur terre qui me fassent vraiment peur. Le premier, c'est Mme Kent, et le second, c'est Morrison-le-Fou. Il me fait froid dans le dos, comme à tout le monde. Il vit à Derry Pond, mais il y est rarement parce qu'il court le pays à la recherche de son épouse décédée. Il était jeune marié, quand elle est morte, il y a de cela longtemps. À ce qu'il prétend, son Annie n'est pas morte, elle n'est que perdue quelque part et il la retrouvera un jour. Au cours de sa longue quête, il est devenu vieux et courbé, mais celle qu'il cherche est toujours jeune et belle.

«Il est venu à la Nouvelle Lune, l'été dernier, mais a refusé d'entrer. Il a fouillé la cuisine du regard, plein d'une vague espérance et a demandé : Annie est-elle ici? Il paraissait calme, ce jour-là, mais on dit qu'il est souvent égaré et violent. Il entend toujours son Annie qui l'appelle. Son visage est ridé et racorni. Il ressemble à un vieux chimpanzé. Mais ce qui me répugne le plus en lui, c'est cette immense tache de vin violacée qu'il a sur la main droite. Parfois, il rit tout seul, et c'est pénible à voir. La seule chose vivante qu'il semble aimer, c'est le vieux chien noir qui l'accompagne partout.

«Il me fait peur, je l'avoue et j'ai été bien contente qu'il n'entre pas dans la maison, cette fois-là. Tante Élisabeth l'a regardé partir, ses longs cheveux gris flottant au vent, et elle a dit, pensive:

— Fairfax Morrison était autrefois un charmant jeune homme à l'avenir plein de promesses. Les voies de Dieu sont impénétrables.

— C'est bien pour ça qu'elles sont intéressantes, ai-je répliqué, du tac au tac.

«Comme chaque fois que je me prononce sur Dieu, elle a froncé les sourcils et m'a réprimandée. Perry et moi ne sommes pas autorisés à parler de Dieu. Perry manifeste pourtant beaucoup d'intérêt à Son endroit et veut tout connaître de Lui. Tante Élisabeth m'a entendue, un après-midi, décrire à Perry l'idée que je me fais de Dieu et elle a crié au scandale.

«Il n'y avait pas là matière à scandale. Tante Élisabeth et moi avons des dieux différents, c'est tout. À mon sens, chaque être humain a le sien propre. Ainsi, le dieu de tante Ruth est un Dieu vengeur qui s'élève constamment en jugements contre ses ennemis à elle. Il ne lui sert qu'à cela. Jim Cosgrain, lui, emploie le nom de Dieu pour sacrer. Mais Janey Milburn vit chaque heure de sa journée dans la clarté du visage de son Sauveur et elle reflète Sa lumière.

«Bon. Assez écrit. Je me retire pour la nuit. Il y a plein de *mots perdus* dans ce journal. Je le sais. M. Carpenter aussi le sait:

— Tu gaspilles les mots, ma coquine, tu les prodigues sans compter. Sois plus sobre, plus mesurée.

«Il a raison, bien sûr, et j'essaie de suivre ses conseils dans mes essais et dans mes romans. Mais dans mon journal, que nul ne verra jamais que moi-même, j'écris comme ça me plaît.»

○

Émilie regarda sa chandelle qui, elle aussi, était presque consumée. Elle n'en obtiendrait pas d'autre, ce soir-là. Aussi rangea-t-elle son journal dans la petite armoire juchée à main droite au-dessus du manteau de la cheminée. Elle couvrit son feu mourant, se dévêtit et souffla sa chandelle. La chambre s'emplit de la lumière spectrale des nuits de neige où la pleine lune se cache derrière des nuées charriées par la tempête. Au moment où elle se glissait dans son haut lit d'acajou noir, une inspiration lui vint. Elle résista un moment, frissonnante: la pièce se refroidissait rapidement. L'inspiration la harcelant, elle allongea la main entre son matelas de plume et son matelas de paille et en tira la chandelle à demi brûlée qu'elle y cachait pour des urgences.

Ce n'était pas raisonnable, elle le savait. Elle n'en alluma pas moins sa chandelle, enfila des chaussettes et un manteau chaud, tira à elle un autre calepin-Jimmy et se mit à écrire à la lueur falote qui dessinait une oasis de clarté parmi les ombres du lieu. Dans cette oasis, Émilie écrivit, sa tête brune penchée sur son calepin, pendant que les heures de la nuit s'écoulaient lentement et que tous les autres occupants de la Nouvelle Lune dormaient à poings fermés. Ses membres étaient gourds, mais elle ne s'en souciait guère. Ses yeux brûlaient, ses joues aussi — les mots lui venaient comme des troupes de génies obéissant à l'appel de sa plume. Quand, à la fin, sa chandelle s'éteignit en grésillant dans une petite mare de suif, elle reprit pied dans le réel avec un frisson. Il était deux heures, à la pendule, et elle se sentait épuisée et glacée, mais son histoire était terminée et c'était la meilleure qu'elle eût jamais écrite.

Elle se glissa dans son nid refroidi, riche de cet accomplissement, de cette victoire née de son obéissance à son instinct créateur, et elle s'endormit, bercée par la tempête faiblissante.

# II

## Années de jeunesse

«**15 février 19-**

«Ce soir, tante Laura et tante Élisabeth ont brûlé de vieilles lettres. Une pleine boîte. Elle les ont d'abord lues à haute voix, avec force commentaires, pendant que moi, je tricotais mes bas à côtes. Grâce à ces missives passionnantes, j'ai appris beaucoup de choses sur les Murray. Je me réjouis d'appartenir à une telle famille. Pas étonnant que les gens de Blair Water nous appellent ironiquement *le Peuple Choisi*.

«J'ai reçu une longue lettre de Dean Priest, aujourd'hui. Il passe l'hiver en Algérie. Il reviendra en avril et logera chez sa sœur, Mme Fred Evans, tout l'été. J'en suis ravie. Personne ne sait me parler comme il le fait. C'est l'adulte le plus fascinant que je connaisse. Tante Élisabeth dit qu'il est égoïste, comme tous les Priest. Elle n'aime pas les Priest. Et elle appelle toujours Dean: Doscroche, ce qui m'agace chaque fois. L'une des épaules de Dean *est* un peu plus haute que l'autre, c'est entendu, mais est-ce sa faute à lui? J'ai dit à tante Élisabeth que ce sobriquet me peinait. Elle a répliqué:

— Il ne lui vient pas de moi, Émilie, mais de son propre clan. Les Priest ne sont pas reconnus pour leur délicatesse!

«Teddy a reçu, lui aussi, une lettre de Dean et un album: *La vie des grands artistes*: Michel-Ange, Raphaël, Vélasquez, Rembrandt, le Titien. Il n'ose pas le lire devant sa mère: elle serait capable de jeter l'album au feu. Je suis certaine que si Teddy avait sa chance, il deviendrait un artiste aussi important que n'importe lequel de ceux-là.»

«**18 février, 19-**

«Ce soir, j'ai écrit une nouvelle. Tante Élisabeth savait ce que je faisais et en était très ennuyée. Elle m'a grondée parce que je perdais mon temps. Je ne perdais pas mon temps. Je mûrissais en écrivant. Et il y avait, dans certaines de mes phrases, des bonheurs d'expression: *J'ai peur de la forêt grise — Blanche et fière, elle traversait comme un rayon de lune le bois sombre* — qui m'enchantaient. M. Carpenter me dit de couper, chaque fois que je déniche une expression particulièrement bien choisie. Mais *je ne peux pas* couper ces jolis mots encore tout chauds. Le bizarre, là-dedans, c'est que j'en vienne souvent à accepter le point de vue de M. Carpenter avant même que le mois soit écoulé.

«Il s'est montré impitoyable, aujourd'hui. Rien dans ma composition ne lui a plu:

— Trois «hélas» dans un paragraphe, Émilie, alors qu'un seul est déjà de trop! Plus irrésistible? Voyons donc! C'est impardonnable!

«Ce l'était. Quelle honte pour moi! Après avoir sabré de son crayon bleu presque toutes mes phrases, après s'être moqué de mes constructions et de mes tournures et m'avoir dit que j'abusais des jeux de mots, il a jeté mon cahier sur le plancher et m'a lancé:

— Et tu veux écrire, Émilie? Apprends plutôt à faire la cuisine.

«Ce disant, il s'en est allé en marmonnant des malédictions. J'ai ramassé ma pauvre composition, sans me sentir autrement traumatisée. Je *sais* déjà faire la cuisine, et je connais M. Carpenter. Plus mes rédactions montrent de progrès, plus il fulmine. Celle-ci n'était sans doute pas trop mauvaise. Mais j'aurais pu faire mieux, et ça le met en rage que je reste en deçà de mes possibilités.»

«**2 mars 19-**

«Nous sommes tous allés à des funérailles, aujourd'hui. Celles de la vieille Mme Sarah Paul. J'aime les funérailles.

Quand je l'ai avoué tout haut, tante Élisabeth s'en est scandalisée, et tante Laura s'est récriée:

— Oh, Émilie. *Chérie!*

«Choquer tante Élisabeth ne me déplaît pas, mais je me sens dans mes petits souliers chaque fois que je trouble le moindrement tante Laura par mes déclarations intempestives: elle est si délicieuse! J'ai donc tenté d'expliquer ma position:

— Des funérailles, ai-je dit, c'est intéressant. Ça déborde d'humour.

«À ce qu'il semble, ma déclaration a envenimé les choses. Pourtant, tante Élisabeth sait aussi bien que moi combien c'est comique de voir les trois «parents» de la défunte, qui l'avaient cordialement détestée de son vivant — elle le méritait bien d'ailleurs — presser leurs mouchoirs sur leurs figures en affectant de pleurer. Jake Paul se demandait, au tréfonds de son cœur, si la vieille chipie ne lui aurait pas, par miracle, légué quelque chose dans son testament. Alice Paul, qui savait qu'*elle* n'aurait rien, espérait — et alors seulement serait-elle satisfaite — que Jake Paul n'ait rien non plus. Mme Charlie Paul se demandait quand elle pourrait décemment redécorer la maison à sa guise. Tantine Min s'inquiétait de ce qu'il n'y ait pas assez de victuailles pour une telle horde de cousins éloignés, et Lisette Paul comptait les gens présents, vexée qu'il y en ait moins qu'aux funérailles de Mme Henry Lister, la semaine d'avant.

— Tout cela est peut-être vrai, Émilie, a dit tante Laura, gravement, mais je trouve malsain qu'une enfant de ton âge lise dans les consciences.

«Je ne peux m'empêcher de voir ces choses: elles sont là. La chère tante Laura a tant de sympathie pour ses semblables qu'elle ne voit tout simplement pas leur côté folichon. Mais, tante Laura, je n'ai pas vu que leur côté folichon. J'ai vu que le petit Zack Fritz, que Mme Paul a adopté et pour lequel elle s'est beaucoup dévouée, avait le cœur brisé. J'ai vu que Martha Paul avait honte de sa vieille querelle avec Mme Paul. Et j'ai vu surtout que le visage de Mme Paul, si maussade et aigri de son vivant était, dans la mort, paisible et majestueux et même... beau — comme si cette femme avait enfin trouvé ce qu'elle cherchait.»

«**20 mars, 19-**

«Hier, tante Élisabeth s'est fâchée contre moi parce que je refusais d'écrire un poème nécrologique pour le vieux Peter DeGeer, décédé la semaine dernière. Mme DeGeer est venue ici me demander de le faire. J'ai refusé, certaine que je *profanerais mon art* si je me prêtais à cette demande. Je ne l'ai pas dit à Mme DeGeer, je l'aurais blessée et elle n'aurait rien compris à cette explication. Tante Élisabeth n'en revenait pas de mes raisons:

— Tu passes ton temps à écrire des niaiseries dont personne ne veut, a-t-elle dit, après le départ de Mme DeGeer. Et quand on te réclame quelque chose, tu refuses. Tu aurais fait plaisir à la pauvre Mary. *Profaner ton art!* Sottise!

— Tante Élisabeth, ai-je énoncé posément, comment voulez-vous que j'écrive un poème nécrologique sur lui, sans mentir. Vous savez bien vous-même qu'il n'y a rien de bon — qui soit vrai — à dire sur le vieux Peter DeGeer.

«Tante Élisabeth le savait aussi bien que moi. Ça l'a bloquée, mais elle m'en a quand même voulu de mon refus. Ça m'a tellement fâchée que, rendue à ma chambre, je l'ai rédigé — pour ma propre satisfaction — *son* poème nécrologique sur Peter. Quel plaisir d'écrire une notice nécrologique véridique sur quelqu'un qu'on n'estime pas! Au fond, je ne détestais pas vraiment Peter DeGeer: Il m'était indifférent, mais tante Élisabeth m'a froissée et, quand je suis froissée, je deviens aisément sarcastique. De nouveau, j'ai senti qu'un impondérable écrivait à travers moi, mais un impondérable très différent de l'habituel, quelqu'un de malicieux, de moqueur, qui s'amusait à rire du pauvre Peter DeGeer, paresseux, sournois, menteur, stupide et hypocrite. Les mots se rangeaient d'eux-mêmes à leur place pendant que cet impondérable ricanait.

«J'ai trouvé ce papier bien troussé et je n'ai pu résister à la tentation de l'apporter à l'école et de le montrer à M. Carpenter. Je croyais qu'il lui plairait — il lui a plu, aussi, je crois —mais, après l'avoir lu, il l'a déposé et m'a regardée:

26

— Je suppose qu'on peut prendre plaisir à railler un raté, a-t-il dit. Le vieux Peter était un raté. Il est mort. Son créateur se montrera peut-être plus clément à son égard que ses semblables. Quand je mourrai, Émilie, écriras-tu ainsi sur moi? Tu en as le pouvoir, oh oui, ça se sent là-dedans, c'est très astucieux. Tu peux peindre, toi si jeune, les faiblesses et les turpitudes du genre humain. J'en ai la chair de poule. Mais est-ce que ça vaut le coup?

— Non, ai-je dit. Non.

«J'avais tellement de regret de mon geste que j'aurais voulu me cacher n'importe où pour pleurer. Que M. Carpenter puisse penser que j'écrirais jamais de telles sornettes sur lui après toutes ses bontés à mon endroit, c'était terrible de *l'imaginer*.

— La peine en emporte le profit, a dit M. Carpenter. Il y a place pour la satire: la corruption doit être dénoncée. Mais laisse les génies s'y employer. Mieux vaut guérir les plaies que les ouvrir. Nous, les ratés, nous savons ça...

— Oh, monsieur Carpenter, ai-je commencé... (Je voulais lui dire que *lui* n'était pas un raté, et mille autres choses, mais il m'a interrompue):

— Ça va, n'en parlons plus, Émilie. Quand je mourrai, écris: C'était un raté, mais nul ne le savait mieux et ne s'en désespérait davantage que lui. Aie pitié des ratés, Émilie. Moque-toi des méchants, si tu veux, mais ne touche pas aux faibles.

«Il sortit de la pièce à grandes enjambées et sonna la rentrée de la classe. Je suis malheureuse, depuis, et je ne dormirai pas, cette nuit. Mais je veux, ici même et dès maintenant, consigner dans mon journal un vœu des plus solennels: *Ma plume guérira, elle ne blessera pas.* Et je l'écris en italiques, qu'on en pense ce qu'on voudra, parce que c'est un engagement pour la vie.

«Je n'en ai pas, pour autant, détruit cet article — il était trop bon pour que je le déchire. Je l'ai mis au secret dans mon armoire littéraire. Je le relirai de temps en temps pour mon propre plaisir, mais je ne le montrerai jamais à personne.

«Oh, comme je voudrais ne pas avoir blessé M. Carpenter!»

«Il y a deux semaines, j'ai envoyé mon meilleur poème: *La chanson du vent*, à un magazine de New York et il m'est revenu aujourd'hui, accompagné d'un petit billet imprimé qui disait: Nous sommes au regret de ne pouvoir utiliser cet article.

«C'est affreux. C'est affreux. J'ai l'impression que je ne peux rien écrire qui ait quelque valeur.

«Si, *je le puis*. Ce magazine s'honorera, un jour, de reproduire mes textes.

«Je n'ai pas avoué à M. Carpenter que j'avais envoyé ce texte. De lui, je n'obtiendrai aucune sympathie. Il dit qu'il est trop tôt pour moi de solliciter les éditeurs, pas avant cinq autres années au moins. Mais moi, *je sais* que certains des poèmes que j'ai lus dans ce magazine ne valent pas *La chanson du vent*.

«Quand le printemps revient, j'ai le goût d'écrire des poèmes, plus qu'en n'importe quel temps. M. Carpenter me recommande de lutter contre cette impulsion. Il dit que le printemps a suscité plus de déchets que n'importe quoi dans l'univers de Dieu. Le parler de M. Carpenter a beaucoup de piquant.»

«Dean est rentré. Il est arrivé chez sa sœur hier et, ce soir, il est venu ici et nous avons marché dans le jardin. C'était magnifique de l'avoir là, avec ses yeux verts pleins de mystère et sa belle bouche.

«Nous avons bavardé longtemps. Et parlé de l'Algérie et de métempsycose, de crémation et de profils — Dean me dit que j'ai un beau profil: pur comme celui des Grecs. J'apprécie toujours les compliments qu'il me fait:

— Étoile du matin, comme tu as grandi! s'est-il étonné. J'ai laissé une petite fille, l'automne dernier, et je retrouve une femme.

«(J'aurai quatorze ans dans trois semaines, et je suis grande pour mon âge. Dean semble s'en réjouir, à l'opposé de tante Laura qui ne cesse de soupirer, quand elle rallonge mes robes, et qui trouve que les enfants grandissent trop vite.)

— Ainsi va la vie, ai-je dit, citant, pleine de componction, la devise inscrite sur le cadran solaire.

— Tu es presque aussi grande que moi, a-t-il dit. Et il a ajouté, amer: Bien sûr, la stature de Doscroche Priest n'a rien d'imposant.

«J'ai toujours répugné à faire la moindre allusion à son épaule mais, à ce moment-là, j'ai dit:

— Dean, je vous en prie, ne vous dénigrez pas de la sorte. Quand je pense à vous, jamais je ne vous appelle Doscroche.

«Dean a pris ma main et m'a regardée au fond des yeux comme s'il cherchait à lire au plus profond de *mon âme*:

— En es-tu sûre, Émilie? Il ne t'arrive jamais, vraiment, de souhaiter que je ne sois pas éclopé et tout croche?

«Et j'ai répondu:

— Pour vous, si. Pour moi, ça ne changera jamais rien.

— Jamais rien! a riposté Dean, en pesant sur les mots. Si j'en étais certain, Émilie — si j'en étais seulement certain...

— Vous pouvez en être certain, ai-je dit avec chaleur.

«J'étais vexée qu'il paraisse en douter — et, pourtant, quelque chose dans son expression me mettait mal à mon aise et me rappelait le jour où il m'a sauvée, sur la falaise de la baie de Malvern et où il m'a dit que ma vie lui appartenait, puisqu'il me l'avait gardée. Je n'aime pas que ma vie appartienne à quelqu'un d'autre qu'à moi, pas même à Dean, même si je l'aime beaucoup. Même si, *d'une certaine manière*, je l'aime plus que n'importe quel autre être au monde.

«Quand le ciel s'est obscurci et que les étoiles sont apparues, nous les avons observées dans les splendides jumelles neuves de Dean. C'était fascinant. Dean s'y connaît en étoiles — il s'y connaît en tout, il me semble. Mais, quand je le lui ai dit, il a répliqué:

— Il y a un secret que je ne connais pas. Je donnerais tout ce que j'ai pour le connaître. Un secret que peut-être je ne connaîtrai jamais: la façon de conquérir — la façon de conquérir...

— Quoi? ai-je demandé, curieuse.

— Ce que mon cœur désire, a répondu Dean, rêveur, en regardant une étoile scintillante qui semblait fixée à la pointe extrême de l'une des Trois Princesses. Ça m'apparaît aussi désirable et aussi inaccessible que cette étoile. Mais, qui sait?

«Qu'est-ce que Dean désire si ardemment? Je me le demande.»

«Dean m'a rapporté un joli cartable de Paris, et j'ai recopié mon vers préféré de *La gentiane fimbrillée* à l'intérieur de sa couverture. Je le relirai tous les jours et me rappellerai ainsi mon vœu de «gravir, moi aussi, le sentier alpestre». Je commence à m'apercevoir que j'ai encore beaucoup de chemin à parcourir, moi qui me suis crue capable, au début, de voler d'un seul élan, sur des ailes de lumière, «jusqu'aux sommets altiers de la renommée». M. Carpenter a gommé ce beau rêve:

— Ancre-toi dans ta résolution. Cramponne-toi des griffes et des dents. C'est la seule façon d'y arriver, ne cesse-t-il de me répéter.

«J'écris une histoire que j'ai coiffée d'un bien bon titre: *La maison au milieu des sorbiers*. Le dialogue amoureux m'embête. Tout ce que j'écris dans cette veine me semble, sur papier, lourd et emprunté. Dean doit m'apprendre à pondre des dialogues — il me l'a promis, il y a belle lurette, mais il dit que je suis encore trop jeune pour ça, et le dit de cette façon mystérieuse qui semble toujours laisser entendre qu'il y a infiniment plus, dans ses propos, qu'il n'y paraît. Je voudrais être capable de parler ainsi, d'une voix pleine de sous-entendus. Ça rend *tellement plus intéressant*.

«Ce soir, après l'école, Dean et moi avons commencé la lecture de *L'Alhambra*, assis sur le banc de pierre du jardin. Ce livre m'ouvre une porte menant au pays des fées.

— Que j'aimerais voir l'Alhambra! ai-je soupiré.

— Nous irons ensemble, un jour.

— Oh! ce serait magnifique, si c'était possible.

«Avant que Dean ait pu répondre, j'ai entendu Teddy siffler dans le boisé du Grand Fendant — ce sifflement si cher: deux hautes notes très courtes et une longue, basse: *notre signal*.

— Excusez-moi, ai-je dit, il faut que je parte. Teddy m'appelle.

— Dois-tu toujours partir, quand Teddy t'appelle? a interrogé Dean.

— Oui. Il m'appelle quand il a *besoin de moi*, et j'ai promis que je répondrais à cet appel chaque fois que ça me serait possible.

— Moi aussi, j'ai besoin de toi, a protesté Dean. Je suis venu te voir ce soir dans le but de lire *L'Alhambra* avec toi.

«Je me suis sentie partagée. Je désirais terriblement rester avec Dean et, pourtant, quelque chose me poussait vers Teddy. Dean m'a enveloppée d'un regard pénétrant. Puis, il a refermé *L'Alhambra*:

— Vas-y! a-t-il dit.

«Je suis partie, mais avec l'impression qu'il y avait — je ne sais pourquoi — quelque chose de gâché.»

«**10 mai, 19-**

«Cette semaine, j'ai lu trois livres que Dean m'a prêtés. Le premier était semblable à un jardin de roses: très agréable, mais un tantinet sucré. Le second, parfumé de baume et d'air piquant, ressemblait à une pinède dans la montagne. Tout en me plaisant, il m'a pénétrée d'une sorte de désespoir. Il était si bien écrit. Je ne pourrai jamais écrire comme ça, j'en suis certaine. Et le dernier? Une vraie soue de cochons. Dean me l'a remis par erreur. Il s'en voulait, quand il s'en est rendu compte:

— Mon étoile, pardonne-moi. Comment ai-je pu te donner ça? Imbécile que je suis! Ce livre est le reflet d'un univers, mais pas le tien, Dieu merci! Mon étoile, promets-moi que tu oublieras ce livre.

— Je l'oublierai si j'en suis capable, ai-je dit.

«Mais je ne sais pas si j'en serai capable. C'était si laid. Ce livre m'a fait perdre mon insouciance. Mes mains ont été salies, et je ne peux plus les rendre propres: *une barrière semble s'être fermée derrière moi*, m'enfermant dans un monde inconnu au sein duquel je dois trouver ma place.

«Ce soir, j'ai tenté de tracer une esquisse de Dean dans mes calepins à personnages. Je n'y suis pas arrivée. Ce que j'ai écrit ressemble plus à une photo qu'à un portrait. Il y a, en Dean, quelque chose qui m'échappe.

«Il m'a photographiée, l'autre jour, avec son nouvel appareil, mais le résultat ne l'a pas satisfait:

— Ce n'est pas toi, m'a-t-il dit. La lumière des étoiles ne se capte pas sur pellicule.

«Puis, il a ajouté, plutôt abruptement, à ce qu'il m'a semblé:

— Préviens ce petit malin de Teddy Kent de ne plus mettre ton visage dans ses dessins. Il n'a pas le droit de t'utiliser ainsi dans chacune de ses œuvres.

— Il ne le fait pas! ai-je riposté. Teddy n'a fait qu'un seul portrait de moi, celui que la tante Nancy a *volé*.

«Je l'ai dit avec beaucoup de véhémence, car je n'ai jamais pardonné à la tante Nancy d'avoir gardé cette esquisse.

— Il met quelque chose de toi dans chacun de ses dessins, a répété Dean, obstiné. Tes yeux, la courbe de ton cou, la façon dont tu penches la tête, ta personnalité. C'est bien cela le pire: peu importe que ce malappris reproduise tes yeux, tes courbes, mais je m'élève contre le fait qu'il insère — même s'il n'en est pas conscient — un peu de ton âme dans tout ce qu'il dessine.

— Je ne comprends rien à ce que vous dites, ai-je protesté, avec une *certaine raideur*. Teddy a un talent naturel. M. Carpenter l'affirme.

— Et Émilie de la Nouvelle Lune lui fait écho. Ce garçon a du talent, je n'en disconviens pas. Il percera, un de ces jours, si sa mère ne l'entrave pas trop, mais qu'il garde ses crayons et ses pinceaux hors de ma propriété.

«Dean a ri en disant cela, mais j'ai gardé la tête haute. Je ne suis la propriété de personne, même pas pour rire. Et jamais je ne le serai.»

«**12 mai, 19-**

«Tante Ruth, oncle Wallace et oncle Oliver étaient tous ici, cet après-midi. J'aime oncle Oliver, mais tante Ruth et oncle Wallace ne me plaisent pas plus qu'auparavant. Ils tenaient une sorte de conclave familial avec tante Élisabeth et tante Laura. Cousin Jimmy y était admis, mais j'en étais exclue, bien que je sache pertinemment que ce conclave me concernait. Tante Ruth n'a pas dû avoir le haut du pavé, car elle m'a toisée de haut en bas tout au long du souper pour enfin conclure que je montais en graine. J'ai subi ses rebuffades en silence pen-

32

dant un bon moment, puis, le couvercle a sauté. Elle m'a dit, comme à *un enfant*:

— Émilie, cesse de me contredire!

«Je l'ai regardée dans les yeux et j'ai rétorqué, *froidement*:

— Tante Ruth, je suis trop vieille, maintenant, pour qu'on s'adresse à moi comme vous venez de le faire.

— Tu n'es pas trop vieille, ma fille, pour être grossière et impertinente, a-t-elle répliqué en reniflant. Si j'étais à la place d'Élisabeth, tu recevrais une bonne taloche, mademoiselle.

«Je déteste qu'on m'appelle ma fille et mademoiselle de cette façon et qu'on me marque du dédain. À mon sens, tante Ruth a *tous* les défauts des Murray, et *aucune* de leurs qualités.

«Le fils d'oncle Oliver, Andrew, est venu avec lui et passera la semaine ici. Il est de quatre ans mon aîné.»

«19 mai, 19-

«C'est ma fête. J'ai quatorze ans aujourd'hui. J'ai écrit une lettre: De moi-même à quatorze ans à moi-même à vingt-quatre ans, que j'ai cachetée et mise de côté dans mon armoire. J'y ai fait quelques prédictions. Je me demande si elles se seront réalisées, quand je l'ouvrirai, dans dix ans.

«Tante Élisabeth m'a remis tous les livres de papa. Quel bonheur! Il me semble qu'il y a, dans ces livres, un peu de lui. Son nom est inscrit de sa propre écriture dans chacun d'eux, et les marges débordent des notes qu'il y a inscrites. On dirait des petits bouts de lettres de lui. Je les ai parcourues toute la soirée, et papa me semble de nouveau tout près de moi, ce qui me rend à la fois heureuse et triste.

«Andrew est retourné chez lui hier. Tante Élisabeth m'a demandé comment je le trouvais. Elle ne m'a jamais demandé mon opinion sur qui que ce soit auparavant. Je suppose qu'elle s'est avisée que *je n'étais plus une enfant*.

«J'ai répondu que c'était un bon garçon, très gentil, stupide et de peu d'intérêt.

«Tante Élisabeth était si contrariée de ma réponse qu'elle n'a plus parlé de la soirée. Pourquoi? Je n'allais tout de même pas mentir: Andrew ne m'intéresse pas.»

«Le vieux Kelly est passé ici, aujourd'hui, pour la première fois ce printemps, avec un lot de nouvelles ferrailles étincelantes. Il m'a apporté un sac de bonbons, comme d'habitude, et m'a taquinée sur mon mariage éventuel, comme d'habitude également. Il semblait vouloir me parler, car lorsque je suis allée à la laiterie chercher le verre de lait qu'il avait demandé, il m'a suivie:

— Mon chou, a-t-il chuchoté mystérieusement, j'ai rencontré Doscroche Praste, dans le chemin creux. Y vient souvent ici?

«J'ai redressé la tête, à la façon Murray:

— Si c'est de M. Dean Priest que vous parlez, ai-je dit, il vient souvent ici. C'est un bon ami à moi.

«Le vieux Kelly a hoché la tête:

— Mon chou, je t'ai prévenue, tu peux pas dire que je t'ai pas prévenue. Je t'ai dit, le jour que je t'ai emmenée à Praste Pond, de jamais te marier avec un Praste. Tu t'en souviens pas?

— Monsieur Kelly, vous dites des choses ridicules, ai-je protesté, furieuse, mais sentant néanmoins que c'était gaspiller ma salive que de discuter avec lui. Je n'épouserai personne. M. Priest pourrait être mon père, et je suis une petite fille qu'il aide dans ses études.

«Le vieux Kelly a de nouveau branlé le chef:

— J'les connais, les Praste, mon chou; quand y se mettent dans la tête d'avoir quelque chose, autant essayer de faire tourner le vent. Ce Doscroche-là, y a un œil sur toi depuis qu'y t'a repêchée des cailloux du Malvern. Il attend que tu grandisses un brin pour te courtiser. C'est un païen. Le jour de son baptême, y a arraché les lunettes du pasteur. À quoi tu peux t'attendre, après ça? Y est bossu. Y boite. Prends mon conseil, casse avec lui pendant qu'y est encore temps. Arrête de me zieuter comme les Murray, mon chou. Ce que je t'en dis, c'est pour ton bien.

«Je l'ai tout bonnement planté là. Ce sujet m'appartient et je *voudrais* bien que les gens cessent de me mettre des idées en tête. Elles y restent collées comme des tiques. Je ne me sens plus aussi à l'aise, avec Dean, maintenant, bien que je ne tienne nullement compte des élucubrations du vieux Kelly.

«Après le départ de ce dernier, je suis montée à ma chambre et j'ai écrit une description de lui dans mon calepin-Jimmy.

«Teddy est maussade avec moi, lui aussi. Je crois que c'est parce que Geoff North m'a raccompagnée à pied jusqu'à la maison, mercredi soir dernier, après la réunion de prières. J'aime sentir *que j'ai un tel pouvoir sur Teddy*.

«Je me demande si je fais bien d'écrire ça. Mais c'est *la vérité*.

«Si Teddy savait! Cette histoire, avec Geoff, m'a rendue bien malheureuse. Au début, quand il m'a remarquée parmi toutes les filles, j'en étais contente. C'était la première fois qu'un garçon me raccompagnait chez moi, et Geoff est un gars de la ville, *très beau et poli*, et toutes les filles de Blair Water en sont folles. Je suis sortie de l'église avec lui, me sentant vieillie miraculeusement. Nous n'avions pas fait cent pas que je le détestais déjà. Il était tellement *condescendant*! Il semblait croire que j'étais une petite simplette de la campagne que l'honneur de sa compagnie submergeait de bonheur.

«Bon. Au début, c'était vrai. C'est d'avoir été une telle nouille qui me pique au vif.

— Vraiment, tu m'étonnes, ne cessait-il de répéter avec une nonchalence affectée, chaque fois que j'exprimais une opinion.

«Quel garçon assommant! Pas de conversation. À moins, évidemment, qu'il ne se soit pas donné la peine de m'éblouir. J'étais hors de moi, quand nous avons atteint la Nouvelle Lune. Et c'est le moment que cette *intolérable créature* a choisi pour me demander de l'embrasser.

«Je me suis redressée — oh, j'étais une Murray pure laine, à ce moment-là — je ressemblais à tante Élisabeth:

— Je n'embrasse par les garçons, ai-je jeté, dédaigneuse.

«Geoff a ri et m'a pris la main:

— Petite dinde, pourquoi penses-tu que j'aie marché jusqu'ici avec toi?

«Je lui ai arraché ma main et je suis entrée dans la maison. Mais, avant, j'ai fait autre chose: *je lui ai donné une gifle.*

«Seule dans ma chambre, j'ai pleuré de honte de m'être fait insulter et d'avoir manqué de dignité en laissant cet affront me toucher. La dignité est de tradition, à la Nouvelle Lune.

«Néanmoins, je crois que j'ai bien étonné Geoff North.»

**«24 mai, 19-**

«Geoff North a dit au frère de Jeannie Strang — qui me l'a répété — que j'étais une tigresse et qu'il en avait assez de moi.

«Par ailleurs, tante Élisabeth a découvert que Geoff m'avait ramenée à la maison et elle m'a dit, aujourd'hui, qu'elle n'avait plus confiance en moi et qu'elle ne me laisserait plus aller seule à la prière, à l'avenir.»

**«25 mai, 19-**

«Je suis assise ici, dans ma chambre, au crépuscule. La fenêtre est ouverte et les grenouilles se racontent, dans leur langage, des événements qui se sont déroulés il y a fort longtemps. Il ne pleut plus, maintenant, mais il a plu toute la journée — une pluie parfumée au lilas. Être retenue à l'intérieur par la pluie ne me déplaît jamais: on l'entend résonner sur le toit, frapper aux carreaux et déborder des gouttières, pendant que la Dame du Vent hurle dans la forêt comme une déchaînée.

«Ce soir me rappelle le printemps où papa est mort, il y a trois ans, et la chère petite maison de Maywood. Je n'y suis jamais retournée. Je me demande si quelqu'un y habite, maintenant.»

# III

# Pendant les veilles de la nuit

C'était une nuit du début de juillet. La journée avait été torride. La tante Élisabeth en avait tellement souffert qu'elle avait décidé de ne pas aller à la prière. La tante Laura, le cousin Jimmy et Émilie s'y rendirent donc sans elle. Avant de partir, Émilie demanda et obtint, faveur rare, la permission de rentrer avec Ilse Burnley et d'aller passer la nuit chez elle.

Le docteur Burnley s'absentait pour la nuit et la gouvernante était retenue à son domicile par une cheville fracturée. Ilse était donc seule et avait prié Émilie de lui tenir compagnie. C'était acquis, mais Ilse n'en savait rien. Si Émilie avait pu lui parler avant la cérémonie, les mésaventures de la nuit eussent probablement été évitées, mais Ilse, fidèle à ses habitudes, *était en retard* à l'église.

Émilie s'assit dans le banc des Murray, près de la balustrade, à côté de la fenêtre donnant sur le bosquet de sapins et d'érables. L'office de ce soir-là différait des rencontres hebdomadaires de quelques bonne âmes réunies pour prier. Il était axé sur le dimanche de la Communion et prêché, non par le jeune et persuasif M. Johnson, qu'Émilie aimait écouter, mais par un évangéliste itinérant prêté pour un soir par Shrewsbury et dont la renommée avait rempli l'église, mais qui s'avérait décevant à l'usage. Émilie le scruta de son œil impitoyable et le trouva prétentieux et superficiel.

Après quelques minutes d'attention, elle ferma son cœur et ses oreilles au message ostentatoire et s'en alla, comme chaque fois que la réalité la heurtait, batifoler au pays des fées.

Dehors, le clair de lune laissait filtrer sans discontinuer sa pluie d'argent à travers les sapins et les érables, cependant que des nuages menaçants s'amoncelaient au nord-ouest et que les grondements répétés du tonnerre troublaient l'air silencieux de cette chaude nuit d'été. Émilie occupa la moitié du sermon à se faire une description du décor dans sa tête. Le reste du temps, elle l'employa à observer les échantillons d'humanité à portée de son regard.

Elle ne se lassait pas de scruter les visages et se perdait en conjectures sur ce qui s'y inscrivait en hiéroglyphes mystérieux. Ces hommes et ces femmes avaient chacun une vie intime, connue d'eux seuls et de Dieu. Elle ne pouvait que l'imaginer, et rien ne la charmait davantage que de s'y employer. Il lui arrivait, en certains moments de rare intensité, d'avoir l'impression qu'elle pénétrait l'âme de ses cobayes et qu'elle y décryptait des sentiments, des passions inconnues de ceux-là même qu'ils agitaient. Elle ne se prêtait jamais à cet exercice sans se le reprocher. Cette plongée dans les consciences n'avait rien de commun avec l'envol sur les ailes de la fantaisie dans le monde idéal de la création, rien de commun, non plus, avec la beauté exquise du déclic. Ces deux états-là ne lui causaient jamais de problème, mais se glisser subrepticement, ainsi qu'elle le faisait, derrière une porte momentanément ouverte et y entrevoir les secrets inexprimés et inexprimables des cœurs et des consciences, c'était autre chose: un sacrilège, presque.

Ce sacrilège, Émilie résistait rarement à son attirance. C'était dans sa nature de fouiller l'ombre derrière les portes et d'y déceler, sans l'avoir vraiment voulu, la part secrète, presque toujours trouble, des âmes.

Pensées d'Émilie, dans l'église, ce soir-là:

«Le grand-père Forsyth, s'il avait vécu dans les temps anciens, aurait été un tyran. Il boit les mots du prédicateur comme du petit lait, parce qu'il y est question de l'enfer, géhenne à laquelle il voue ses ennemis. C'est bien pour cela qu'il a l'air si content. Bonne idée pour une nouvelle. J'emprunterai un bout de papier à Ilse. Non, en voici un, dans mon livre de cantiques. Je vais prendre note de cette idée immédiatement.

«Je me demande ce que ces gens répondraient, si on leur demandait, à brûle-pourpoint, ce qu'ils désirent le plus au monde. Combien de ces époux et de ces épouses souhaiteraient changer de partenaires?

«Il y a Dean. Je me demande ce qui l'amène à la prière, ce soir. Son visage est très solennel, mais ses yeux rient de M. Sampson.

«Il y a aussi, dans l'église, Mme Kent et Teddy. Mme Kent veut quelque chose très très fort. J'ignore ce que c'est, mais ça semble hors de sa portée. Cette quête ne lui laisse aucun répit et c'est bien pour ça qu'elle tient Teddy de si près. Qu'est-ce qui la rend si différente des autres femmes? Qu'est-ce qu'elle veut?

«Morrison-le-Fou est en haut, au jubé. Nous savons tous ce qu'*il veut*: retrouver son Annie.

«J'écrirai ces choses dès demain. À tout prendre, je préfère raconter les beautés du monde, mais ces choses laides ont une saveur que les premières n'ont pas.

«Ces boisés-là sont magnifiques dans leur ombre et leur lumière d'argent. Le clair de lune joue sur les pierres tombales, embellissant même les plus ordinaires. Mais on étouffe, ici, et les grondements du tonnerre se rapprochent. J'espère qu'Ilse et moi nous aurons le temps de rentrer avant que l'orage ne se déchaîne. Oh, monsieur Sampson, monsieur Sampson, votre Dieu belliqueux ressemble à celui d'Ellen Green. J'aimerais me lever et vous le dire tout de go, mais ce n'est pas dans les habitudes des Murray de se donner en spectacle à l'église.»

M. Sampson avait, à plusieurs reprises, noté le regard pénétrant et attentif d'Émilie. Persuadé d'avoir, par son éloquence, convaincu les fidèles de leur condition de pécheurs et de pécheresses, il termina son sermon sur une véhémente envolée et se rassit. Ses auditeurs, oppressés par l'atmosphère raréfiée de l'église, laissèrent échapper un soupir de soulagement perceptible à l'oreille et se ruèrent dehors avant la fin du dernier hymne et de la bénédiction. Séparée par le ressac de sa tante Laura, Émilie fut déportée, par la porte du chœur, jusqu'à la gauche de la chaire. La foule, très dense, se clairsemait rapidement, mais Ilse n'était nulle part en vue. Émilie se rendit soudain compte qu'elle n'avait pas son livre de cantiques. Elle repassa en hâte la porte du chœur. Son livre était sans doute resté dans le banc. Elle y avait rangé le bout de papier sur lequel elle avait jeté des notes pendant le dernier hymne : une description plutôt mordante de la maigre Mlle Potter, une ou deux phrases satiriques sur M. Sampson et quelques fantaisies de son imagination, tenant du rêve et de la chimère, toutes choses qu'elle souhaitait garder pour elle.

Le bedeau, Jacob Banks, un peu aveugle et plus qu'un peu sourd, avait déjà, avant qu'elle entre, éteint deux des lampes sur le mur derrière la chaire. Elle prit son livre sur la tablette. Le papier n'y était plus. À la faible lueur de la dernière lampe que Jacob Banks éteignait, elle l'aperçut sous le siège et s'agenouilla pour le récupérer. Sans s'être avisé de sa présence, Jacob sortit et ferma à clef la porte du chœur. Émilie ne s'en aperçut pas. Ce n'était pas le bon papier. Où le sien pouvait-il bien être? Oh, là-bas, enfin! Elle ramassa son bien et courut à la porte, qui refusa de s'ouvrir.

Jacob Banks était parti et elle était seule dans l'église. Elle tenta sans succès de pousser la porte, cria à l'aide, puis courut le long de l'allée jusqu'au hall d'entrée. Elle entendit, ce faisant, la dernière carriole s'en aller en brinquebalant. À l'instant même, la lune fut avalée par les nuages et l'église, plongée dans l'obscurité — une obscurité compacte, étouffante, presque palpable. Prise de panique, Émilie cria en frappant l'huis de ses poings et en tournant frénétiquement la poignée. Elle appela de nouveau. Tous les gens ne pouvaient être partis : quelqu'un l'entendrait sûrement.

— Tante Laura. Cousin Jimmy. Ilse.

Et, dans un dernier gémissement de désespoir :

— Teddy, oh, Teddy!

Un éclair zébra le ciel et balaya le portique, ponctué d'un coup de tonnerre. L'un des plus violents orages qu'ait jamais connus Blair Water venait de commencer. Et Émilie Starr était enfermée, toute seule, dans l'église sombre, au cœur de l'éra-

40

blière, elle qui avait toujours eu, du tonnerre, une peur instinctive et incontrôlable.

Elle s'écroula, tremblante, sur une marche de l'escalier du jubé et s'y roula en boule. Quelqu'un reviendrait, quand on s'apercevrait qu'elle manquait à l'appel. Mais qui s'en apercevrait? La tante Laura et le cousin Jimmy penseraient qu'elle était avec Ilse, comme prévu. Ilse, qui était repartie, persuadée qu'Émilie ne rentrerait pas avec elle, la croirait retournée à la Nouvelle Lune. Personne ne viendrait la chercher. L'église qu'elle aimait parce qu'elle l'associait à l'école du dimanche, aux chansons, aux visages familiers, était devenue un édifice spectral dont elle était prisonnière. Impossible, en effet, de s'en évader. Les verrières étaient fermées hermétiquement. Le portique était ventilé par des impostes qu'un fil de fer ouvrait et refermait tout en haut des vitraux. Impossible de les atteindre et, l'eût-elle pu, qu'elle n'eût pas été capable de se glisser par le trou.

Elle se tapit sur sa marche en frissonnant. Le tonnerre et les éclairs se succédaient sans interruption. La pluie battait les carreaux en rafales mêlées de grêle. Le vent s'était levé et ses clameurs déchiraient l'air. «Le Prince du royaume des nuées mène le bal», avait un jour déclaré Morrison-le-Fou. Morrison-le-Fou: pourquoi donc pensait-elle à lui, en cet instant? Les vitraux vibraient comme si les démons qui chevauchent la tempête les secouaient. On lui avait conté, il y avait de celà plusieurs années, l'histoire de cette personne qui avait entendu l'orgue jouer, une nuit, dans l'église déserte. L'orgue! *S'il se mettait à jouer maintenant?* Tout pouvait arriver, dans un tel contexte. Les marches de l'escalier craquaient. Entre les illuminations des éclairs, l'obscurité était si dense qu'elle semblait avoir une épaisseur. De crainte d'être avalée par elle, Émilie enfouit sa tête dans sa jupe. Et SE RESSAISIT. Elle était une Murray, après tout, et les Murray ne se laissaient pas réduire par la peur. Les ancêtres endormis dans le cimetière privé, de l'autre côté de l'étang, n'auraient que mépris pour une aussi minable descendante. «C'est le côté Starr d'Émilie qui refait surface», commenterait la tante Élisabeth. Il lui fallait se montrer courageuse. Elle avait connu, dans sa jeune existence, des moments angoissants, et elle avait survécu. Ainsi, la fois où elle avait croqué la pomme empoisonnée du Grand Fendant* ou cette autre fois où elle était tombée de la falaise du Malvern. L'horreur présente l'avait saisie si brutalement qu'elle s'était laissée emporter par la terreur avant d'avoir même pensé à reprendre ses esprits. C'était chose faite. Rien de terrible n'allait lui arriver — rien de plus grave que de passer la nuit dans l'église. Le matin revenu, elle attirerait l'attention d'un passant. Elle était là depuis une heure, et rien ne lui était arrivé — à moins, bien sûr, que ses cheveux ne soient devenus blancs, ce qui était toujours possible, à ce qu'on lui avait dit. Il y avait eu, par moments, à leurs racines, un intense fourmillement. Émilie éleva devant elle sa longue tresse, guettant le prochain éclair: ses cheveux étaient toujours noirs. Elle poussa un soupir de soulagement et reprit courage. Le tonnerre diminuait d'intensité et ne grondait plus que de loin en loin. La pluie tombait toujours et le vent continuait de souffler autour de l'église, gémissant lugubrement dans les trous de la grosse serrure.

Émilie redressa les épaules et posa le pied sur la marche inférieure avec circonspection. Mieux valait revenir dans l'église. Qu'un autre nuage s'amène: le clocher pourrait être frappé par la foudre — ça arrivait tout le temps — et s'écroulerait dans le portique, juste sur elle. Mieux valait s'asseoir dans le banc des Murray et y rester, calme, sereine, raisonnable. Elle se sentirait moins oppressée dans l'église: ce portique était si étroit! Tout autour d'elle régnait une douce obscurité, que la chaleur et l'humidité de la nuit de juillet habillaient de mystère.

Elle leva la main pour atteindre la rampe et se dresser sur ses pieds engourdis: sa main toucha — Dieu du ciel! — qu'était-ce donc? — quelque chose de *poilu*. Un cri d'horreur se figea sur ses lèvres. Des pas étouffés descendirent l'escalier à côté d'elle. Dans la zébrure d'un éclair, elle aperçut, au bas des marches, un énorme chien noir qui la regardait et qui retourna au néant, l'obscurité revenue. Pendant un moment, Émilie vit les yeux rouges étincelants la regarder dans le noir, pareils à ceux du diable.

---

* Voir Émilie de la Nouvelle Lune 1.

Les racines de ses cheveux se mirent de nouveau à fourmiller. Une très grosse, très froide chenille s'avança en rampant le long de sa colonne vertébrale. Sa vie en eût dépendu, qu'elle n'eût pu bouger un muscle, émettre un son. Pendant quelques minutes, sa terreur fut telle qu'elle en eut le cœur au bord des lèvres. Puis, elle se reprit en main, déterminée à s'en sortir coûte que coûte. Serrant les dents, elle croisa ses mains tremblantes, se disant qu'il s'agissait d'un chien de Blair Water qui avait suivi son maître au jubé et qui avait été oublié derrière. Ça s'était déjà produit. La zébrure d'un éclair lui montra le portique vide. Le chien était entré dans l'église. Émilie décida de rester là où elle était. Remise de sa panique, elle ne voulait quand même pas qu'une truffe humide ou un flanc velu la frôle dans le noir.

Il devait être minuit, maintenant : la prière s'était terminée à dix heures. L'orage était fini. Le vent se déchaînait encore par à-coups, mais, entre les rafales, tout faisait silence et on n'entendait plus que la pluie qui tombait doucement. Le tonnerre grondait au loin et les éclairs zébraient encore le ciel, deçà, delà, mais leur éclat adouci ne se comparait en rien au déchirant éblouissement que l'œil avait eu peine à supporter. Le cœur d'Émilie reprit petit à petit son rythme régulier, et son esprit, la faculté de réfléchir. Elle vivait là une situation difficile, mais quel chapitre ça ferait pour son journal ou pour son calepin-Jimmy! Et même pour ce roman qu'elle écrirait un jour. C'était une situation faite sur mesure pour une héroïne —qui serait, bien sûr, sauvée par un héros. Émilie se mit à échafauder la scène, ajoutant ci, retranchant là, en quête de mots pour s'exprimer. Cette aventure se révélait intéressante, après tout. Mais où était donc passé le chien?

Les cavaliers sauvages de la tempête étaient partis, la Dame du Vent était revenue. Émilie eut un soupir satisfait. Le pire était passé. À tout prendre, ne s'était-elle pas plutôt bien comportée? Elle se remit à s'estimer de nouveau.

Elle *sut* soudain qu'elle n'était pas seule dans le portique. Elle n'avait rien entendu, rien vu, rien senti, et, pourtant, elle savait, hors de tout doute, qu'il y avait *une présence* dans le noir, au-dessus d'elle, dans l'escalier.

«Elle se retourna et regarda vers le haut. C'était moins horrible d'imaginer cette CHOSE devant soi que derrière. Elle fouilla l'obscurité de ses prunelles dilatées par la frayeur, mais elle ne vit rien. Puis, elle entendit un rire, au-dessus d'elle, un rire qui lui donna la chair de poule — le rire atroce et inhumain des déments. Elle n'avait pas besoin de l'éclair qui suivit pour savoir que Morrison-le-Fou était là, quelque part dans l'escalier. Mais l'éclair vint. Elle le vit. Et elle sombra, sans voix, dans un abîme de glace.

Il était accroupi, cinq marches plus haut, sa tête grise tendue vers l'avant. Elle vit l'éclat affolé de ses yeux, les crocs jaunis qui lui souriaient horriblement, la longue main à la tache sanglante tendue vers elle, la touchant presque à l'épaule.

Émilie émergea de sa transe et se leva en hurlant à pleins poumons, folle de peur:

— Teddy! Au secours, Teddy!

Pourquoi avait-elle appelé Teddy? Savait-elle même qu'elle l'avait appelé? Elle ne s'en souvint qu'après coup, comme on se souvient du cri qui nous tire d'un cauchemar. Ce qu'elle savait, par ailleurs, c'est qu'elle avait besoin d'aide, qu'elle mourrait, si cette horrible main la touchait. *Il ne fallait pas qu'elle la touche.*

Elle bondit sur ses pieds, dévala l'escalier quatre à quatre et courut à perdre haleine dans l'église, le long de l'allée. Il lui fallait se cacher avant le prochain éclair, mais pas dans le banc des Murray. Il la chercherait là. Elle plongea dans l'un des bancs du centre et s'accroupit près du plancher, plus morte que vive.

Des minutes s'écoulèrent, longues comme des années. Elle entendit des pas, qui allaient et venaient, qui semblaient se rapprocher inexorablement. Elle devina le manège de l'homme. Il inspectait chaque banc, sans attendre l'éclair, et la cherchait à tâtons. Morrison-le-Fou la cherchait, c'était évident. Il lui était arrivé de suivre des jeunes filles, qu'il prenait pour Annie. Il n'en avait jamais malmené aucune, mais ne les libérait que forcé de le faire par une tierce personne. La rumeur disait que Mary Paxton, de Derry Pond, n'avait plus jamais été la même, après sa rencontre avec Morrison-le-Fou: ses nerfs avaient flanché.

Ce n'était qu'une question de temps, Émilie le savait, avant qu'il ne trouve, en tâtant de la sorte, le banc où elle se terrait. À la lueur de l'éclair, elle le vit entrer dans le banc voisin du sien. Elle courut se réfugier d'un élan de l'autre côté de l'église. Il continuerait de la chercher, mais elle lui échapperait de nouveau. Ce manège pouvait se prolonger toute la nuit entre elle et le dément. La force que lui donnait sa folie viendrait à bout de la victime : elle s'écroulerait, épuisée, et il fondrait sur elle.

Ce jeu de cache-cache dura une éternité — une demiheure, en réalité. À l'image de son poursuivant, Émilie n'était plus une créature rationnelle, mais une mécanique qui s'accroupissait et se relevait, muette d'horreur. Cent fois il la traqua, sournois, patient, implacable. À la fin, ayant gagné l'une des portes du portique, elle la lui claqua à la figure et tenta de l'empêcher de tourner la poignée. C'est alors que la voix de Teddy — elle rêvait sûrement — lui parvint de derrière la porte extérieure.

— Émilie. Émilie. Es-tu là ?

Par quel miracle était-il là ? Quelle importance ? Il y était.

— Teddy, cria-t-elle, je suis enfermée dans l'église et Morrison-le-Fou y est aussi. Sauve-moi. Vite. Sauve-moi.

— La clef est pendue à un clou, en haut de la porte, cria Teddy. Es-tu capable de l'atteindre et de t'en servir ? Si tu ne peux pas, je vais fracasser le carreau du portique.

Les nuages se dissipant, le clair de lune illumina le portique et elle vit la grosse clef pendue très haut sur le mur. Elle s'en saisit, au moment même où son poursuivant forçait la porte intérieure et s'avançait dans la petite pièce, son chien sur les talons. Émilie déverrouilla la porte extérieure et s'écroula dans les bras de Teddy, juste à temps pour échapper à la main rouge sang. Morrison-le-Fou poussa un cri de désespoir : son Annie lui échappait.

En larmes, Émilie s'accrocha à Teddy.

— Emmène-moi, je t'en prie. Ne le laisse pas me toucher, ne le laisse pas me toucher.

La faisant pivoter derrière lui, Teddy fit face au dément sur la marche de pierre.

— Qu'est-ce qu'il vous prend de lui faire peur comme ça ?

Morrison-le-Fou eut un sourire désarmant, dans le clair de lune. Il n'était plus ni sauvage ni violent, il était un vieil homme au cœur brisé qui cherchait son amour perdu.

— Je veux Annie, bafouilla-t-il. Où est-elle? Je pensais que je l'avais trouvée.

— Annie n'est pas là, fit Teddy, en serrant chaudement la main glacée d'Émilie.

— Alors, où c'est qu'elle est? interrogea le fou, plein d'un avide désir. Peux-tu me dire où c'est qu'elle est, ma belle Annie aux cheveux de nuit?

La retraite piteuse du pauvre malheureux toucha Teddy. L'artiste, en lui, répondait à l'image qui s'offrait à lui, dans le décor de cette église baignée de lune. Il se dit qu'il aimerait peindre cet homme tel qu'il était là, hâve et décharné dans son vieux cache-poussière gris, avec ses longs cheveux et sa barbe blanche, et cette quête sans âge au fond des yeux enfoncés au creux des orbites.

— Non, non, je ne sais pas où elle est, dit-il gentiment, mais vous la retrouverez, un de ces jours.

Le fou soupira.

— Certain. Un jour, je la retrouverai. Viens, mon chien, on va continuer de la chercher.

Suivi de son vieux chien noir, il descendit les marches, traversa le terre-plein et s'en alla le long du chemin strié d'ombres, s'effaçant à jamais de la vie d'Émilie. Le regardant aller, si pitoyable dans sa quête de la fiancée perdue, elle lui pardonna.

— Pauvre M. Morrison, sanglota-t-elle, pendant que Teddy l'emmenait jusqu'à une pierre tombale étalée à côté de l'église.

Ils restèrent assis là jusqu'à ce qu'elle ait retrouvé ses esprits et conté son aventure dans ses grandes lignes.

— Le pis, se révolta-t-elle, c'est que la clef était là, à ma portée, tout ce temps, sans que j'en sache rien.

— Le bedeau ferme de l'intérieur avec sa grosse clef, expliqua Teddy, celle qu'il suspend au clou. Il ferme celle du chœur avec une petite clef qu'il emporte chez lui. Il fait ça depuis trois ans. Il avait perdu la grosse clef et l'avait cherchée pendant des semaines.

Émilie s'avisa soudain de l'étrangeté de la présence de Teddy.

— Comment as-tu deviné que j'avais besoin de toi, Teddy?

— Tu m'as appelé, dit-il. Je t'ai entendue.

— Oui, dit Émilie, lentement. Je t'ai appelé, quand j'ai vu Morrison-le-Fou. Mais tu n'as pas pu m'entendre: *c'est impossible. Le Trécarré est à un mille d'ici.*

— *Je t'ai entendue*, répéta obstinément Teddy. Je dormais, et ça m'a éveillé. Tu appelais: Teddy. Au secours, Teddy! C'était ta voix, aussi vrai que je suis là. Je me suis levé, je me suis habillé en catastrophe et j'ai couru jusqu'ici aussi vite que j'ai pu.

— Comment savais-tu que j'étais ici?

— Je l'ignore, avoua Teddy, interdit. Je ne me suis pas arrêté à y penser. Quelque chose me disait que tu étais à l'église et qu'il fallait que j'y vienne au triple galop. Tu ne trouves pas ça bizarre?

— Si. Et ça me fait peur, dit Émilie, en frissonnant. Tante Élisabeth dit que j'ai des dons de clairvoyante. Tu te souviens de la mère d'Ilse? M. Carpenter prétend que je suis un médium. Je ne sais pas vraiment ce que c'est, mais je préférerais n'être rien de tout ça.

Elle frissonna de nouveau. Croyant qu'elle avait froid et ne disposant d'aucun châle pour lui entourer les épaules, il l'enveloppa de ses bras, timidement, l'orgueil des Murray se froissant aisément. Le froid qui glaçait Émilie ne venait cependant pas du corps: il sourdait de l'âme. Que Teddy ait entendu son appel tenait du mystère. Elle se blottit d'un peu plus près contre lui, consciente de la tendresse qu'elle percevait sous la réserve du garçon et elle sut soudain qu'elle aimait Teddy plus que tout au monde, plus même que sa tante Laura, qu'Ilse ou que Dean.

Les bras de Teddy resserrèrent leur étreinte.

— Je suis content d'être arrivé ici à temps, dit-il. Autrement, ce pauvre idiot t'aurait fait mourir de peur.

Ils restèrent enlacés, silencieux, pendant quelques instants. Tout leur semblait beau et baigné d'irréel. Émilie se dit qu'elle vivait un rêve. L'orage était passé. La lune brillait, très claire, de nouveau. Là, devant, il y avait, sous la lune, des champs, des fourrés, des routes, s'offrant ou se dérobant au gré de la fantaisie. Une chouette rit toute seule de contentement dans le vieux pin. Ce son magique provoqua le déclic et emporta Émilie dans une tornade mystique. Elle eut l'impression que Teddy et elle habitaient un monde nouveau, créé pour eux seuls avec trois ingrédients : jeunesse, mystère, enchantement.

Ils étaient comme incorporés aux parfums de la nuit, au rire de la chouette, aux marguerites ployant sous la brise.

Teddy trouvait Émilie charmante, à la lueur de la lune, avec ses yeux profonds ourlés de longs cils et les bouclettes encadrant l'ivoire de son cou. Sans que la dignité des Murray en parût offusquée, il resserra l'étreinte de ses bras.

— Émilie, souffla-t-il, tu es la fille la plus délicieuse du monde.

Émilie frémit de la tête aux pieds d'une émotion jamais encore ressentie et presque effrayante de douceur, une émotion qui éveillait ses sens comme le déclic éveillait son esprit. Elle se dit que Teddy allait l'embrasser, et Teddy allait le faire quand une ombre se glissa derrière eux sur le gazon mouillé et le toucha à l'épaule. Il releva le front, étonné. Mme Kent se tenait là, debout, tête nue, son visage balafré éclairé par la lune. Elle les regardait, le masque tragique.

Émilie et Teddy se levèrent si vite qu'on les eût dit tirés par un fil. Le monde féérique s'évanouit et Émilie se retrouva dans un tout autre univers, un univers absurde et ridicule. Oui, vraiment, ridicule. Que pouvait-il y avoir de plus ridicule que d'être surprise, à deux heures du matin, avec Teddy, se bécotant sur la pierre tombale vieille de quatre-vingts ans de George Norton ?

Comment une chose pouvait-elle être si belle, un moment, et si absurde, l'instant d'après ?

Émilie avait honte, et Teddy, elle le sentait, se trouvait ridicule. Pour Mme Kent, toutefois, il n'y avait rien là de ridicule. C'était, tout simplement, épouvantable. Pour cette jalouse pathologique, Émilie devenait l'ennemie. Elle la regarda de ses yeux affamés.

— Ainsi, tu essaies de me voler mon fils, lui dit-elle. Je n'ai que lui, et tu veux me le prendre.

— Oh, maman, pour l'amour du ciel, sois raisonnable! gémit Teddy.

— C'est lui qui me dit d'être raisonnable! (Elle répétait les mots de son fils en s'adressant, tragique, à la lune.)

— Oui, raisonnable, fit Teddy, furieux. Tu te montes pour rien. Émilie a été enfermée dans l'église par accident et Morrison-le-Fou était là aussi et l'a quasiment fait mourir de peur. Je suis venu la délivrer, et nous nous sommes assis ici quelques minutes pour qu'elle se remette de sa frayeur avant de rentrer à la maison. C'est tout.

— Comment savais-tu qu'elle était ici? interrogea Mme Kent.

Comment, en effet? La vérité semblait une fabulation saugrenue. Pourtant, Teddy la dit.

— Elle m'a appelé, fit-il simplement.

— Et tu l'as entendue — à un mille de distance? Et tu penses que je vais croire ça? dit Mme Kent, avec un rire égaré.

Émilie avait recouvré ses esprits pendant cet échange. Elle se redressa fièrement et, dans la lumière falote, elle était le vivant portrait de ce qu'avait dû être Élisabeth Murray, trente ans plus tôt.

— Croyez-le ou non, c'est la vérité, fit-elle, hautaine. Je ne vous vole pas votre fils. Je n'ai rien à en faire. Il peut partir, s'il le veut.

— Je vais d'abord te raccompagner à la maison, Émilie, rétorqua Teddy, en croisant les bras et en rejetant la tête en arrière pour paraître aussi dégagé qu'elle.

Impressionnée par ce spectacle, sa mère se mit à pleurer.

— Va. Va, dit-elle. Va avec elle. Abandonne-moi.

La moutarde montait au nez d'Émilie. Cette femme déraisonnable voulait un spectacle? Elle l'aurait.

— Je ne l'autorise pas à me raccompagner chez moi, dit-elle, glaciale. Teddy, va avec ta mère.

— Tu lui donnes des ordres, se hérissa Mme Kent. Il faut qu'il se plie à tes commandements? C'est ça?

Sa silhouette menue était secouée de violents sanglots.

— Alors, qu'il choisisse, cria-t-elle, en se tordant les mains. C'est toi ou moi. Choisis toi-même, Teddy. Émilie n'a pas à le faire pour toi.

Teddy eut voulu se voir à des milliers de milles de là. Comment se dépêtrer d'une telle situation? S'il ramenait Émilie chez elle, sa mère le bouderait pendant des semaines. Par ailleurs, abandonner Émilie après l'expérience qu'elle venait de vivre et la laisser s'en aller seule dans ce chemin solitaire n'avait aucun sens.

Pendant que Teddy hésitait, Émilie avait repris la situation en main. En proie à la colère froide qui agitait autrefois le vieux Hugh Murray, elle n'y alla pas par quatre chemins :

— Vous agissez en égoïste, dit-elle à Mme Kent. Votre fils en viendra un jour à vous détester, et ce sera votre faute.

— Égoïste! Tu me traites d'égoïste. Teddy est ma raison de vivre. Je vis pour lui.

— En égoïste.

Émilie se mesurait à elle, les yeux très noirs, la voix coupante. Elle avait son «regard à la Murray» et, dans la pâle lueur de la lune, c'était redoutable.

— Vous croyez que vous l'aimez, dit-elle, se demandant comment elle connaissait ces choses, mais c'est vous-même que vous aimez. Vous êtes déterminée à gâcher sa vie. Vous ne le laisserez pas aller à Shrewsbury parce que ça vous ferait mal qu'il s'éloigne de vous. Vous êtes jalouse de tout ce qu'il aime, et vous avez laissé ce sentiment vous ronger le cœur. Vous n'êtes pas prête à endurer la moindre souffrance pour son bien. Vous n'êtes pas vraiment une mère. Teddy a un grand talent : tout le monde le dit. Vous devriez être fière de lui et lui donner sa chance. Mais non, vous vous y refusez et, un jour, il vous haïra à cause de cela. Oui, il vous haïra.

— Oh, non, non, gémit Mme Kent, en élevant les mains comme pour se protéger des coups et en se laissant aller contre Teddy. Émilie, tu es cruelle. Tu ne sais pas ce qu'a été ma vie. Tu ne sais pas quelle douleur habite constamment mon cœur. Teddy est ma seule possession. Je ne peux pas le lâcher.

— Si vous laissez votre jalousie gâcher sa vie, vous le perdrez aussi, fit Émilie, inexorable. (Elle avait toujours redouté Mme Kent. Maintenant, elle ne la redoutait plus, elle savait qu'elle n'aurait plus jamais peur d'elle.) Vous détestez tout ce qu'il aime — ses amis, son chien, des dessins. Ce n'est pas la façon de le garder, madame Kent. Vous vous en rendrez compte trop tard. Bonne nuit, Teddy. Je te remercie d'être venu à mon secours. Bonne nuit, madame Kent.

L'au revoir d'Émilie était définitif. Elle fit volte-face et s'engagea à grandes enjambées sur la pelouse, tête haute, sans regarder derrière elle. Elle avança sur le chemin mouillé, d'abord très irritée, puis, au fur et à mesure que sa colère se dissipait, terriblement fatiguée. Les émotions de la nuit l'avaient épuisée. Que faire, maintenant? Retourner à la Nouvelle Lune? Elle ne s'en sentait pas le courage. *Il faudrait faire face à sa tante Élisabeth*, si jamais les événements scabreux de cette nuit-là étaient révélés. Elle se retrouva devant la barrière du docteur Burnley. La porte de la maison n'était jamais fermée à clef. Émilie se faufila dans le hall d'entrée au moment où l'aube commençait à poindre et se lova sur le canapé derrière l'escalier. Pourquoi éveiller Ilse? Elle lui conterait tout par le menu pendant la matinée, sous le sceau du secret, tout, sauf une chose que Teddy avait dite, et l'épisode de Mme Kent. La première chose était trop belle pour être racontée, et l'autre, trop épouvantable. Bien sûr, Mme Kent n'était pas comme les autres femmes et il n'y avait pas lieu de se sentir diminuée par son intervention. N'empêche que cette femme avait gâché quelque chose de fragile et tourné à l'absurde un moment qui eût dû rester éternellement beau. À cause de cette femme, sa mère, le pauvre Teddy s'était senti diminué. Et c'est *cela* qui, en dernière analyse, ne pouvait se pardonner, aux yeux d'Émilie.

# IV

## Comme les autres nous voient

Émilie avait fini de laver le plancher de la cuisine et s'appliquait à y épandre du sable, selon le motif à chevrons magnifique mais compliqué — une des traditions de la Nouvelle Lune — inventé par l'aïeule dont le «j'y suis, j'y reste» avait fait la renommée. La tante Laura avait montré à Émilie comment s'y prendre, et cette dernière se félicitait de son habileté. La tante Élisabeth avait même admis qu'Émilie sablait le motif fameux particulièrement bien, et quand la tante Élisabeth vous félicitait, vous n'aviez plus besoin d'autres éloges.

Il n'y avait plus, dans Blair Water, qu'à la Nouvelle Lune qu'on ait conservé l'ancienne coutume de sabler les planchers. Les autres maîtresses de maison s'étaient depuis longtemps tournées vers les trucs dernier cri et vers les nettoyeurs brevetés pour blanchir leurs parquets. Mais pas dame Élisabeth Murray, qui refusait de se plier à ces modes; tant qu'elle régnerait à la Nouvelle Lune, les chandelles et les planchers y reluiraient au naturel.

Émilie rongeait son frein. Sa tante Élisabeth avait insisté pour qu'elle revête, pour frotter le parquet, la vieille *Mother Hubbard** de la tante Laura, «trop bonne pour être jetée aux guenilles», mais néanmoins fanée et inélégante.

---

* Robe volumineuse d'indienne.

53

Émilie, qui avait horreur du ridicule, détestait les *Mother Hubbard* autant qu'elle avait détesté les premiers tabliers portés à la Nouvelle Lune. Cette vieille défroque de la tante Laura pendouillait en plis lâches de ses épaules jusqu'à ses pieds, moche comme ce n'était pas possible. Aussi Émilie avait-elle frotté son plancher sur le qui-vive, prête à prendre la poudre d'escampette si quelque visiteur surgissait à l'improviste.

Elle terminait le sablage et s'apprêtait à ranger le seau de sable dans sa niche, sous le manteau de la cheminée de la cuisine, quand elle entendit des voix dans la cour arrière. Un coup d'œil par la fenêtre lui apprit à qui appartenaient ces voix : à Mlle Beulah Potter et à Mme Ann Cyrilla, venues s'enquérir, sans nul doute, du calendrier des projets en cours chez les Dames bénévoles. Elles se dirigeaient vers la porte arrière, comme c'était l'habitude, à Blair Water, quand vous alliez chez les voisins pour affaires ou sous l'impulsion du moment. Elles avaient déjà dépassé la plate-bande de roses trémières dont le cousin Jimmy avait bordé le sentier menant à la laiterie. De tous les habitants de Blair Water et des environs, elles étaient bien les deux personnes devant lesquelles Émilie n'eût jamais voulu paraître ridicule. Sans plus réfléchir, elle se précipita tête première dans le placard à chaussures et en referma la porte sur elle.

Mme Ann Cyrilla frappa deux fois à la porte de la cuisine. Émilie ne broncha pas. La tante Laura tissait, au grenier — on entendait le bruit sourd des pédales — mais la tante Élisabeth faisait des tartes dans la cuisine d'été, et la fillette était certaine qu'elle verrait ou entendrait les visiteuses et qu'elle les emmènerait dans le petit salon. Émilie pourrait alors s'éclipser sans qu'on l'ait vue dans son accoutrement.

Mlle Potter était une maigrichonne dont les cancans acidulés visaient tout le monde en général et Émilie en particulier, et Mme Ann Cyrilla était une placoteuse accorte et mielleuse qui, par ses potins, causait plus de ravages en une semaine que Mlle Potter en une année. Émilie ne lui faisait nullement confiance, mais l'aimait bien quand même. Combien de fois ne l'avait-elle pas entendue se moquer en souriant de gens qu'elle venait, à leur face même, de traiter avec la plus extrême courtoisie! Cette Mme Cyrilla, reconnue autrefois comme l'une des «élégantes demoiselles Wallace de Derry Pond», tournait en dérision les habitudes vestimentaires insolites de certains de leurs compatriotes, et Émilie ne voulait pas devenir l'une de ses têtes de Turc.

On frappa une autre fois à petits coups impatients. — Elle pouvaient bien frapper jusqu'à la fin de leurs jours, ce n'est certes pas Émilie qui leur répondrait! Pas dans sa *Mother Hubbard*, en tout cas. Elle entendit, de loin, Perry expliquer que Mlle Élisabeth était dans les souches, derrière la grange, à cueillir des framboises, mais qu'il irait la chercher, qu'elles n'avaient qu'à entrer dans la maison et à s'y mettre à l'aise. Ce qu'elles firent illico, à la déconfiture d'Émilie.

Mlle Potter s'assit avec un soupir comblé et Mme Cyrilla, en soufflant très fort. Les pas de Perry se perdirent dans la cour. Émilie était faite comme un rat. Il faisait chaud dans le placard où le cousin Jimmy gardait, en plus de ses chaussures, ses vêtements de travail. Émilie souhaita ardemment que Perry trouve la tante Élisabeth au plus vite.

— Ma grand' conscience, on meurt de chaleur, ici dedans, grommela Mme Cyrilla.

La pauvre Émilie, qui transpirait abondamment dans son placard, ne put qu'être entièrement d'accord avec la visiteuse.

— Je ne souffre pas de la chaleur autant que les grosses personnes, dit Mlle Potter. J'espère quand même qu'Élisabeth ne nous fera pas attendre trop longtemps. Laura tisse: j'entends son métier dans le grenier, mais c'est inutile de la voir, elle. Élisabeth passe outre à ce que Laura promet, tout simplement parce que ça ne vient pas d'elle. Tiens donc! le parquet a été sablé de frais. Regarde-moi ces planches usées! Il serait grand temps qu'Élisabeth fasse faire un nouveau parquet. Elle est trop près de ses sous pour ça. Et regarde-moi ces chandelles sur la cheminée. Tout ce tintouin, et cette pauvre lumière, parce que l'huile à lampe coûte plus cher. Son argent, elle ne l'emportera pas avec elle, quand elle mourra. Il faudra qu'elle le laisse à la porte du paradis, toute Murray qu'elle soit.

Émilie était, c'est le cas de le dire, dans ses petits souliers. Non seulement elle suffoquait dans son cagibi, mais elle s'y sentait coupable d'indiscrétion, comme le soir où, à Maywood, elle s'était cachée sous la table pour entendre ses tantes et ses oncles décider de son avenir. Cette fois-là, c'était volontaire, tandis que maintenant, elle était prise à son propre piège. Ça ne rendait pas les propos de Mlle Potter plus plaisants à écouter. De quel droit cette commère traitait-elle Élisabeth Murray de grippe-sou? Émilie, qui avait souvent critiqué sa tante, dans le secret de son cœur, trouva malséant qu'une étrangère fît de même. Et ces sarcasmes sur les Murray! Émilie voyait presque la malice inscrite dans les yeux de Mlle Potter, pendant que cette dernière parlait.

— C'est parce que ça coûte gros, qu'elle n'enverra pas Émilie à l'école, l'année prochaine, dit Mme Ann Cyrilla. Elle devrait lui donner au moins une année à Shrewsbury, ne serait-ce que par respect humain, mais il paraît qu'elle n'est pas décidée.

Le cœur d'Émilie se serra. Elle ne savait pas, jusque là, que sa tante ne l'enverrait pas à Shrewsbury. Ses yeux se mouillèrent de larmes de déception.

— Il faut qu'Émilie ait un métier, pour gagner sa vie, dit Mlle Potter. Son père ne lui a rien laissé.

«Il m'a laissée, *moi*», souffla Émilie, en serrant les poings.

— Oh, fit Mme Ann Cyrilla, avec un ricanement de dérision, il paraît qu'Émilie gagnera sa vie en écrivant — et qu'elle deviendra riche, n'est-ce pas.

Cette perspective lui parut si farfelue qu'elle s'esclaffa de plus belle.

— Elle consacre la moitié de son temps libre à écrire de petits riens, acquiesça Mlle Potter. Si j'étais sa tante, je lui ferais vite passer cette manie.

— Tu n'y arriverais pas. C'est une enfant difficile, à ce qu'on dit, une forte tête, une Murray, quoi. Ces gens-là ont des têtes de mules.

(*Émilie, courroucée*: Comme elles nous raillent, ces femmes! Si je portais autre chose que cette affreuse défroque, j'ouvrirais la porte à la volée et je les confondrais.)

— Elle a besoin qu'on lui serre la bride, susurra Mlle Potter. Ce sera une coquette, j'en jurerais. Juliette réincarnée. Tu verras. Ça n'a pas encore quinze ans et ça fait les yeux doux à tout venant!

(*Émilie, sarcastique*: «Menteuse. Ma mère n'était pas une coquette. Elle eût pu l'être, remarque, tandis que *toi*, ma pauvre vieille...!»)

— Elle n'est pas aussi jolie que sa mère, et elle est rusée —rusée et secrète. Mme Dutton dit qu'elle n'a jamais connu adolescente plus rusée. Malgré tout, la pauvre Émilie reste quand même attachante.

Le ton de voix de Mme Ann Cyrilla était très condescendant. La «pauvre Émilie» était au supplice, au milieu des bottes.

— Ce qui me déplaît le plus en elle, c'est son désir de briller, déclara Mlle Potter, le ton tranchant. Elle copie des passages des livres qu'elle lit et elle les fait passer pour les siens.

(*Émilie, indignée*: «C'est faux!»)

— En plus, elle est susceptible, portée au sarcasme, et prétentieuse comme j'en connais peu, conclut Mlle Potter.

Mme Ann Cyrilla eut un caquètement affable qui approuvait en bloc.

— Et, comble de tout, elle est jalouse, compléta la commère. Elle veut être la première en tout. Il paraît qu'elle a pleuré des larmes de rage, le soir du concert, quand Ilse Burnley s'est tirée brillamment du dialogue, alors qu'elle-même... n'est-ce pas... Elle contredit si ouvertement ses aînés que c'en serait comique, si ce n'était si mal élevé.

— Étonnant qu'Élisabeth ne la corrige pas de ce travers. Les Murray sont pourtant persuadés que leurs manières sont supérieures à celles du commun des mortels, dit Mlle Potter.

(*Émilie, logique*: «Ça, au moins, c'est vrai!»)

— Disons, à sa décharge, fit Mme Ann Cyrilla, que beaucoup de ses défauts lui viennent de ses accointances avec Ilse Burnley. On ne devrait pas la laisser courir les routes avec Ilse, qui est une païenne comme son père.

— Le docteur la discipline mieux, maintenant qu'il sait que sa précieuse épouse ne s'est pas sauvée avec Léo Mitchell, dit Mlle Potter, en reniflant. Il l'envoie à l'école du dimanche. Elle ne mérite pas d'être associée à Émilie. Elle sacre comme un charretier.

— Doux Seigneur! gémit Mme Ann Cyrilla.

— Savez-vous ce que *je* l'ai vue faire, la semaine dernière?

— Rien de ce que fait Ilse ne peut plus m'étonner, gloussa Mme Ann Cyrilla. Vous savez qu'elle était au charivari, chez Johnson, mardi dernier, déguisée en garçon.

— Ça lui ressemble assez. Mais ce dont moi, je vous parle, s'est passé dans ma propre cour. Ilse était là avec Jen Strang, venue chercher une bouture de rosier pour sa mère. J'ai demandé à Ilse si elle savait coudre et boulanger, et autres petites choses. Elle a répondu: «Non!» à toutes mes questions, d'un air effronté. Et alors, que croyez-vous que cette fille ait pu dire?

— Je n'en ai aucune idée. Quoi? interrogea Mme Cyrilla, curieuse.

— Elle a dit: «Vous, mademoiselle Potter, êtes-vous capable de vous tenir sur un de vos pieds et d'élever l'autre à la hauteur de vos yeux? Moi, je le peux.»

Mlle Potter baissa mélodramatiquement le ton.

— *Et elle l'a fait.*

L'auditrice, dans la penderie, étouffa un éclat de rire au fond du chandail gris du cousin Jimmy. Cette folle d'Ilse! Comme elle aimait scandaliser Mlle Potter!

— Doux Jésus! Est-ce qu'il y avait des hommes aux alentours? s'inquiéta Mme Cyrilla.

— Non, heureusement. Mais elle aurait fait la même chose s'il y en avait eu. Nous étions près de la route. *N'importe qui* aurait pu y passer. J'avais honte pour elle. Dans *mon* temps, une jeune fille aurait préféré mourir plutôt que de faire une chose pareille.

— Ce n'est pas plus mal que de se baigner au clair de lune *sans rien sur soi*, comme l'ont fait, déjà, Ilse et Émilie, dit Mme Ann Cyrilla. Ça, c'était franchement scandaleux. Étiez-vous au courant?

— Comment donc! Tout le monde connaît cette histoire à Blair Water. Tout le monde, sauf Élisabeth et Laura. Quelqu'un les a-t-il *vues nues*?

— Oh, miséricorde, non. Ce n'est pas aussi scabreux que ça. C'est Ilse qui a raconté elle-même cette aventure, comme si c'était un fait anodin. Quelqu'un devrait se charger de prévenir Laura et Élisabeth.

— Faites-le vous-même, suggéra Mlle Potter.

— Oh non. Je ne veux pas de chicane avec mes voisins. Je n'ai pas la responsabilité d'élever Émilie Starr, Dieu merci! Si je l'avais, je ne la laisserais pas fréquenter Doscroche Priest, non plus. C'est le plus étrange de tous ces étranges Priest. Je suis certaine qu'il a une mauvaise influence sur elle. Ces yeux verts qu'il a me donnent le frisson.

— Il court une rumeur étrange, à son sujet et à celui d'Émilie, dit Mlle Potter. Ça n'a ni queue ni tête. On les a vus, sur la colline, mercredi soir dernier, à la nuit tombante, se comporter de la façon la plus bizarre qui soit. Ils marchaient, les yeux fixés au firmament, s'arrêtaient, puis se montraient mutuellement, à grands gestes fous, un point au zénith. Ils ont fait ça à plusieurs reprises. Mme Price les regardait, de sa fenêtre, bien intriguée. Il était trop tôt pour voir des étoiles, et elle-même n'apercevait rien d'inhabituel dans le ciel. Elle est restée éveillée toute la nuit à essayer de résoudre cette énigme.

— Tout bien considéré, Émilie Starr a besoin qu'on s'occupe d'elle, trancha Mme Ann Cyrilla. Je me demande, des fois, si je ne devrais pas interdire à Muriel et à Gladys de la fréquenter.

(*Émilie, dévotement*: «Comme je souhaite que vous le fassiez! Elles sont si stupides. Ilse et moi vous bénirons.»)

— À tout prendre, j'ai pitié d'*elle*, fit Mlle Potter. Elle est si *étourdie*, si *fiérote* qu'elle se met tout le monde à dos et qu'aucun jeune homme dans son bon sens ne voudra d'elle.

— La pauvre enfant ne fera pas de vieux os, d'ailleurs, avec sa tuberculose. Oui, tout compte fait, je la plains, cette petite.

La mesure était comble, pour Émilie. Elle, une Starr à part entière et une demi-Murray, objet de pitié pour Beulah Potter! *Mother Hubbard* ou pas, elle n'en pouvait supporter davantage. Ouvrant toute grande la porte de la penderie, elle apparut aux deux bavardes dans sa vieille robe d'indienne, contre un décor de bottes et de vareuses, les joues en feu, les yeux noirs comme de l'encre.

Mme Ann Cyrilla et Mlle Beulah Potter en ouvrirent la bouche de saisissement. Leurs visages virèrent au pourpre et elles se figèrent sur place, suffoquées.

Émilie les regarda un instant, dans un silence qui traduisait éloquemment ses sentiments. Puis, avec la majesté d'une reine, elle traversa la cuisine et disparut à leurs regards, juste au moment où Élisabeth Murray surgissait en haut des marches de pierre, s'excusant d'avoir fait attendre ses invitées. À peine remises de leur émoi, Mlle Potter et Mme Cyrilla s'éclipsèrent, l'air confus, après un dialogue brusqué. Ne sachant que penser d'une telle conduite, leur hôtesse en conclut que ses voisines s'étaient indûment offusquées d'avoir eu à l'attendre, puis, elle oublia l'affaire. La porte ouverte de la penderie ne lui apprenait rien, et elle ignorait que, dans la chambre de la tour, Émilie, le visage enfoui dans son matelas, pleurait toutes les larmes de son coprs — de honte, de colère, d'humiliation. Le déclencheur de l'incident c'était, à n'en pas douter, sa propre vanité, mais sa punition avait été *trop* sévère.

Elle ne s'offensait pas outre-mesure de ce qu'avait dit Mlle Potter, mais les petites flèches empoisonnées de Mme Ann Cyrilla la piquaient au vif. Elle aimait bien la jolie, l'aimable Mme Ann Cyrilla, la bonne, l'amicale Mme Ann Cyrilla, qui lui avait souvent fait des compliments. Elle avait cru ses sentiments payés de retour. Et voilà que cette fausse amie parlait ainsi dans son dos...

«Elles auraient pu avoir au moins *un* bon mot pour moi, sanglota-t-elle. Je me sens *salie* par leur malice et par ma propre stupidité.»

Elle n'eut pas de repos avant d'avoir consigné tout cela dans son journal.

O

«Comme elles ont démoli la pauvre Ilse, ces méchantes femmes! Bien sûr, on ne peut pas s'attendre que des béotiens comme les Potter connaissent la scène de somnambulisme de *Lady Macbeth*, mais, quand même... Je me tue à répéter à Ilse de fermer toutes les issues quand elle répète cette scène qu'elle anime merveilleusement.

«Ce charivari dont ces dames parlaient, Ilse n'y a pas assisté. Elle a seulement dit qu'elle aurait aimé y aller. Quant à notre baignade au clair de lune, elle a eu lieu, c'est vrai, mais nous n'étions pas complètement dévêtues. Qu'y a-t-il de répréhensible à se baigner au clair de lune? Cette expérience merveilleuse que nous avons vécue, la voilà avilie par des commérages. Ilse aurait dû mieux tenir sa langue.

«Nous nous promenions au bord de la mer, un soir. La plage brillait sous la lune. La Dame du Vent bruissait dans les herbes de la dune, et de longues vagues tranquilles venaient s'échouer sur le sable. Nous souhaitions nous baigner, mais nous n'avions pas apporté nos maillots. Nous nous sommes assises et nous avons causé. C'était une vraie conversation — pas seulement parler pour parler. Le golfe s'allongeait devant nous, argenté, aguichant. Il s'enveloppait, à l'horizon, d'une écharpe de brume C'était un océan de conte de fées.

«J'ai dit:

— J'aimerais m'embarquer sur un bateau et voguer droit devant moi. Où est-ce que j'atterrirais?

— Sur l'île d'Anticosti, a dit Ilse, prosaïque.

— Non, au royaume de Thulé, plutôt, ai-je murmuré, rêveuse. Sur quelque côte inconnue où

*ni la pluie, ni le vent*
*ne soufflent jamais...*

«N'importe qui voudrait s'embarquer sur cette mer d'argent, par une telle nuit.

— Le ciel, ça doit être comme ça, a soufflé Ilse. Allons nous baigner. Même si on n'a pas de maillots. Il n'y a personne aux alentours. Les vagues m'appellent. Comment leur résister?

«Je partageais son exaltation. Se baigner au clair de lune, c'est si romantique. (Les Potter du monde entier ne connaîtront jamais de tels dévergondages.)

«Nous nous sommes déshabillées dans un repli de la dune pareil à un bol d'argent, sous la lune, mais nous avons gardé nos jupons. Quel plaisir nous avons eu à nager, comme des sirènes, dans cette eau miroitante! Nous vivions un poème. Et quand nous sommes sorties de la mer, j'ai tendu la main à Ilse et j'ai dit:

*Venez par les sables jaunes;*
*Donnez-vous la main,*
*Saluez, embrassez-vous,*
*— Dorment les eaux folles —*
*De-ci de-là, doux esprits*
*Menez danse agile,*
*Et puis chantez le refrain\*.*

«Ilse a pris mes mains dans les siennes et nous avons dansé sur le sable au clair de lune, puis nous sommes revenues au bol d'argent où nous nous sommes rhabillées. Nous sommes rentrées à la maison parfaitement heureuses, transportant sous le bras nos jupons mouillés, roulés en boule. Peut-être avions-nous l'air un peu furtif, mais nul ne nous a vues. Et c'est *de cela* que Blair Water se scandalise à notre sujet?

«Quand même, pourvu que tante Élisabeth n'en sache rien.

«Mme Price aurait, la pauvre, connu une nuit d'insomnie à cause de Dean et moi. Voyons donc, madame Price, nous nous promenions tout simplement dans la montagne Délectable et nous dessinions les nuages. Rien de bien sorcier. Vous me direz que c'était enfantin? Peut-être, mais quel plaisir nous avons eu! Dean se prête volontiers à des jeux farfelus et ça me plaît en lui.

«Nous avons passé une demi-heure épatante. Peu m'importe que Mme Price, qui ne sait pas lire dans le ciel, nous ait pris pour des fous.

««De tout ce fatras, je retiens qu'il ne sert à rien de soigner son image et que ce qui importe, c'est de s'estimer soi-même. Moi, je sais ce que je vaux. Je ne suis ni mauvaise, ni sotte. Je n'ai pas la tuberculose et j'ai un certain talent pour l'écriture. Maintenant que j'ai noté cet incident, il ne m'importe plus, mais ça m'agace que Mlle Potter ait *pitié de moi*. Faire pitié à une Potter, c'est le comble.

«En regardant distraitement par la fenêtre, j'ai aperçu la plate-bande de capucines de cousin Jimmy, et le déclic s'est

---

\* Traduction de Pierre Leyris et Élizabeth Holland, bibliothèque de la Pléiade.

produit. Mlle Potter, sa pitié et sa langue venimeuse n'ont plus aucune espèce d'importance.

«Ainsi donc, je n'irai pas à Shrewsbury. Tante Élisabeth en a décidé. Je suis déçue, même si je ne m'y attendais pas vraiment. Les portes de l'avenir se referment l'une après l'autre devant moi.»

# V

## Faute de grives...

Un soir de la fin d'août, Émilie entendit Teddy siffler pour l'appeler, sur le chemin de Demain. Se glissant dehors, elle se porta à sa rencontre. Il avait des nouvelles qui faisaient briller ses yeux.

— Émilie , s'écria-t-il, au comble de la surexcitation, j'irai à Shrewsbury, en fin de compte. Ma mère m'a appris, tantôt, qu'elle s'était résignée à cette idée.

Émilie fut ravie pour Teddy, mais triste pour elle et s'en fit reproche. Comme elle serait seule, à Blair Water, quand ses trois camarades en seraient absents, Teddy, surtout! Il était au cœur de tous ses projets. Elle n'imaginait pas l'année à venir sans lui. Et voilà qu'il n'y aurait plus de Teddy, plus personne, vraiment, puisque Dean aussi partait pour l'hiver, comme il l'avait toujours fait, vers l'Égypte, le Japon, ou quelque destination éloignée. Qu'allait-elle devenir? Tous les calepins-Jimmy du monde ne viendraient jamais à bout de remplacer des amis en chair et en os.

— Si au moins tu venais avec nous! soupira Teddy, alors qu'ils arpentaient le chemin de Demain.

— Ça ne sert à rien d'en parler, éclata Émilie, ça me rend malheureuse.

— Nous aurons au moins nos week-ends. Je veux te remercier, Émilie. Cette veine, c'est à toi que je la dois. Tu te rappelles ce que tu as dit à ma mère, dans le cimetière? C'est ce qui l'a décidée à me laisser partir. Elle y réfléchit depuis ce temps-là. La semaine dernière, je l'ai entendue marmonner toute seule: «Être mère, c'est souffrir mille morts, et pourtant, Émilie me traite d'égoïste. Est-ce de l'égoïsme de vouloir garder pour soi le seul trésor qu'on possède sur terre?» Ce soir, quand elle m'a dit qu'elle me laissait libre de partir, elle a été parfaite. Les gens la trouvent étrange et elle l'est souvent, en société, mais si tu savais comme elle est tendre et gentille, dans l'intimité. Je n'aime pas la laisser isolée ici, mais comment faire autrement si je veux poursuivre mes études?

— Si j'ai convaincu ta mère, tant mieux, mais elle ne me pardonnera jamais. Elle me déteste ouvertement, depuis. Tu as vu comme elle me regarde, quand je vais au Trécarré. Elle est polie et tout, mais ses yeux, Teddy!

— Je sais, fit Teddy, tourmenté, mais prends pitié d'elle, Émilie. Elle n'a pas toujours été comme ça, j'en suis certain, quoique, d'aussi loin que je me souvienne, je ne l'aie jamais connue différente. Je ne sais *rien* d'elle. Ni de mon père. Elle refuse de me parler de lui. Je ne sais pas comment lui est venue cette cicatrice sur la figure.

— Ce n'est pas son cerveau qui est malade, réfléchit Émilie, tout haut, c'est son âme. Qu'est-ce qui la trouble ainsi, qu'elle ne peut ni oublier, ni confier? Quelque chose l'obsède et ce n'est pas un fantôme ou quelque chose du genre... mais un *souvenir*, un souvenir terrible.

— Elle n'est pas heureuse, ça je le sais, fit Teddy, et nous n'avons pas d'argent. Elle m'a avoué, ce soir, qu'elle ne peut me payer que trois ans à Shrewsbury. Alors, tu vois. Quand même, ça me donne l'élan initial. Je réussirai à continuer. Et je ne serai pas un ingrat.

— Tu seras un grand artiste, un jour, l'assura Émilie, rêveuse.

Ils avaient atteint l'extrémité du chemin de Demain. Devant eux s'étendait la prairie, piquée de colliers de marguerites. Tout en bas, Blair Water étincelait comme un grand lys doré. Il n'y avait pas de lumière au Trécarré.

Émilie contemplait le couchant, les prunelles extasiées, le visage pâli, avide. Elle ne se sentait plus mélancolique ou frustrée — ces états d'âme ne se prolongeaient jamais long-temps, quand Teddy était près d'elle. Aucune musique humaine ne se comparait au son de sa voix. Avec lui, tout était beau, tout était possible.

Elle n'irait pas à Shrewsbury, mais elle travaillerait et étudierait à la Nouvelle Lune — oh, comme elle travaillerait! Une année de plus avec M. Carpenter lui ferait le plus grand bien — autant, sinon plus qu'avec les professeurs de là-bas. Elle avait son sentier alpestre à gravir: elle atteindrait les cimes en dépit des obstacles.

— Quand je serai devenu un artiste, je te peindrai telle que tu es, en ce moment, fit Teddy, ton âme inscrite sur ton visage, et j'intitulerai mon tableau: «Jeanne d'Arc à l'écoute de ses voix».

En dépit de cette promesse, Émilie se coucha le cœur gros, ce soir-là, et se réveilla le lendemain convaincue que la vie lui devait une revanche et qu'elle l'aurait ce jour-là. Cette conviction survécut à la routine du samedi matin à la Nouvelle Lune, aux heures laborieuses consacrées à faire reluire la maison et à regarnir le garde-manger. Il faisait frais et humide. Les embruns, poussés par un vent d'est, voilaient de brume la ferme et son jardin.

Au crépuscule, une fine pluie grise se mit à tomber. Les heureux présages ne s'étaient pas matérialisés. Émilie venait tout juste de finir d'astiquer un bougeoir et de composer un poème intitulé: *Pluie de printemps*, quand la tante Laura la prévint que sa sœur Élisabeth la faisait demander au salon.

Le souvenir que gardait Émilie de ses entrevues dans cette pièce n'était pas particulièrement agréable. Qu'avait-elle dit, ou fait, pour mériter une telle convocation? Elle ne se sentait coupable de rien, mais gagna le salon en tremblant. Si cet entretien avait été jugé digne du salon, c'est qu'il était d'importance. Son chat Jonquille se faufila avant elle dans la pièce, comme une ombre silencieuse et bienveillante.

La tante Élisabeth tricotait, solennelle. Elle n'avait pas l'air mécontent et ne tint aucun compte du chat.

Par devers elle, la vieille demoiselle se disait que sa nièce paraissait très grande dans la vieille pièce aux dimensions imposantes. C'était hier, il lui semblait, que la jolie petite Juliette...

— Assieds-toi, Émilie, ordonna-t-elle. Je désire m'entretenir avec toi.

Émilie obéit. Jonquille aussi, drapant sa queue en couronne autour de ses pattes. Mains moites et bouche sèche, Émilie attendit. Il lui eût fallu un tricot, à elle aussi. C'était gênant d'être assise là, oisive, à attendre la suite des événements. Cette suite, elle ne s'y attendait pas du tout. Après avoir tricoté posément un rang de sa chaussette, la tante Élisabeth interrogea, à brûle-pourpoint:

— Émilie, aimerais-tu aller à Shrewsbury, la semaine prochaine?

— Oh, tante Élisabeth, souffla-t-elle.

— J'en ai parlé à tes oncles et tes tantes. Nous sommes d'accord que tu doives poursuivre tes études. Ça va coûter cher — non, ne m'interromps pas, je ne souffre pas qu'on m'interrompe — mais Ruth te prendra en pension chez elle à moitié prix, comme contribution à ton éducation. Ton oncle Oliver paiera l'autre moitié. Ton oncle Wallace fournira les manuels, et moi, la garde-robe. Il va de soi que tu aideras de ton mieux ta tante Ruth dans la maison, en reconnaissance de sa bonté. Tu peux donc aller parfaire tes connaissances à Shrewsbury pendant trois ans, si tu le veux, mais... à une condition.

Émilie eût voulu danser et chanter et rire dans le vieux salon comme jamais Murray — pas même sa mère — ne l'eût osé, mais elle se contraignit à rester assise, rigide sur son pouf. Une condition. Quelle condition?

— Trois ans à Shrewsbury, poursuivit la tante Élisabeth sur sa lancée, ça te vaudra autant que trois ans à l'École Normale, sauf que tu n'obtiendras pas de diplôme d'enseignement. Quelle importance, après tout? Tu n'as pas à travailler, pour gagner ta vie. Reste la condition que nous posons...

«Qu'elle la nomme, à la fin, sa condition!» pensa Émilie, qui n'en pouvait plus de curiosité. Sa tante avait-elle peur de la nommer? Jamais on ne l'avait vue temporiser de la sorte. Était-ce donc si terrible?

— Tu dois nous promettre, fit la tante Élisabeth, en marquant chaque syllabe, que pendant les trois ans où tu seras à Shrewsbury, tu n'écriras plus rien que tes compositions scolaires.

Figée sur place, Émilie analysa la situation: d'un côté, pas de Shrewsbury; de l'autre, plus de poèmes, plus de romans ou de portraits, plus de calepins-Jimmy fourre-tout.

Il ne lui fallut pas deux minutes pour se décider.

— Je ne peux pas promettre ça, tante Élisabeth, déclara-t-elle, résolue.

D'étonnement, la tante Élisabeth en laissa choir son tricot. Cette réaction, elle ne s'y était pas du tout attendue. Elle avait cru que sa nièce tenait tellement à Shrewsbury qu'elle accepterait de bon gré les contraintes imposées... surtout qu'il s'agissait de choses tellement insignifiantes, n'est-ce pas... C'était de l'entêtement pur et simple. Il fallait le briser.

— Si je comprends bien, se récria-t-elle, tu es prête à sacrifier des études, que tu prétends désirer, à un passe-temps idiot.

— Je ne veux pas sacrifier mes études, fit Émilie, au désespoir — comment convaincre une personne qui ne veut rien comprendre? — mais je ne peux pas m'empêcher d'écrire, tante Élisabeth. J'ai ça dans le sang. Si je vous faisais cette promesse, je ne pourrais pas la tenir.

— Puisque c'est ainsi, tu resteras à Blair Water, conclut la tante Élisabeth, courroucée.

Reprenant sa chaussette, la vieille demoiselle se remit à tricoter furieusement. À dire vrai, cette réponse la déroutait totalement. Elle souhaitait envoyer sa nièce à Shrewsbury, et le clan était d'accord. La «condition», c'est elle qui l'avait imaginée, pour débarrasser Émilie d'une habitude qu'elle jugeait mauvaise. Elle n'avait pas douté une seconde du résultat de sa stratégie, connaissant le goût d'Émilie pour l'étude. Tout ça, pour se heurter à cet entêtement, à cette ingratitude! «Le côté Starr montre le bout du nez», pensa-t-elle, oubliant, dans son désarroi, l'héritage des Shipley. Que faire, maintenant? Émilie ne reviendrait pas sur sa décision. Les autres ne l'appuieraient pas, elle, même s'il partageaient sa réprobation des manies littéraires de leur nièce. Elle allait perdre complètement la face, avec cette affaire. Cette perspective n'avait pas de quoi la réjouir. Aussi Élisabeth Murray eût-elle volontiers secoué comme un prunier la mince et pâle créature assise devant elle sur le pouf. Jeune. Indomptable. Trois ans qu'Élisabeth Murray tentait de guérir sa nièce de sa folie; trois ans qu'elle échouait, elle à qui nul n'avait jamais résisté auparavant. Aussi tricotait-elle avec emportement, pendant qu'Émilie restait là sans bouger, à se ronger les sangs, à retenir ses larmes. Et Jonquille qui ronronnait comme si tout était pour le mieux dans le meilleur des mondes. Un véritable cauchemar.

Le vent se leva. La pluie augmenta, battant les carreaux. Les Murray morts et enterrés poursuivirent leur veille, l'air accusateur, du haut de leurs cadres sombres. Qu'avaient-ils à faire, eux du déclic, des calepins-Jimmy et des sentiers alpestres? Si désemparée qu'elle fût, Émilie ne put s'empêcher de penser que ce décor serait parfait pour la grande scène tragique d'un roman.

La porte s'ouvrit et le cousin Jimmy entra discrètement. Il savait ce qui se passait, ayant écouté derrière la porte. Lui savait qu'Émilie ne promettrait jamais de ne plus écrire — il en avait prévenu Élisabeth, dix jours plus tôt, lors d'un conseil de famille. Jimmy Murray, le demeuré, comprenait ce que la très intelligente Élisabeth Murray ne venait pas à bout de saisir.

— Quelque chose ne va pas? s'informa-t-il, en les regardant l'une et l'autre.

— Tout va très bien, répondit sa cousine Élisabeth avec morgue. J'ai offert à Émilie la possibilité de s'instruire et elle a refusé. Elle était libre de le faire.

— Nul n'est libre, qui possède mille ancêtres, laissa tomber le cousin Jimmy, du ton étrange qu'il employait parfois pour énoncer des vérités percutantes. (Élisabeth en restait pétrifiée chaque fois, se rappelant que cette étrangeté, *elle* en était responsable.) Émilie ne peut pas faire une telle promesse. N'est-ce pas, chaton?

— Non, je ne peux pas.

Deux grosses larmes, qu'elle eût voulu retenir, glissèrent sur les joues d'Émilie.

— Si tu le *pouvais*, tu le *ferais* pour moi, pas vrai?

Émilie acquiesça.

— Tu demandes l'impossible, reprocha le cousin Jimmy à la dame-qui-maniait-furieusement-les-aiguilles. Tu voudrais qu'elle renonce à toutes ses écritures. Si tu lui demandais de renoncer à quelques-unes, seulement. Hein, Émilie, qu'en penses-tu? Quelques-unes? Tu en serais capable, tu ne crois pas?

— Quelles «quelques-unes»? demanda Émilie, prudente.

— Disons... tout ce qui ne serait pas *vrai*, par exemple...

Le cousin Jimmy appuya une main suppliante sur l'épaule d'Émilie. Élisabeth tricotait toujours, mais les aiguilles avaient ralenti leur course.

— Les «histoires inventées», par exemple, Émilie. Ta tante n'aime pas que tu inventes des histoires. Elle croit que ce sont des mensonges. Tu ne penses pas que tu pourrais t'abstenir d'écrire des histoires, pendant trois ans? S'instruire, ça compte. Ta grand-mère Archibald, comme elle l'a souvent répété, se serait contentée, pour acquérir un peu d'instruction, de manger des queues de morues trois fois par jour. Alors?

Émilie réfléchit à la proposition. Elle aimait fabuler: ce serait difficile de s'en abstenir. Mais s'il lui restait un exutoire à ses chimères: la poésie, et si elle pouvait, dans ses calepins-Jimmy, décrire les êtres et les choses, les bizarres comme les tragiques, au gré de sa fantaisie, elle pourrait peut-être tenir le coup.

— Essaie, voir. Propose-le-lui, Émilie, murmura le cousin Jimmy. Rends-toi-la propice. Tu lui dois beaucoup. Fais la moitié du chemin.

— Tante Élisabeth, articula Émilie, la voix chevrotante, si vous me permettez d'aller à Shrewsbury, je vous promets que, pendant trois ans, je n'écrirai rien d'autre que des choses vraies. Est-ce que ça suffira? Parce que c'est tout ce que je peux promettre.

Élisabeth tricota deux rangs avant de daigner répondre. («C'est foutu!» pensèrent Émilie et le cousin Jimmy.) Puis, elle roula son tricot et se leva.

— Très bien, dit-elle. Je me contenterai de cela, puisque c'est à tes histoires inventées que je m'objecte surtout. Pour le reste, j'imagine que Ruth verra à ce que tu n'aies pas beaucoup de temps à y consacrer.

Sur ces mots, Élisabeth Murray se retira majestueusement, soulagée de n'avoir pas été battue à plate couture, à défaut d'emporter les honneurs de la guerre.

Le cousin Jimmy effleura la chevelure sombre d'Émilie.

— C'est très bien, chaton. L'entêtement, ça ne mène à rien. Et trois ans, c'est vite passé, non?

Non. À quatorze ans, trois ans, c'est une éternité. Émilie s'endormit en pleurant et s'éveilla à trois heures en cette nuit venteuse, sombre et grise de la côte. Elle se leva, alluma une chandelle, s'assit à sa table et écrivit dans son calepin-Jimmy la scène qu'elle avait sous les yeux, faisant très attention de ne noter que ce qui était strictement vrai.

# VI

## À Shrewsbury, au début

Teddy, Ilse et Perry ne se tinrent plus de joie, quand Émilie leur annonça qu'elle irait à Shrewsbury avec eux. Le bonheur d'Émilie était presque complet. L'important, c'était qu'elle poursuive ses études. Être en pension chez la tante Ruth ne lui souriait guère, et c'était pour le moins inattendu, sa tante n'ayant jamais paru lui manifester la moindre cordialité. Émilie avait plutôt cru qu'elle irait en pension avec Ilse, ce qui eût été nettement plus agréable. Chez la tante Ruth, la vie ne lui serait pas facile, et puis, elle ne pourrait plus écrire d'histoires, alors que son imagination en débordait.

Les deux dernières semaines d'août furent bien remplies, à la Nouvelle Lune. Élisabeth et Laura tinrent d'interminables palabres à propos des vêtements d'Émilie, qui n'eut pas, elle, voix au chapitre. Il lui fallait une garde-robe digne des Murray... mais aurait-elle un chemisier de soie? (Ilse en avait trois.) Non, elle n'en aurait pas... à sa grande déception. Laura gagna son point sur ce qu'elle n'osa nommer «une robe du soir» parce que le nom même eût coulé la robe aux yeux d'Élisabeth. C'était la plus jolie robe qu'Émilie eût jamais possédée, en crêpe d'un gris rosé, au décolleté modeste et aux manches bouffantes. La plus longue, aussi, ce qui voulait dire beaucoup, à cette époque où l'on n'était considéré sorti de l'enfance que si l'on portait des robes «longues». La sienne lui allait aux chevilles.

Elle s'en para, un soir qu'Élisabeth et Laura étaient absentes, afin que Dean puisse la voir ainsi. Il partait le lendemain pour l'Égypte et passait sa dernière soirée avec elle. Ils se promenaient au jardin. Cette jupe chatoyante qu'elle soulevait au-dessus des roseaux donnait à Émilie une impression d'élégance et de maturité. Avec son écharpe cendre de rose nouée autour de la tête, elle ressemblait plus que jamais à une étoile.

Les chats gambadaient autour d'elle: Jonquille, au poil tigré luisant, Gamine, reine incontestée des granges de la Nouvelle Lune. Les deux bêtes s'amusaient à fondre l'une sur l'autre et à rouler, câlines, aux pieds d'Émilie.

Dean savait que nulle part au monde, pas plus en Égypte qu'ailleurs, il ne verrait spectacle plus joli et qui lui plût davantage que celui d'Émilie jouant avec ses chats dans le vieux jardin parfumé de la Nouvelle Lune.

Ils ne parlèrent pas autant que d'habitude, et les longs plans de silence entre eux eurent des effets bizarres. Dean fut tenté d'oublier l'Égypte et de passer l'hiver au pays, à Shrewsbury, peut-être, pour rester près d'elle. Ridicule! Elle n'avait nul besoin de lui: ses tantes s'occupaient d'elle avec sollicitude. Du reste, en dépit de sa haute taille et de ses yeux impénétrables, elle n'était encore qu'une enfant. Mais quelle perfection dans la courbe blanche de son cou, et comme le doux dessin de sa bouche appelait le baiser! Avant peu, l'enfant deviendrait femme, mais elle ne serait pas pour Doscroche Priest, le boiteux, qui eût pu être son père. Dean se répéta pour la centième fois qu'il ne ferait pas l'imbécile. Le destin lui offrait l'amitié et l'affection de cette créature exquise; il saurait s'en contenter. «Et pourtant, pensa-t-il, ce sera merveille, lorsqu'elle aimera.» Merveille, pour un autre homme. Et, ces trésors, elle les gaspillerait au profit d'un quelconque joli garçon aux traits parfaits qui ne la vaudrait pas.

Émilie, elle, se disait que Dean lui manquerait affreusement. Plus que par le passé. Ils étaient si bien ensemble! Le moindre de leurs échanges lui laissait toujours un sentiment d'enrichissement. Tout ce qu'il disait — de drôle, de satirique — l'instruisait, l'inspirait. Et les compliments qu'il lui adressait la rassuraient. Il exerçait sur elle, comme personne au monde, une étonnante fascination qu'elle ne venait pas à bout d'analyser. Teddy. Bon. Elle savait pourquoi elle aimait Teddy. Il était lui. Et Perry? Perry était un joyeux drille, hâbleur et sympathique, qu'on ne pouvait s'empêcher d'apprécier. Mais Dean était différent. D'où lui venait son incontestable séduction et cet attrait qu'il exerçait sur elle? De l'inconnu qu'il représentait? De ses connaissances étendues? De sa sagesse amère? Ou des choses que lui savait, et elle, pas? Elle n'aurait pas su le dire. Ce qu'elle savait, c'est que les autres hommes lui paraissaient insipides, comparés à lui. Même Teddy que, pourtant, elle lui préférait. Dean comblait une exigence secrète et elle se languissait de lui quand il n'était pas là.

— Je vous remercie, Dean, des richesses que vous m'apportez, lui dit-elle, alors qu'ils se tenaient debout près du cadran solaire.

— Crois-tu que toi, tu ne m'aies rien apporté, mon étoile?

— Comment l'aurais-je pu? Je suis si jeune, si ignorante…

— Tu m'as appris à rire sans amertume. Ne laisse pas Shrewsbury te changer. Tu es si contente d'y aller que je ne veux pas jeter une douche froide sur ton plaisir, mais tu serais aussi bien, sinon mieux, ici, à la Nouvelle Lune.

— Dean, je veux m'instruire.

— T'instruire! Ce n'est pas l'algèbre et le latin de pacotille servis à la petite cuiller qui te formeront. Le vieux Carpenter peut t'apporter infiniment plus que les jeunes blancs-becs mâles et femelles de l'école secondaire de Shrewsbury.

— Je ne peux pas fréquenter l'école d'ici plus longtemps, protesta Émilie. Les élèves de mon âge vont à l'école normale ou à Shrewsbury ou, alors, ils restent à la maison. Je ne vous comprends pas, Dean. Je croyais que vous vous réjouiriez pour moi.

— Je me réjouis. Seulement, le savoir dont je rêve pour toi ne s'acquiert pas dans les écoles secondaires et ne se comptabilise pas avec des examens de fin d'année. Les richesses qu'il peut t'apporter, c'est toi-même qui les y mettras. Ne les laisse pas te changer. Du reste, ils n'y parviendront pas.

— Non, ils n'y parviendront pas, déclara Émilie, d'un ton décidé. Je suis indécrottablement indépendante. Ça effarouche les Murray. Ils croient que je devrais me fondre dans le décor. Oh, Dean, écrivez-moi souvent, voulez-vous? Personne ne me comprend comme vous. Et vous êtes devenu pour moi une douce habitude dont je ne peux plus me passer.

Émilie le dit — et le pensa — sans y attacher d'importance, mais le mince visage de Dean s'empourpra. Ils ne se dirent pas au revoir — c'était l'un de leurs pactes. Dean lui fit de loin un adieu de la main.

— Que les jours te soient doux! dit-il.

Émilie lui donna son long sourire mystérieux. Et il n'était plus là. Le jardin parut très solitaire dans la lueur bleutée du crépuscule, avec les pétales fantomatiques des phlox blancs, çà et là. Elle fut contente d'entendre siffler Teddy dans le boisé du Grand Fendant.

La veille de son départ, elle rendit visite à M. Carpenter pour connaître son verdict sur quelques manuscrits laissés chez lui, la semaine d'avant. Il y avait là ses dernières histoires — écrites avant l'ultimatum de la tante Élisabeth. M. Carpenter se montra prodigue de critiques et n'y alla pas par quatre chemins quand un texte ne lui plaisait pas; mais il était objectif et Émilie lui faisait entièrement confiance, même quand les jugements de son cerbère la démolissaient.

— Cette histoire d'amour ne vaut rien, dit-il, catégorique.

— Elle n'est pas aussi bonne que je l'aurais espéré, c'est vrai.

— Tu ne seras jamais entièrement satisfaite de tes écrits, dit M. Carpenter. On n'y arrive jamais. Les histoires d'amour, oublie ça, pour l'instant: tu n'y connais rien. N'essaie pas d'écrire des choses que tu ne ressens pas: tu courrais à l'échec. L'autre intrigue que tu as pondue, sur une vieille femme, n'est pas piquée des vers. Le dialogue est intelligent, le dénouement est efficace. Tu as de l'humour, le Seigneur en soit loué! Le récit qui suit... hum!... ne laisse pas un souvenir impérissable.

Émilie rentra dans sa coquille.

M. Carpenter poursuivit, en rejetant le manuscrit:

— Rien de bon dans cet autre texte, que son titre. Petite intrigue pédante. Et *Trésors cachés* n'est pas une histoire, c'est une mécanique grinçante qui ne m'a pas laissé oublier un instant qu'elle était une histoire, preuve qu'elle n'en est pas une.

— J'essayais d'écrire quelque chose de conforme à la vie, protesta Émilie.

— Nous y voilà! La vie, à travers l'idée que tu t'en fais. Tu ne m'as convaincu de rien, en y étant trop fidèle. Que reste-t-il? *La famille Madden*: autre essai de réalisme. C'est de la photographie, pas du portrait.

— Que de choses désagréables vous me dites! soupira Émilie.

— Tu veux une critique, pas du sucre à la crème. En voilà quand même un morceau pour toi, que je gardais pour le dessert. *Quelque chose de différent* est plutôt bien tourné, et si je n'avais pas peur de t'enorgueillir, j'irais jusqu'à dire que c'est excellent. Dans dix ans, en le retravaillant, tu en feras quelque chose. Pas avant. Ne fais pas la moue. Tu as du talent et un merveilleux sens des mots: tu choisis le mot juste chaque fois — et ça, ça n'a pas de prix. Mais tu as de sales défauts. Et puis, ton imagination a besoin d'être tenue en laisse, quand tu t'éloignes du réel.

— Elle le sera, désormais, fit Émilie, sombre.

Elle lui confia alors à quelles contraintes elle s'était soumise.

M. Carpenter hocha la tête.

— Excellent!

— Excellent? répéta Émilie, interloquée.

— Oui. Tout à fait ce qu'il te faut. Tu apprendras la sobriété, la mesure et l'économie. Tiens-t'en aux faits pendant trois ans et vois quel parti tu peux en tirer. Oublie le royaume de l'imaginaire et limite-toi à la vie ordinaire.

— La vie ordinaire, ça n'existe pas, dit Émilie.

M. Carpenter la regarda un moment.

— Tu as raison, dit-il lentement. Mais c'est à se demander comment tu le sais. Alors, continue, ma belle, emprunte le chemin que tu as choisi et remercie les dieux d'être libre de t'y engager.

— Mon cousin Jimmy dit qu'une personne n'est pas libre, quand elle a mille ancêtres.

— Et les gens le traitent d'innocent! marmonna M. Carpenter. Tes ancêtres ne semblent quand même pas t'avoir jeté l'anathème. Ils ont semé en toi le désir des sommets et ne te laisseront pas tranquille si tu ne leur obéis pas. Qu'on nomme cela de l'ambition, des aspirations, peu m'importe. C'est l'aiguillon qui force à l'ascension, jusqu'à ce qu'on flanche ou qu'on...

— Qu'on réussisse, dit Émilie, en redressant sa tête brune.

— Amen, conclut M. Carpenter.

Émilie écrivit un poème, ce soir-là: *Adieu, Nouvelle Lune*, qu'elle baigna de torrents de larmes.

Sa petite valise noire était bouclée. La tante Élisabeth y avait mis le nécessaire, et la tante Laura et le cousin Jimmy, une ou deux choses superflues: des bas de dentelle noire, de la part de la tante Laura, qui n'avait pas osé aller jusqu'aux bas de soie, et trois calepins neufs et une enveloppe contenant un billet de cinq dollars, de la part du cousin Jimmy.

— Pour te procurer ce que tu voudras, chaton. J'en aurais bien mis dix, mais Élisabeth m'a avancé seulement cinq dollars sur mon salaire du mois prochain. Elle a dû se douter de quelque chose.

— Puis-je prendre un dollar pour des timbres américains, si j'en trouve? demanda Émilie.

— N'importe quoi, répéta le cousin, bien que ça lui parût incompréhensible qu'on veuille acheter des timbres américains.

Le jour qui suivit parut à Émilie semblable à un rêve. Il y eut l'oiseau qui chanta, grisé, dans le boisé du Grand Fendant, à son réveil; le voyage à Shrewsbury, dans l'air vif de septembre, l'accueil mitigé de la tante Ruth, les heures passées à la nouvelle école, l'aménagement des classes préparatoires; le retour à la maison pour le souper. Que d'émotions en si peu de temps!

La maison de la tante Ruth était située tout au bout d'une rue résidentielle, presque à la campagne. Émilie la trouva laide, surchargée de décorations de mauvais goût. Mais c'était du dernier chic, à Shrewsbury, que d'avoir de la dentelle de bois blanc à l'avant-toit et des fenêtres en baie. Pas de jardin devant, rien qu'une pelouse méticuleusement entretenue, mais, derrière, à la grande joie d'Émilie, s'étendait une importante plantation de grands sapins, les plus hauts et les plus droits qu'elle ait vus, qui étiraient leurs branches en dentelle vers le ciel.

Après sa journée à la ville, la tante Élisabeth rentrait chez elle. Elle échangea une poignée de main avec Émilie sur le pas de la porte, lui recommandant de se bien conduire et d'obéir à la tante Ruth. Elle n'embrassa pas sa nièce, mais son ton de voix était, pour qui la connaissait, très gentil. Suffoquée de chagrin, Émilie la regarda, du seuil, disparaître au bout de la rue.

— Entre, dit la tante Ruth. Et, *je t'en prie*, ne claque pas la porte.

Émilie ne claquait jamais les portes.

— Nous allons laver la vaisselle. Ce sera ta responsabilité, désormais. Je t'indiquerai où ranger les choses. Élisabeth t'a sans doute prévenue que tu m'aideras au ménage pour défrayer ta pension.

— Oui, fit brièvement Émilie.

Elle ne s'élevait pas contre cette contrainte, mais... de quel ton cela avait été dit!

— Ta présence va représenter pour moi des déboursés supplémentaires. Mais nous voulons tous contribuer à ton éducation. J'aurais préféré, pour toi, l'école normale de Queen's. Tu y aurais obtenu ton diplôme d'enseignement.

— Mois aussi, j'aurais préféré...

— Hum! Hum! (La tante Ruth plissa les lèvres.) Tu m'en diras tant. Alors pourquoi Élisabeth ne t'a-t-elle pas envoyée là? Elle t'a choyée de toutes les autres manières. Pourquoi n'a-t-elle pas accédé à ta demande? Enfin! Tu coucheras à l'étage, dans la chambre au-dessus de la cuisine. Elle est plus chaude, en hiver. Il n'y a pas le gaz, mais je n'ai pas les moyens de te l'offrir pour tes heures d'études. Tu utiliseras des chandelles. Tu peux en faire brûler deux à la fois. Je compte que tu garderas ta chambre propre et que tu seras à l'heure, aux repas. J'y tiens. Autre chose: tu n'es pas autorisée à recevoir des amis ici.

— Pas même Ilse, ou Perry, ou Teddy?

— Ilse est une Burnley. Elle fait partie de nos connaissances. À ce titre, elle pourra venir te voir de temps à autre, mais pas trop souvent. D'après ce que j'ai entendu dire, Ilse n'est pas une fréquentation convenable pour toi. Pour ce qui est des garçons, c'est non. Je ne connais pas Teddy Kent. Quant à Perry Miller, tu devrais avoir assez d'honneur pour ne pas frayer avec lui.

— Je n'ai pas assez d'honneur pour ne pas frayer avec lui, rétorqua Émilie.

— Qu'est-ce que c'est que cette impertinence? Sache dès maintenant, Émilie, que je ne te passerai pas tous tes caprices, comme on te les a passés à la Nouvelle Lune, où tu as été outrageusement gâtée. Moi, je n'accepte pas qu'un garçon de ferme fréquente ma nièce. D'où peuvent bien te venir tes goûts plébéiens? Ton père semblait pourtant un gentleman. Enfin! Monte défaire ta valise, puis fais tes devoirs. Nous nous couchons à neuf heures.

Émilie était indignée. L'accès à la Nouvelle Lune n'avait jamais été interdit à Teddy. Elle s'enferma dans sa chambre et rangea tristement ses possessions. Comme cette pièce était laide! Elle l'avait détestée en la voyant. La porte ne fermait pas juste; le plafond en pente, taché de pluie, descendait si bas près du lit qu'elle pouvait le toucher de la main. Un tapis crocheté horrible défigurait le parquet nu. Les boiseries étaient peintes d'un brun chocolat hideux, et les murs étaient tapissés de papier peint aux motifs encore plus laids, si possible. Les tableaux étaient à l'avenant. Un chromo représentait la reine Alexandra, fastueusement chamarrée de bijoux. Sur une étroite tablette chocolat était posé un vase rempli de fleurs de papier qui menaient leur vie de fleurs de papier depuis plus de vingt ans, avec le résultat qu'on imagine.

— Cette chambre n'a rien d'amical. Je ne m'y sentirai jamais à l'aise, soupira Émilie.

Elle avait le mal du pays. Elle se languissait de la lueur des chandelles sur les bouleaux, du parfum des sarments de houblon dans la rosée, de ses chats ronronnants, de sa chère petite chambre pleine de rêves, des silences et des ombres du jardin, des grands chants d'allégresse du vent et des vagues dans le golfe, de cette musique sonore que ne connaissent pas les villes de l'intérieur. Même le petit cimetière où dormaient les morts de la Nouvelle Lune lui manquait.

— Je ne pleurerai pas, se dit-elle, en se tordant les mains. Tante Ruth se moquerait de moi. Il n'y a *rien* dans cette chambre que je puisse aimer, mais n'y aurait-il pas quelque chose en dehors de celle-ci?

Elle ouvrit la fenêtre qui donnait au sud sur la sapinière. Le parfum des arbres l'enveloppa comme une caresse. Sur sa gauche, par une trouée dans les arbres pareille à une ogive verte, elle aperçut un paysage enchanteur éclairé par la lune. Sur sa droite, avec sa colline piquée de lumières, Shrewsbury avait l'air féérique. Quelque part, tout près, on entendait le gazouillis somnolent des oiseaux nichés pour la nuit.

— Oh, comme c'est joli! murmura Émilie, en se penchant au dehors pour s'enivrer de l'air poivré. Papa m'a dit, déjà, qu'on pouvait, si on cherchait un peu, trouver quelque chose à aimer n'importe où. Je vais aimer ceci.

La tante Ruth passa sans crier gare la tête dans l'embrasure de la porte.

— Émilie, pourquoi as-tu laissé tout de guingois la garniture crochetée du canapé de la salle à manger?

— Je ne sais pas, fit Émilie, interdite. (Elle ne savait même pas qu'elle l'avait déplacée.) Pourquoi sa tante Ruth lui posait-elle de telles questions, comme si elle la soupçonnait de ténébreux desseins?

— Descends, et replace-la.

Comme Émilie se retournait pour obéir, sa tante poussa les hauts cris:

— Émilie Starr, ta fenêtre est ouverte. C'est de la folie pure.

— La chambre est si étouffante, se défendit Émilie.

— Tu peux aérer dans la journée, si tu veux, mais ne laisse jamais cette fenêtre ouverte après le coucher du soleil. Je suis responsable de ta santé, maintenant. Tu le sais pourtant que les tuberculeux doivent se méfier de l'air nocturne et des courants d'air.

— Je ne suis pas tuberculeuse, se récria Émilie, d'un ton de défi.

— Le dernier mot. Il te le faut.

— Et si je l'étais, l'air frais me serait bénéfique. Le docteur Burnley l'a dit.

— Les jeunes croient que tous les vieux sont fous, et les vieux savent que tous les jeunes le sont, énonça la tante Ruth, certaine que son proverbe allait clore le bec de son adversaire. Va replacer la garniture, Émilie.

Outrée, l'adolescente fit ce qu'on lui ordonnait et s'attarda un moment à regarder autour d'elle. La salle à manger, avec ses parquets de bois franc, son tapis de Turquie, son mobilier de chêne d'époque, était beaucoup plus somptueuse et moderne que le petit salon de la Nouvelle Lune, où la visite était reçue pour les repas. «Mais elle est loin d'être aussi accueillante!» pensa Émilie, remplie de nostalgie et certaine que rien de Shrewsbury ne lui plairait: ni vivre avec la tante Ruth, ni fréquenter l'école. Tous les professeurs y paraissaient insipides, comparés au coloré M. Carpenter et il y avait, dans la classe des juniors, une fille qu'elle avait détestée en la voyant. «Rien n'est jamais exactement comme on l'espère», se dit-elle, gagnée par un pessimisme qui ne lui était pas coutumier.

# VII

## Pot-pourri

«**20 septembre, 19-**

«J'ai négligé mon journal, depuis un petit moment. Une pensionnaire n'a pas beaucoup de temps à elle, chez tante Ruth. Mais nous sommes vendredi et, comme je n'ai pu retourner à la maison pour le week-end, je me ménage une compensation. Je ne rentre à la Nouvelle Lune qu'aux quinzaines. Tante Ruth exige que j'aide au ménage, une semaine sur deux. Besoin pas besoin, nous nettoyons cette maison de la cave au grenier et nous nous reposons de nos labeurs le dimanche.

«Il y a un soupçon de gel dans l'air, ce soir. Le jardin de la Nouvelle Lune en souffrira. Le temps est venu de fermer la cuisine d'été et de rentrer le poêle Waterloo dans la cuisine. Cousin Jimmy fera bouillir les pommes de terre pour les cochons dans le vieux verger et récitera ses poèmes. Il est plus que probable que Teddy, Ilse et Perry, ces veinards qui sont tous rentrés, seront là et que Jonquille leur tournera autour. Je ne veux pas m'attarder à ces pensées. Elles me donnent le vague à l'âme.

«Je commence à apprécier Shrewsbury, son école et ses professeurs, mais Dean avait raison: il n'y en a pas du calibre de M. Carpenter. Les seniors et les juniors nous regardent, nous du cours préparatoire, avec condescendance. Quelques-uns ont daigné s'abaisser jusqu'à moi, mais je ne crois pas qu'ils recommencent, sauf, peut-être, Evelyn Blake, parce que sa copine, Mary Carswell, habite avec Ilse la maison de chambres de Mme Adamson.

«Je déteste Evelyn Blake. Pas de doute là-dessus. Et elle me le rend bien. Nous sommes des ennemies-nées et nous l'avons su dès notre première rencontre. Je n'ai jamais haï personne auparavant. Ça me change et c'est intéressant. Evelyn est une junior, mince, intelligente, plutôt jolie, aux longues prunelles brillantes et traîtresses. Elle parle du nez et a des *ambitions littéraires*. Elle se croit la fille la plus élégante de l'école. C'est possible, mais ses vêtements retiennent l'attention plus qu'elle-même. Les gens reprochent à Ilse de s'habiller en vieille bourgeoise riche, mais Ilse transcende ses vêtements. Pas Evelyn, qui s'habille pour la galerie. Je vais raconter Evelyn dans mon calepin, quand je l'aurai étudiée à fond. Quelle satisfaction j'en tirerai!

«C'est dans la chambre d'Ilse que nous nous sommes rencontrées la première fois. Mary Carswell nous a présentées l'une à l'autre. Evelyn m'a toisée de haut: elle est un peu plus grande que moi et a un an de plus, et elle a dit:

— Ah bon, mademoiselle Starr. Ma tante, Mme Henri Blake, m'a parlé de toi.

«Mme Henri Blake était autrefois Mlle Brownell. J'ai regardé Evelyn droit dans les yeux et j'ai repliqué:

— Nul doute que Mme Blake a tracé un portrait flatteur de moi.

«Evelyn a ri, de ce rire qui vous donne l'impression qu'on se moque de vous plutôt que de ce que vous avez dit.

— Ça n'allait plus tellement, entre vous deux, n'est-ce pas? Tu es une littéraire, à ce qu'il paraît. À quels journaux collabores-tu?

«Question piège: elle sait fort bien que je ne collabore pour l'instant à aucun journal.

— À *L'Entreprise*, de Charlottetown, et au *Times* hebdomadaire, de Shrewsbury, ai-je lancé, frondeuse. Je viens tout juste de conclure des ententes. On m'offre deux cents, à *L'Entreprise*, pour chaque entrefilet, et vingt-cinq cents par semaine, au *Times*, pour une collaboration à la chronique des mondanités.

«Mon large sourire désarçonna Evelyn. Les élèves des cours préparatoire ne narguent pas de la sorte les demoiselles du secondaire.

— On sait bien, il faut que tu paies ta pension, a-t-elle persiflé. Ça t'aidera. Mais je parlais plutôt de périodiques littéraires...

— Tu faisais allusion au *Gratte-papier*? ai-je interrogé, avec un autre large sourire.

«Le *Gratte-papier* est le mensuel de l'école, publié par les membres du cercle littéraire les *Couettes et Chouettes*, auquel seuls les juniors et les seniors ont l'avantage de s'inscrire. Les articles du *Gratte-papier* sont rédigés par les élèves de l'école. En théorie, n'importe qui peut y collaborer, mais en pratique, c'est exceptionnel que les contributions des plus jeunes soient retenues. Evelyn est une *Couette et Chouette* et son cousin est éditeur du *Gratte-Papier*. Voyant que je me moquais d'elle, Evelyn m'a ignorée le reste de sa visite, mais j'ai eu droit à une flèche du Parthe à son départ.

— Je cours m'acheter une des jolies cravates exposées chez McCallum, a-t-elle lancé. C'est la rage, en ce moment. Le velours noir que tu portes autour du cou, mademoiselle Starr, ne te va pas mal du tout, mais il est passé de mode. J'en portais des pareils, autrefois.

«Aucune repartie brillante ne m'est venue: elles ne me viennent que quand il n'y a plus personne à qui les lancer. N'ayant rien à répondre, je me suis contentée de lui sourire avec un certain mépris, ce qui l'a mise hors d'elle. «Cette Émilie Starr a un sourire très affecté», a-t-elle dit de moi, par la suite.

«Quant à Mlle Brownell — ou plutôt Mme Blake — je l'ai croisée dans la rue, quelques jours plus tard. Après m'avoir dépassée, elle a murmuré quelque chose à la personne qui l'accompagnait, et toutes les deux ont ri. Une éducation à refaire.

«J'aime bien Shrewsbury et mon école, maintenant, mais jamais je n'aimerai la maison de tante Ruth. On aurait le goût de prendre le balai et de la débarrasser de ses fioritures. Au dedans, les pièces sont trop carrées, trop sages, sans âme. Il n'y a là aucun joli coin romantique, comme à la Nouvelle Lune. Je ne m'habitue pas à ma chambre, non plus. Le plafond descend si bas au-dessus de mon lit qu'il m'oppresse, et tante Ruth ne veut pas que je change le lit de place.

— Il a toujours été dans cet angle, a-t-elle rétorqué, estomaquée par ma demande, du ton dont elle eût dit : «Le soleil se lève toujours à l'est!»

«Les tableaux sont vraiment pénibles. Ces chromos, rien ne saurait adéquatement les décrire. Un jour, je les ai tournés face au mur, mais bien sûr, tante Ruth est entrée — *elle ne frappe jamais* — et s'en est tout de suite avisée.

— Ém'lie, pourquoi as-tu tourné les tableaux?

«Elle passe le plus clair de son temps à me demander «pourquoi» je fais ceci, «pourquoi» je fais cela.

— Le collier de chien de la reine Alexandra me rend malade, ai-je dit, et l'expression de Byron sur son lit de mort à Missolonghi m'empêche d'étudier.

— Ém'lie, a soupiré tante Ruth, tu pourrais manifester *un peu* de reconnaissance.

«J'aurais voulu dire :

— Envers qui? Envers la reine Alexandra ou envers lord Byron?

«J'ai plutôt replacé les cadres du bon côté. En silence.

— Tu ne m'as pas dit pourquoi tu as tourné ces tableaux, a insisté tante Ruth, et je n'ai pas l'impression que tu vas le faire. Rusée et secrète. Voilà ce que tu es. Je l'ai deviné la première fois que je t'ai vue, à Maywood.

— Tante Ruth, pourquoi me dites-vous de telles choses? ai-je demandé, exaspérée. Est-ce parce que vous m'aimez et que vous souhaitez m'améliorer ou parce que vous me détestez et que vous voulez me blesser, ou parce que vous ne pouvez vous en empêcher?

— Mademoiselle l'impertinente, je te rappelle que je suis ici *chez moi*. Alors, laisse mes tableaux tranquilles. Je te pardonne de les avoir déplacés, mais que ça ne se reproduise plus. Je viendrai bien à bout de découvrir, malgré tes astuces, ce qui t'a incitée à les tourner.

«Tante Ruth est sortie dignement, mais elle s'est attardée un long moment dans le couloir. Elle m'épie sans cesse. Je me sens comme une mouche sous un microscope. Aucun de mes mots, de mes gestes, n'échappe à sa critique, et bien qu'elle ne puisse lire en moi, elle me prête des pensées qui ne me viendraient jamais à l'idée et ça, ça me déplaît plus que tout le reste.

«N'ai-je vraiment rien de bon à dire d'elle? Si, pourtant. Elle est honnête et vertueuse, et fidèle et industrieuse. Son garde-manger est bien garni, mais pas son âme, qui ne possède aucune vertu aimable. Sourions quand même : ça pourrait être pire. Comme dit Teddy, ça pourrait être la reine Victoria plutôt que la reine Alexandra.

J'ai quelques tableaux à moi, qui rachètent les autres: de jolis croquis de la Nouvelle Lune, que Teddy a faits pour moi, et une gravure qui me vient de Dean. Tante Ruth m'a demandé où j'avais pris cette gravure. Quand je le lui ai appris, elle a reniflé:

— Je ne te comprends pas d'apprécier à ce point Doscroche Priest. Moi, je n'en ai rien à faire.

— Ça ne m'étonne pas.

«La maison est laide, soit, et ma chambre, peu amicale, mais le pays du Bois Debout me garde ma santé. Le pays du Bois Debout, c'est la sapinière, derrière la maison. Je l'ai baptisée de ce nom parce que les sapins y poussent merveilleusement droit et haut. Au cœur de la sapinière, il y a une mare, voilée de fougères, avec une grande pierre grise tout à côté. Quand je me sens lasse, esseulée, ou, au contraire, agressive ou agitée par l'ambition, je vais m'y asseoir et j'en sors apaisée. C'est là que j'étudie, par les beaux soirs. Tante Ruth s'en inquiète, y décelant une manifestation de mon esprit rusé.

«À gauche de ma fenêtre s'étalent de hauts sapins, pareils, au clair de lune, à une coterie de sorcières concoctant des potions magiques. La première fois que je les ai vus, contre le couchant, un soir de grand vent, avec le reflet de ma chandelle suspendu dans l'air au milieu de leurs branches, le déclic s'est produit pour la première fois à Shrewsbury et je me suis sentie si heureuse que plus rien n'a eu d'importance. J'ai écrit un poème sur eux.

«Je brûle du désir d'écrire des histoires. Quand j'ai promis à tante Élisabeth de n'en rien faire, je ne savais pas que ce serait difficile à ce point. Je me replie sur des études de caractère, alors que des tas d'intrigues splendides s'élaborent dans ma tête. Je suis toujours tentée d'enjoliver un brin mes études de caractère, mais je me rappelle ma promesse et j'essaie de peindre les gens exactement comme ils sont.

«J'ai tracé un portrait littéraire de tante Ruth. Intéressant, mais dangereux. Je ne laisse jamais traîner mes calepins-Jimmy ou mon journal dans ma chambre. Tante Ruth y farfouille en mon absence. Je les traîne partout avec moi dans mon cartable.

«Ilse est venue ce soir, et nous avons étudié ensemble. Tante Ruth n'aime pas ça. Peut-être a-t-elle raison, après tout : Ilse est si exubérante que nous rions bien plus que nous n'étudions.

«Perry et Teddy s'adaptent bien à l'école secondaire. Perry gagne sa chambre en s'occupant de la chaudière et du jardin de sa propriétaire, et sa pension, en servant aux tables. On lui octroie en plus vingt-cinq cents de l'heure pour ses bricolages. Je le vois peu, pas plus que Teddy, sauf les week-ends où nous allons à Blair Water, car l'école interdit que garçons et filles rentrent ensemble chez eux après la classe. Il y en a qui le font. Pas moi. Je n'ai pas le choix. Quand je rentre, tante Ruth me demande, chaque fois, si quelqu'un m'a raccompagnée. Elle semble déçue, quand je réponds non.

«De toute façon, les garçons ne m'intéressent pas.»


«**20 octobre, 19-**

«Ma chambre sent le chou bouilli, ce soir, mais je n'ose ouvrir la fenêtre, à cause de *l'air nocturne*. J'aurais pris une chance, si tante Ruth n'avait été de si mauvaise humeur toute la journée. Hier, c'était mon dimanche à Shrewsbury. Quand nous sommes allées à l'église, je me suis assise au fond du banc. Je ne savais pas, moi, que c'était sa place à elle. Elle a cru que je l'avais fait exprès et elle s'est plongée dans sa Bible tout l'après-midi.

«J'ai eu l'impression qu'elle lisait la Bible en représailles contre moi. C'est à n'y rien comprendre. Et voilà que, ce matin, elle me demande pourquoi j'ai fait ça.

— Fait quoi? ai-je demandé, tombant des nues.

— Émilie, tu sais ce que tu as fait. Je ne tolérerai pas tes ruses plus longtemps. Dans quel but l'as-tu fait?

— Je n'ai pas la moindre idée de ce que vous voulez dire, tante Ruth, ai-je répliqué — avec hauteur, car j'estimais que j'étais traitée injustement.

— Émilie, tu t'es assise à ma place dans le banc, hier, juste pour me l'enlever. *Pourquoi* as-tu fait ça?

«J'ai regardé tante Ruth de haut, ce qui lui déplaît souverainement. Ça m'est facile parce que je suis plus grande qu'elle. J'étais furieuse et j'avais sans aucun doute mon regard «à la Murray».

— Pensez ce que vous voudrez, ai-je répliqué.

«J'ai ramassé mon cartable et je me suis dirigée vers la porte. Puis, consciente que je ne me conduisais pas comme il convient à une Starr, je me suis retournée et j'ai dit, très poliment:

— Je n'aurais pas dû vous parler comme ça, tante Ruth. Je m'excuse. Je suis entrée dans le banc la première et j'ai pris la place du fond sans savoir que c'était la vôtre. C'est tout.

«Ai-je exagéré ma politesse? Mes excuses ont semblé l'irriter encore plus.

— Je te pardonne pour cette fois, a-t-elle dit en reniflant, mais que ça ne se reproduise pas.

«Je dois me coucher à neuf heures tous les soirs. Les personnes menacées de tuberculose ont besoin de beaucoup de sommeil. Quand je rentre de l'école, j'ai des corvées à faire et, le soir, j'étudie. Alors, je n'ai pas une minute à moi pour écrire. Tante Élisabeth et tante Ruth ont eu une conversation à ce sujet. Et ça fonctionne pour elles, mais *moi*, je dois écrire. Alors, je me lève au petit jour, je m'habille et j'enfile mon manteau, car les matins sont froids, puis je m'assieds et je noircis du papier pendant une heure. Comme je redoutais que tante Ruth ne me prenne en flagrant délit, je le lui ai avoué. À son sens, je suis une pauvre débile qui finira sa vie à l'asile, mais elle ne m'a pas formellement interdit d'écrire, persuadée, sans doute, que ça ne servirait à rien. Elle a raison.

« Écrire des histoires m'étant interdit, je me suis récemment mise à les imaginer. Puis, il m'est apparu que je respectais la lettre de mon engagement envers tante Élisabeth, mais pas l'esprit. Alors, j'ai cessé cette pratique.

« J'écris près de ma fenêtre. J'aime regarder clignoter les lumières de Shrewsbury, le long de la colline, à la brunante.

« J'ai reçu une lettre de Dean, aujourd'hui. Il est en Égypte, parmi les sanctuaires en ruines des anciens palais. J'ai vu ce pays étranger à travers ses yeux et je suis entrée avec lui dans les siècles passés. J'étais Émilie de Karnak ou de Thèbes, pas Émilie de Shrewsbury du tout. C'est un des trucs de Dean.

« Tante Ruth a insisté pour lire sa lettre et, après en avoir pris connaissance, elle a conclu que Dean était un impie. Tout, mais pas ça. »

«**21 octobre 19-**

« J'ai gravi la colline escarpée du Bois Debout, ce soir. Le port de Shrewsbury était très beau, vu d'en haut, et la forêt autour de moi, était en attente de quelque événement proche. Ce décor a eu un tel impact sur moi que j'ai oublié tout le reste : les piques de tante Ruth, la condescendance d'Evelyn et le collier de chien de la reine Alexandra. De jolies pensées me sont venues à tire d'aile, comme des oiseaux. Ce n'était pas mes pensées. Je n'aurais rien pu imaginer d'aussi exquis.

« Un éclat de rire a résonné derrière moi, dans le squelette d'un sapin. Saisie, j'ai eu un peu peur, mais j'ai su tout de suite que ce rire n'avait rien d'humain et qu'il ressemblait plutôt à celui des fées et des elfes. Ce son enchanteur émanait de deux hiboux qui semblaient s'amuser de quelque blague chouette. J'écrirai un poème là-dessus, bien qu'il me semble impossible de traduire avec des mots le charme de cette scène.

« Tante Ruth m'a fait part, aujourd'hui, de ses attentes à mon endroit : elle veut que je devienne une *étoile*. Une *Star*. Elle ne joue pas sur les mots, elle ne sait même pas ce qu'est un calembour, mais, à Shrewsbury, les élèves qui obtiennent quatre-vingt-dix pour cent de moyenne aux examens de Noël et qui ne descendent jamais en deçà de quatre-vingt dans les autres matières sont considérés comme des étoiles et se voient offrir une broche en or en forme d'étoile qu'ils portent fièrement le reste du trimestre. C'est un honneur convoité, auquel peu accèdent. Si je n'y arrive pas, tante Ruth ne me le laissera jamais oublier. Je n'ai pas le choix : je *dois* réussir.»

«**30 octobre, 19-**

«Le numéro de novembre du *Gratte-papier* est sorti aujourd'hui. J'avais envoyé mon poème sur les hiboux à l'éditeur, la semaine d'avant, mais il ne l'a pas retenu. Il lui en a préféré un d'Evelyn Blake, des petites rimes mignardes sur les feuilles d'automne, tout à fait le genre de niaiseries que j'écrivais il y a trois ans.

«Et Evelyn s'est montrée affligée, devant la classe, que mon poème à moi n'ait pas été retenu. Tom Blake, l'éditeur, lui en avait sans doute parlé.

— T'en fais pas, mademoiselle Starr, Tom dit que ton poème était plutôt bien, mais qu'il ne cadrait pas avec les normes d'excellence du bulletin. Dans un an ou deux, ils t'accepteront vraisemblablement. Tiens le coup.

— Merci bien, ai-je répliqué. Je tiendrai le coup. Je n'ai pas à m'en faire. Je ne fais pas rimer vert avec mère, moi. Alors, là, je me sentirais vraiment en dessous de tout.

«Evelyn a rougi comme une tomate.

— C'est le dépit qui te fait parler, pauvre petite, a-t-elle dit.

«Elle a aussitôt laissé tomber le sujet. Symptomatique, non?»

«**6 novembre, 19-**

«Le lundi, à l'école, on nous demande de répondre à l'appel de notre nom par une citation. Ce matin, j'ai lu un vers de mon propre poème : *Une fenêtre ouverte sur la mer.* Quand j'ai quitté le groupe pour descendre à la classe préparatoire, la vice-présidente, Mlle Aylmer, corpulente, visage carré, grands yeux très doux, m'a interceptée.

— Émilie, c'est un vers magnifique que tu nous a donné, à l'appel. Où l'as-tu déniché? Et connais-tu tout le poème?

«J'étais si transportée de joie que j'ai eu peine à répondre.

— Oui, mademoiselle Aylmer. (Ceci, d'un air modeste.)

— J'aimerais en avoir une copie, a dit Mlle Aylmer. Pourrais-tu le transcrire? Qui en est l'auteur?

— L'auteur, ai-je dit en riant, est Émilie Byrd Starr. À dire vrai, mademoiselle, j'avais oublié de chercher une citation pour l'appel et j'ai puisé dans mes propres textes.

«Mlle Aylmer est restée muette un grand moment. Et elle m'a regardée.

— Désirez-vous toujours le poème? ai-je demandé, avenante.

— Oui, a-t-elle répondu, sans pour autant cesser de me regarder de cette drôle de manière, comme si elle ne m'avait jamais vue auparavant. Oui, et tu voudras bien l'autographier, s'il te plaît.

«J'ai promis, et dévalé l'escalier quatre à quatre. Rendue tout en bas, j'ai jeté un œil derrière. Elle me regardait toujours. Et il y avait, dans ce regard, quelque chose qui m'a rendue tout à la fois heureuse et fière et humble, et... portée à prier. Oui, c'est bien ainsi que je me suis sentie.

«Cette journée a été magnifique tout du long. Que m'importent le *Gratte-papier* et Evelyn Blake?

«Ce soir, tante Ruth s'est rendue à pied dans la haute ville, visiter l'Andrew de l'oncle Oliver qui y travaille à la banque. Je l'ai accompagnée, à son insistance. Elle a abreuvé Andrew de bons conseils sur sa santé morale, ses repas, ses sous-vêtements, et l'a invité à nous rendre visite, à sa convenance.

«Étant un Murray, Andrew est le bienvenu là où Teddy et Perry n'osent mettre le pied. C'est un assez joli garçon, aux cheveux raides bien taillés. Mais empesé à n'y pas croire.»

**«30 novembre 19-**

«Andrew est venu nous voir, ce soir. Il nous rend visite tous les vendredis où je ne vais pas à la Nouvelle Lune. Tante Ruth nous a laissés seuls au salon; elle avait une réunion des Dames bénévoles. Andrew, étant un Murray, on peut lui faire confiance!

«Andrew ne me déplaît pas. Difficile de détester une créature aussi inoffensive. C'est le genre bon garçon bavard et maladroit qui vous pousse irrésistiblement à le tourmenter sans merci. Vous en avez ensuite des remords, justement parce qu'il est si bon.

«Ce soir, tante Ruth étant absente, j'ai tenté de savoir jusqu'où je pouvais aller avec Andrew, tout en poursuivant le cours de mes propres pensées. Je me suis aperçue que quelques mots bien placés suffisaient à alimenter notre dialogue: oui, non, avec inflexions diverses, avec ou sans petit rire, je ne sais pas, vraiment, eh bien, dis donc, épatant. Le dernier mot, surtout, faisait merveille. Andrew allait grand train. Quand il s'interrompait pour reprendre haleine, je lançais: épatant! —je l'ai fait exactement onze fois — et Andrew continuait. Sans doute lui ai-je donné la flatteuse impression que lui-même était épatant, et que sa conversation l'était également. Pendant qu'il pérorait, je vivais une vie de rêve imaginaire au bord du Nil, au temps de Thoutmès I$^{er}$.

«Ainsi, nous étions contents l'un de l'autre. Je recommencerai. Andrew est trop naïf pour me prendre en défaut.

«Lorsque tante Ruth est entrée, elle a demandé:

— Et puis, comment ça a marché, entre Andrew et toi?

«Elle me pose cette question chaque fois qu'Andrew nous rend visite. *Je sais pourquoi.* Un complot s'ourdit entre les Murray, même si personne n'a encore osé le mettre en mots.

— Magnifiquement! ai-je dit. Andrew est en progrès. Il a dit *une* chose intéressante, ce soir et il n'avait pas autant de pieds et de mains que d'habitude.

«Je ne sais pas pourquoi je dis, de temps à autre, des choses comme ça à tante Ruth. Ce serait tellement mieux pour moi si je m'en abstenais. Mais quelque chose, que ce soit de Murray, de Starr, de Shipley, de Burnley, ou tout simplement pure perversité de ma part, me les fait dire avant que je n'y aie réfléchi.

— La compagnie à ta mesure, tu la trouveras à Stovepipe Town, a dit tante Ruth.»

# VIII

## Pas prouvé

Émilie quitta à regret la librairie où l'arôme des livres et des nouveaux magazines était un encens pour son odorat, et se hâta le long de la rue Prince, froide et venteuse. Elle allait à la Boutique aux livres aussi souvent qu'elle le pouvait, et plongeait, gourmande, dans les revues qu'elle n'avait pas les moyens de s'offrir, curieuse de ce qu'on y publiait, surtout en poésie. La plupart des vers qu'elle y lisait ne lui semblaient pas de beaucoup supérieurs aux siens et, pourtant, les éditeurs lui retournaient ses envois avec une régularité de métronome. Émilie avait déjà utilisé presque tous les timbres américains achetés avec le dollar du cousin Jimmy pour assurer le retour au bercail de ses manuscrits accompagnés de lettres de rejet. Son *Rire des hiboux* lui avait été retourné six fois déjà, mais elle ne lâchait pas la partie. Le matin même, elle l'avait posté à la boîte de la librairie.

«La septième fois, c'est chanceux», avait-elle pensé, en se rendant chez Ilse. Elle avait un examen d'anglais à onze heures et souhaitait consulter les notes d'Ilse avant de s'y rendre. Les examens s'achevaient. Émilie avait confiance d'obtenir la broche-étoile. Elle ne croyait pas être descendue sous la marque de quatre-vingts dans aucune des matières difficiles et, aujourd'hui, c'était l'examen d'anglais. Elle y obtiendrait sans peine quatre-vingt-dix. Ne resterait plus, ensuite, que l'histoire

95

où elle excellait. Elle gagnerait l'étoile, tous s'y attendaient. Le cousin Jimmy en était d'avance tout émoustillé, et Dean, persuadé de sa victoire, lui avait envoyé des félicitations anticipées du haut d'une quelconque pyramide. Sa lettre était arrivée la veille, en même temps que le colis contenant son cadeau de Noël.

«Je t'envoie un collier d'or retiré à la momie d'une princesse de la dix-neuvième dynastie, avait écrit Dean. Elle se nommait Mena et son épigraphe disait qu'elle était «douce de cœur». Cette amulette a reposé sur sa poitrine des milliers d'années. Elle est lourde de siècles d'amour.»

L'amulette avait charmé Émilie par son mystère, mais ne lui en faisait pas moins presque peur. Elle frémit en la refermant sur son cou et pensa à la princesse qui l'avait portée, à son histoire, à ses secrets.

La tante Ruth avait, bien sûr, désapprouvé. Un cadeau de Noël de Doscroche Priest? En quel honneur?

— Il aurait pu au moins t'envoyer quelque chose de neuf, quant à y être.

— Un... souvenir du Caire, fabriqué en Allemagne...? railla Émilie, pince-sans-rire.

— Oui, acquiesça la tante Ruth, candidement. Mme Ayers a un presse-papier en verre monté sur or, avec un portrait du sphinx, que son frère lui a rapporté d'Égypte. Ton amulette est miteuse, en comparaison.

— Miteuse! Tante Ruth, vous rendez-vous compte que ce collier a été fait à la main et qu'il a été porté par une princesse avant le règne de Moïse?

— Libre à toi de croire les sornettes de Doscroche Priest, fit la tante Ruth. Tu n'as quand même pas l'intention de porter ce collier ce soir?

— Si. La dernière fois qu'il a été vu, c'était probablement à la cour du pharaon. Ce soir, il ira à la danse des raquetteurs de Kit Barrett. Toute une différence!

J'espère que le fantôme de la princesse Mena ne viendra pas me hanter cette nuit. Elle pourrait m'en vouloir de mon sacrilège. Ce n'est quand même pas moi qui ai pillé son tombeau. «Elle était douce de cœur», a dit Dean. Je suis sûre qu'elle préfère savoir son collier chaud et brillant à mon cou plutôt qu'exposé aux regards des indifférents dans un sinistre musée. Dame d'Égypte, toi dont le royaume a été avalé par les sables du désert comme un vin qu'on répand, je te salue à travers les âges.

Émilie fit une grande révérence et éleva les mains pour saluer les siècles envolés.

— Balivernes! fit la tante Ruth, en reniflant.

— Je viens de citer presque mot pour mot un extrait de la lettre de Dean, laissa tomber Émilie, mine de rien.

— C'est lui tout craché. Moi, je crois que tes perles de Venise t'iraient beaucoup mieux que cette breloque de mécréants. Enfin! Ne rentre pas trop tard, Ém'lie. Insiste pour qu'Andrew te ramène avant minuit.

Car Émilie se rendait avec Andrew à une soirée chez Kitty Barrett, privilège qui lui était accordé parce qu'Andrew faisait partie du Peuple Choisi. Avec Andrew, elle aurait pu rentrer passé une heure, et la tante Ruth n'en eût pas fait cas. C'est Émilie qui n'y tenait pas, ayant eu à étudier tard, les soirs précédents à cause des examens.

En se rendant à la chambre d'Ilse, ce jour-là, pour y consulter ses notes, Émilie rencontra Evelyn Blake. Cette dernière, très frustrée de n'avoir pas été invitée à la danse des raquetteurs, se sentait mal disposée envers les deux amies et faisait étalage de sa cheville gainée de soie.

— Je suis contente que tu sois là, fidèle Émilie, se lamenta Ilse. Evelyn s'aiguise les griffes sur moi depuis ce matin. Elle s'attaquera peut-être à toi, pour changer.

— Je lui ai seulement recommandé de se contrôler, fit Evelyn, le ton vertueux.

— Qu'est-ce que tu as encore fait, Ilse? s'enquit Émilie.

— J'ai eu un différend avec Mme Adamson, ce matin. Ça couvait depuis longtemps. Je suis restée sage de si longs jours que ma méchanceté naturelle est restée embouteillée à l'intérieur. Mme Adamson a déclenché l'explosion en posant des questions désagréables. C'est son genre. Après, elle a fait tout un chahut pour, finalement, se mettre à pleurer. Alors là, je l'ai giflée.

— Tu vois, constata Evelyn.

— Je n'ai pas pu m'en empêcher, se récria Ilse. Ses reproches, son manque de respect, j'aurais pu les supporter, mais pas ses larmes. C'est là que je l'ai frappée.

— Et tu t'es sentie soulagée, fit Émilie, déterminée à ne pas montrer sa désapprobation devant Evelyn.

Ilse éclata de rire.

— Au début, oui, Ça l'a arrêtée net, en tout cas. Ensuite j'ai eu des remords et je lui ai demandé de me pardonner. Je suis désolée, *vraiment*, mais rien ne me dit que je ne recommencerai pas. Mary est trop bonne, aussi, si douce, si humble qu'il faut que quelqu'un rétablisse l'équilibre. Vous devriez entendre Mme Adamson gronder Mary quand elle sort plus d'un soir par semaine.

— Elle a raison, dit Evelyn. Toi aussi, tu devrais sortir moins souvent. Les gens jasent, Ilse.

— En tout cas, tu n'es pas sortie hier soir, toi, susurra Ilse, le sourire en coin.

Evelyn rougit et s'enferma dans un silence hautain. Émilie s'enfouit le nez dans le carnet de notes. Mary et Ilse s'éclipsèrent. Émilie eût aimé qu'Evelyn parte aussi, mais elle n'en avait pas du tout l'intention.

— Pourquoi est-ce que tu n'apprends pas à Ilse à mieux se tenir? s'enquit-elle, le ton bonbon fondant.

— Je n'ai pas d'autorité sur Ilse, répondit froidement Émilie. Et puis, moi, je ne trouve pas qu'elle se tient mal.

— Oh, ma pauvre vieille, tu viens toi-même de l'entendre dire qu'elle a giflé Mme Adamson.

— Mme Adamson l'avait mérité. Cette femme est odieuse. Elle fond en larmes à la moindre provocation. Ça m'énerve, moi aussi.

— En tout cas, Ilse a séché le cours de français, hier après-midi, pour se promener au bord de la rivière avec Ronnie Gibson. Elle finira par avoir des ennuis.

— Ilse est très populaire près des garçons, fit Émilie, qui savait qu'Evelyn se mourait de l'être.

— Avec les «mauvais» garçons, oui, sans aucun doute, fit Evelyn. Les gentils eux, ne s'occupent pas d'elle.

— Ronnie Gibson est plutôt gentil, je dirais.

— Oui, c'est vrai, mais pas Marshall Orde.

— Ilse n'a rien à voir avec Marshall Orde.

— Tiens donc! C'est avec lui qu'elle s'est promenée, samedi soir jusqu'à minuit. Il était fin soûl quand il a été chercher son cheval à l'écurie.

— Tu me fais marcher. Ilse ne sort pas avec Marsh Orde.

— Ils ont été *vus* ensemble. On me l'a raconté. Ilse est devenue la fable du canton. Peut-être que tu n'as pas d'autorité sur elle, mais est-ce que tu n'aurais pas au moins une certaine *influence*? Je sais bien que toi-même... bon... tu n'es pas à l'abri des cancans. Il paraît que tu t'es baignée à la plage de Blair Water sans aucun vêtement. Toute l'école le sait. Le frère de Marsh en était tout émoustillé. Ça, ma chère, c'était un peu fou, tu l'avoueras.

Être appelée «ma chère» par Evelyn Blake fit rougir Émilie de honte et de colère encore plus que la version que celle-ci donnait des faits. Ce bain au clair de lune, si magnifique, était profané. Pure perte que d'en discuter avec Evelyn.

— Il y a bien des choses que tu ne peux pas comprendre, mademoiselle Blake, dit-elle, avec cette ironie légère qui drape les mots de vérités pas toutes bonnes à dire.

— On sait bien, tu es du Peuple Choisi, fit Evelyn, avec un ricanement.

— En effet, dit Émilie, calmement, les yeux rivés au carnet de notes.

— Bon, je t'ai vexée. Ce que je t'ai dit, ma chère, c'est parce que j'aime bien Ilse et que je trouve dommage de la voir se fourvoyer. Par la même occasion, conseille-lui aussi de porter des couleurs moins criardes. Sa robe de soie rouge, au concert, c'était du plus mauvais goût.

— Moi, je trouve qu'Ilse ressemblait à un grand lys doré dans un fourreau écarlate.

— Tu es une amie loyale, ma chère, c'est évident, mais je me demande si Ilse te rend la pareille. Bon! je te laisse à tes études. Tu as l'anglais à onze heures, pas vrai? M. Travers est malade. C'est M. Scoville qui le remplace comme surveillant.

Émilie décida que si Evelyn l'appelait «ma chère» une fois de plus, elle lui lancerait une bouteille d'encre à la figure. Pourquoi cette teigne ne s'en allait-elle pas?

Evelyn avait une autre arme dans son sac à malices.

— Ton ami, le blanc-bec de Stovepipe, a essayé d'entrer au *Gratte-papier*. Il a envoyé un poème patriotique que Tom m'a montré. C'était d'un comique! Un vers, en particulier: «Le Canada, comme une jeune vierge, accueille ses fils qui reviennent.» Tom a ri à s'en décrocher les mâchoires.

Émilie eut peine à retenir un sourire. Ce Perry! s'exposer ainsi au ridicule! *Pourquoi* n'acceptait-il pas ses limites et ne comprenait-il pas qu'il n'était pas doué pour la poésie?

— De quel droit l'éditeur montre-t-il à des étrangers les contributions qu'il rejette? dit-elle froidement.

— Tom ne me considère pas comme une étrangère. Voilà, je file à la librairie.

Émilie fut soulagée de la voir partir. Ilse revint presque aussitôt.

— Evelyn n'est plus là? Charmante créature, n'est-ce pas? Qu'est-ce que Mary peut bien lui trouver?

— Ilse, fit Émilie, grave. T'es-tu promenée avec Marsh Orde, un soir de la semaine dernière?

Ilse la regarda fixement.

— Non, chère enfant du bon Dieu, je ne me suis pas promenée avec lui, mais je devine d'où te vient ce cancan. Je ne sais pas qui était la fille.

— Un autre jour, tu as manqué le cours de français pour marcher avec Ronnie Gibson.

— Coupable.

— Ilse, tu sais que tu ne devrais pas...

— Laisse-moi tranquille, Émilie, coupa Ilse. Tu deviens insupportable de suffisance. Il va falloir y voir avant que ça devienne chronique. Je déteste les redresseurs de torts et les empêcheurs de danser en rond. Excuse-moi, il faut que je fasse un crochet à la Boutique avant d'aller à l'école.

Ilse ramassa ses livres, les traits maussades, et se précipita dehors. Émilie en avait fini du carnet de notes. Il lui restait trente minutes avant la classe. Elle bâilla, fatiguée et s'allongea sur le lit d'Ilse pour se reposer. Et s'y assoupit.

Elle s'éveilla en sursaut, un grand moment plus tard, et s'aperçut, consternée, que le réveil de Mary Carswell marquait onze heures moins cinq. Il lui restait cinq minutes pour parcourir un quart de mille et gagner son pupitre avant l'examen. Elle enfila son manteau, mit son chapeau, prit le carnet de notes à la volée et s'en fut. Elle arriva à l'école à bout de souffle, avec la désagréable impression que les gens l'avaient regardée bizarrement pendant qu'elle courait le long des rues. Elle suspendit ses vêtements sans jeter un œil au miroir et se hâta vers sa classe.

Tous les yeux se fixèrent sur elle et un éclat de rire courut tout autour de la pièce. M. Scoville, long, mince, élégant, passait les papiers d'examen. Il en posa un devant Émilie et s'informa:

— Vous êtes-vous regardée dans une glace, avant de venir ici, mademoiselle Starr?

— Non, fit Émilie. (Quelque chose clochait, mais quoi?)

— Si j'étais vous, articula posément M. Scoville, je ferais cela tout de suite.

Émilie retourna à la salle de repos des filles. Elle croisa le directeur Hardy dans le hall et celui-ci la dévisagea. Pourquoi cela? Émilie le comprit dès qu'elle se fût vue dans le miroir.

Dessinée au crayon noir au-dessus de sa lèvre supérieure et sur ses joues s'épanouissait une flamboyante moustache aux extrémités fantastiquement bouclées. Pendant un moment, Émilie se regarda, bouche bée. *Qui* avait bien pu lui jouer un tel tour?

Elle pivota sur elle-même, au paroxysme de la colère. Evelyn Blake entrait justement dans la pièce.

— Toi! C'est toi qui as fait ça, haleta Émilie.

L'ayant regardée, Evelyn éclata de rire.

— Tu as l'air d'une caricature. Veux-tu me dire que tu es allée en classe avec *ça* sur le visage?

Émilie se tordit les mains.

— C'est toi qui as fait ça, répéta-t-elle.

Evelyn se redressa de toute sa hauteur.

— Tu en as de bonnes, mademoiselle Starr. Je ne m'abaisserais pas à faire d'aussi sales blagues. Ta chère amie Ilse a sans doute voulu te taquiner. Elle riait toute seule quand elle est entrée, tout à l'heure.

— Non, Ilse n'aurait pas fait ça, cria Émilie.

Evelyn haussa les épaules.

101

— Débarbouille-toi d'abord. Tu chercheras ensuite qui a fait le coup, recommanda-t-elle en sortant, convulsée de rire.

Tremblant de colère et de la plus intense humiliation qu'elle ait connue de sa vie, Émilie lava la moustache. Sa première impulsion fut de rentrer cacher sa honte à la maison, mais, serrant des dents, elle regagna la classe et marcha, le nez en l'air, jusqu'à son pupitre. Ses joues brûlaient. Son cœur battait la chamade. Elle vit de loin la tête blonde de Ilse penchée sur son papier. Les autres souriaient nerveusement. M. Scoville affichait une gravité forcée. Émilie prit sa plume, mais sa main tremblait sur son papier.

L'examen d'anglais, elle eût aussi bien fait de l'oublier. Il lui fallut vingt minutes pour calmer le tremblement de ses mains. Et les questions étaient difficiles, comme toutes celles que préparait M. Travers. Dans la tête d'Émilie, c'était le chaos. Toutes ses pensées tournaient autour d'un point fixe: sa honte torturante. Lorsqu'elle remit son papier, elle savait qu'elle avait perdu la broche-étoile. Ce serait même miracle qu'elle obtienne la note de passage. Et puis, après?

Elle courut se terrer dans sa chambre, soulagée que la tante Ruth soit absente, et se jeta, en pleurs, sur son lit, brisée de chagrin et proie d'un doute affreux. Était-ce Ilse qui avait fait ça?

Non, C'était impossible. Mais qui, alors? Mary? Non, pas Mary. Evelyn. Voilà! Ce ne pouvait être qu'Evelyn. Evelyn qui était revenue à la chambre et s'était vengée de sa superbe. Pourtant, elle s'était indignée qu'on pût la soupçonner... mais ses yeux n'étaient-ils pas par trop innocents?

Qu'était-ce donc qu'Ilse avait dit? «Tu deviens insupportable de suffisance. Il va falloir y voir avant que ça devienne chronique.» Ilse avait-elle pris ce moyen abominable pour la guérir?

— Non, non, non, refusa violemment Émilie, dans son oreiller.

Mais le doute s'incrusta.

La tante Ruth, elle, n'avait pas de doutes. Elle avait, ce jour-là, rendu visite à son amie Mme Ball, dont la fille, Anita, était en préparatoire. Anita avait ramené à la maison l'histoire de la moustache d'Émilie et du commentaire d'Evelyn qui prétendait que c'était Ilse qui avait fait le coup.

Sitôt rentrée, la tante se précipita dans la chambre d'Émilie.

— Il paraît qu'Ilse Burnley t'a bien décorée, aujourd'hui. J'espère que ça t'a enfin ouvert les yeux sur elle.

— Ilse n'a pas fait ça, protesta Émilie.

— Le lui as-tu demandé?

— Non, je l'insulterais en lui posant une telle question.

— Moi, je suis certaine que c'est elle qui a fait ça, et je ne veux plus qu'elle mette les pieds ici. Compris?

— Tante Ruth!

— Tu m'as bien entendue, Émilie. Ilse Burnley ne mérite pas d'être associée à toi. J'ai entendu trop d'allusions malveillantes à son sujet, récemment. Mais ça, ça passe les bornes.

— Tante Ruth, si j'interroge Ilse et qu'elle réponde qu'elle n'est pas coupable, la croirez-vous?

— Non. Élevée comme elle l'a été, cette fille est capable de tout. Je ne veux plus la voir dans ma maison.

Émilie se leva et tenta d'imprimer sur son visage défait par les larmes le regard à la Murray.

— C'est entendu, tante Ruth, fit-elle, froidement. Je ne recevrai plus Ilse ici, puisqu'elle n'y est plus la bienvenue, mais j'irai la visiter chez elle. Et si vous me l'interdisez, c'est bien simple, je vais retourner à la Nouvelle Lune. D'ailleurs, c'est mon plus cher désir, mais je ne veux pas laisser Evelyn Blake me chasser d'ici.

La tante Ruth savait que les gens de la Nouvelle Lune n'accepteraient jamais qu'il y ait rupture entre Émilie et Ilse. Le docteur Burnley était de leurs amis. Il lui fallut donc se satisfaire de l'excuse trouvée pour éloigner Ilse de sa maison, ce qu'au fond elle souhaitait. L'affaire l'agaçait non parce qu'elle éprouvait sa nièce, mais parce qu'une Murray avait été tournée en ridicule.

— À ta guise, fit-elle. J'aurais pourtant cru que tu en aurais assez d'Ilse. Sache en tout cas qu'Evelyn Blake la vaut cent fois. C'est une fille intelligente, incapable de jouer de méchants tours. Je connais les Blake. Excellente famille, très aisée. Allons, sèche tes larmes. À quoi ça te sert de pleurer comme ça?

— À rien du tout, gémit Émilie, mais je ne peux m'arrêter.

— Te voilà toute retournée. Une vraie Starr. Nous autres, Murray, nous masquons nos émotions.

«*Quelles* émotions?» pensa Émilie.

Après une nuit d'insomnie, elle alla voir Ilse et lui apprit, le cœur gros, la décision de la tante Ruth. Ilse en fut froissée, mais ne fit pas état de son innocence à propos de la moustache, comme Émilie s'y était attendue.

— Ilse, tu... tu ne m'as pas fait ça? interrogea-t-elle, hésitante. (Son Ilse n'était pas coupable, elle en était *sûre*, mais elle voulait le lui entendre dire.) À sa surprise, une rougeur soudaine envahit les joues d'Ilse.

— Suis-je le gardien de mon frère? dit-elle, sibylline.

Ça ne ressemblait pas à la franche et directe Ilse d'antan, cette réponse emberlificotée.

— Tu ne crois quand même pas que j'ai pu faire une chose pareille, n'est-ce pas, Émilie? jeta-t-elle en détournant la figure et en fourrageant dans son sac.

— Non, bien sûr que non, fit Émilie, lentement.

Et le sujet fut clos. Mais le doute qui stagnait au fond du cœur d'Émilie émergea de sa cachette et apparut au grand jour. Pourquoi Ilse avait-elle paru si troublée, si coupable? Une Ilse innocente fût montée sur ses grands chevaux, indignée qu'on doute d'elle et n'ayant de cesse que l'affaire soit tirée au clair. Mais non. Rien.

Elles n'y firent plus allusion. Mais l'ombre resta entre elles, leur gâchant les fêtes de Noël à la Nouvelle Lune. En apparence, elles restaient amies, mais Émilie était consciente d'une brisure entre elles, qu'elle ne venait pas à bout de colmater, malgré ses efforts. Ilse paraissait indifférente à leur brouille, l'aggravant par le fait même. Elle attachait donc si peu de prix à leur amitié qu'elle ne sente pas la gaine de glace qui l'enserrait? Émilie broyait du noir et en devenait malade. Ce soupçon — vague, tapi dans l'ombre — blessait son cœur sensible. Jamais conflit ouvert ne l'avait affectée de la sorte. Ilse et elle s'étaient querellées à maintes reprises et réconciliées l'instant d'après sans arrière-pensée. *Ceci* était différent. Plus Émilie y réfléchissait, plus elle devenait malheureuse. La tante Laura et le cousin Jimmy s'étaient avisés de sa nervosité, mais l'avaient attribuée à sa déception de n'avoir pas obtenu la broche-étoile. Car elle ne l'avait pas obtenue.

Oh, cela avait été dur de retourner à l'école, quand les résultats des examens y avaient été annoncés. Elle n'était pas, elle le savait, l'une des élues, et la tante Ruth, consciente du prestige perdu, le lui rappela sans merci pendant des semaines.

La nouvelle année ne se présentait pas sous d'heureux auspices. Émilie se sentait très seule. Elle rendait visite à Ilse, à sa maison de pension, à défaut de la recevoir chez la tante Ruth, mais la faille allait s'élargissant entre elles. Ilse ne semblait pas en souffrir. Sa chambre était toujours remplie de filles, et il y avait plein de rires, d'animation, de papotages. C'était joyeux et léger, mais différent de leur vieille intimité et de leur camaraderie d'antan.

Émilie pleurait l'amitié perdue, mouillant, chaque nuit, son oreiller de larmes. Le doute la rongeait. Elle tenta de s'en défaire en se répétant chaque jour qu'Ilse Burnley n'aurait jamais joué un tel tour, qu'elle en était virtuellement incapable. Forte de cette conviction, elle se rendait chez Ilse, déterminée à recommencer avec elle comme avant. Résultat : sa cordialité paraissait aussi forcée et aussi artificielle que celle d'Evelyn Blake. Ilse se montrait aimable, et la fissure s'agrandissait encore. «Elle ne sort plus de ses gonds, comme autrefois», se disait tristement Émilie.

Et c'était vrai. Ilse était toujours de belle humeur avec Émilie, manifestant envers elle une politesse déroutante. Qu'Émilie eût aimé un retour des rages spectaculaires d'autrefois, des rages qui briseraient la glace entre elles et libéreraient le flot de leur chère amitié!

Evelyn Blake savait tout de la friction entre Ilse et Émilie. Elle n'avait jamais goûté les amités entre filles, et celle qu'elle avait vu régner entre Émilie et Ilse, si entière, si exclusive, lui avait fait offense. Il n'y avait place pour personne entre ces deux amies-là. Et Evelyn n'aimait pas se sentir exclue. Aussi était-elle ravie de constater que cette amitié tirait à sa fin. L'éclat moqueur de ses longs yeux bruns et le sarcasme discret de ses phrases anodines la trahissaient.

Et c'était, pour la «chère» Émilie, la goutte d'eau qui fait déborder le vase.

# IX

## Moment suprême

Ce matin-là, Émilie descendit de l'étage à reculons, certaine que dorénavant le monde ne recèlerait plus pour elle de lumière et de couleur et que sa vie s'écoulerait dans la grisaille. Dix minutes plus tard, elle était auréolée d'arcs-en-ciel, et le désert de son avenir était fleuri de roses.

Une lettre que sa tante Ruth lui avait remise avait causé cette transformation miraculeuse. Il y avait un magazine aussi, mais Émilie ne s'y intéressa pas sur-le-champ. La lettre portait l'adresse d'un marchand de fleurs et on sentait, au toucher, sa minceur prometteuse, différente des enveloppes pansues pleines de manuscrits rejetés.

Le cœur d'Émilie battit plus vite pendant qu'elle déchirait l'enveloppe et parcourait du regard le texte écrit à la machine.

*Chère Mlle Starr,*

*Nous avons le grand plaisir de vous informer que votre poème* Le rire des hiboux *a été jugé acceptable pour publication dans* Jardins et Boisés. *Il paraît dans le présent numéro de notre magazine, dont nous vous envoyons un exemplaire. Vos vers sonnent juste et nous serons heureux d'en recevoir d'autres de la même eau.*

*Il n'entre pas dans nos habitudes de rétribuer nos colla-
borateurs, mais nous vous offrons deux dollars de graines
de semence, à choisir dans notre catalogue. Nous vous les
enverrons par poste payée.*

*Sincèrement vôtres,*
*Thos. E. Carlton & Cie.*

Émilie se saisit du magazine avec des doigts qui tremblaient. Les lettres dansaient devant ses yeux. Elle eut l'impression d'étouffer, car là, sur la page de couverture, dans un
cadre enluminé, était son poème: *Le rire des hiboux*, et son
nom: Émilie B. Starr.

Intoxiquée par ce premier succès, elle emporta la lettre et le
magazine dans sa chambre pour s'en délecter, pendant qu'en
bas, la tante Ruth reniflait plus fort que jamais. C'est qu'elle se
méfiait, la tante Ruth, des joues soudain empourprées, des
yeux extasiés et des comportements coupés du quotidien.

Dans sa chambre, Émilie lut son poème comme si elle ne
l'avait jamais vu auparavant. Il y avait, hélas! une faute de
frappe à vous donner la nausée. C'était épouvantable que *la
lune au ciel* soit devenue *la lune au miel*, mais c'était là *son*
poème, le sien, à elle, imprimé dans un vrai magazine. Et on la
payait pour le reproduire. Un chèque eût été apprécié: deux
dollars à elle toute seule, gagnés par sa propre plume: la
fortune. Mais quel plaisir le cousin Jimmy et elle auraient à
choisir les graines! Elle voyait en imagination la belle plate-
bande qui enjoliverait le jardin de la Nouvelle Lune, l'été
d'après.

Et qu'est-ce donc que la lettre disait? «Vos vers sonnent
juste et nous serons heureux d'en recevoir de la même eau.»
Béatitude. Extase. Le monde lui appartenait. Les sommets
seraient bientôt atteints.

Comment, ensuite, rester enfermée dans cette chambre
sombre au plafond oppressant et aux meubles inamicaux?
L'expression funèbre de Byron insultait au bonheur d'Émilie
qui enfila prestement son manteau pour gagner le Bois
Debout.

Comme elle traversait la cuisine, la tante Ruth, qui n'en
pouvait plus de curiosité, s'informa, sarcastique:

— Est-ce qu'il y a le feu à la maison? Ou au port?

— C'est ma tête qui est en feu, lança Émilie, avec un sourire sibyllin.

La porte refermée, elle oublia aussitôt la tante Ruth et ce qu'elle représentait. Que le monde était magnifique! Et la vie, belle! Et belle, la terre du Bois Debout!

Elle gravit la colline jusqu'à la crête, comme si elle avait des ailes et s'y tint debout, en extase, les mains jointes et les yeux perdus dans le rêve. Le soleil se couchait tout juste. Au-dessus du port figé dans ses glaces, de grand nuages s'amoncelaient en masses iridescentes et, tout au fond, les collines enneigées dormaient sous les étoiles.

«Ils sonnent juste», se répéta Émilie, savourant à nouveau les mots mémorables. Ils veulent lire mes autres poèmes. Oh, si papa voyait ça!

Elle se sentit envahie d'une joie qui transcendait le quotidien. La faculté créatrice, engourdie par des mois de misère morale, brûlait soudain en elle d'une flamme qui la renouvelait. D'un seul coup, elle *sut* qu'Ilse n'était pas coupable, et elle éclata de rire. «Quelle sotte j'ai été! Bien sûr qu'Ilse n'a pas fait ce que je lui reproche. Il n'y a plus d'ombre entre nous. Je vais aller de ce pas le lui dire.»

Elle descendit la colline au galop et courut chez Ilse en dansant, portée par l'élan que cette beauté lui avait donné.

Elle trouva son amie seule chez elle. L'entourant de ses bras, elle la serra contre elle.

— Ilse, pardonne-moi, souffla-t-elle. J'ai douté de toi et je n'aurais pas dû, mais maintenant, je sais, *je sais*. Dis que tu me pardonnes.

— Bougre d'imbécile! s'exclama Ilse.

Émilie fut ravie d'être traitée d'imbécile. Elle avait retrouvé l'Ilse d'antan, *son* Ilse.

— Oh, Ilse, j'ai été si malheureuse.

— Je n'étais pas au septième ciel, moi non plus. Maintenant, tais-toi et écoute-moi. J'ai quelque chose d'important à te dire. Le jour de l'examen d'anglais, j'ai rencontré Evelyn, à la librairie. On est revenues ici ensemble et on t'a trouvée endormie. Tu dormais tellement dur que tu n'as même pas bougé quand je t'ai pincé la joue. Alors, pour le plaisir de la chose, j'ai pris un crayon noir et j'ai dit: «Je vais lui dessiner une moustache.» — Silence, Émilie! — Evelyn s'est scandalisée: «Oh non, ça serait moche, tu ne crois pas?» Je n'avais pas vraiment l'intention d'aller plus loin, ce que j'en disais, c'était pour rire, mais la vertueuse réaction d'Evelyn m'a mise dans une telle rogne que j'ai décidé de mettre mon projet à exécution. — Tais-toi! — Je me proposais de t'éveiller tout de suite après et de te présenter un miroir, c'est tout. Mais avant que j'aie pu faire quoi que ce soit, Kate Errol est entrée en nous invitant à la suivre, alors j'ai jeté le crayon et je suis sortie. C'est tout, Émilie, juré, craché. Mais je me suis sentie honteuse d'avoir fait germer l'idée dans la tête de la personne qui t'a fait ça et d'être, en quelque sorte, responsable de ton humiliation. Ensuite, j'ai vu que tu doutais de moi, et ça m'a rendue folle. Tu me croyais capable de te barbouiller la figure et de te laisser retourner en classe comme ça! C'était trop fort. Je me suis dit: «Si elle veut me soupçonner, qu'elle me soupçonne. Je ne dirai pas un mot pour replacer les faits.» Mon Dieu que je suis contente que tu sois revenue à de meilleurs sentiments!

— Crois-tu que ce soit Evelyn Blake, la responsable?

— Elle en est capable, mais je ne vois pas comment elle aurait eu le temps. Elle est venue à la librairie avec Kate et moi, et nous l'avons laissée là. Quinze minutes plus tard, elle était en classe. Comment aurait-elle eu le temps de revenir et de dessiner la moustache? Je pense que c'est l'œuvre de May Hilson. Ce diable de fille est capable de tout et elle était dans le corridor quand j'ai brandi le crayon. Elle a lapé la suggestion comme un chat, son lait. C'est peu probable que ce soit Evelyn la coupable.

Émilie n'en continua pas moins de le croire. Et la tante Ruth, elle, continuait de croire Ilse responsable. Et continuerait jusqu'à la fin des temps, si rien n'était fait pour l'en dissuader.

— Dommage, soupira Ilse. Pas moyen d'avoir des conversations intimes ici. Mary traîne sans cesse une armée à ses trousses et Evelyn Blake est toujours là.

— Je vais trouver qui a fait le coup, déclara Émilie, énergiquement et, alors, nous aurons raison de tante Ruth.

Le lendemain après-midi, Evelyn Blake trouva Ilse et Émilie en plein combat singulier. C'est à dire qu'Ilse attaquait pendant qu'Émilie restait assise à la regarder s'escrimer, une expression d'arrogance dans ses yeux insolemment mi-clos. Le spectacle aurait dû ravir Evelyn, mais elle avait vite compris le paradoxe. Si Ilse se querellait de nouveau avec Émilie, c'est qu'elles étaient réconciliées.

— Je suis contente que tu pardonnes à Ilse, dit-elle chaleureusement à Émilie, le lendemain. C'était une étourderie de sa part, je l'ai dit et redit. Elle n'a pas pensé une seconde qu'elle t'exposait au ridicule. Elle est comme ça, que veux-tu. J'ai essayé de l'arrêter, tu sais, en lui disant que c'était une chose horrible à faire à une amie. Je croyais l'avoir convaincue. Tu as plus de cœur que moi, chère Émilie. Je ne serais pas capable d'une telle générosité.

— Pourquoi n'as-tu pas écrasé Evelyn comme une punaise, dit Ilse, quand Émilie lui conta l'échange, après coup.

— J'ai fermé les yeux à demi et je l'ai regardée à la Murray, dit Émilie, et c'était un châtiment pire que la mort.

# X

## Une heure de folie

Le concert de l'école secondaire pour venir en aide à sa bibliothèque était un événement annuel à Shrewsbury, placé comme il l'était, tôt en avril, avant la préparation des examens. Cette fois, il devait consister en un programme de musique et de déclamations ainsi qu'en une saynète. Émilie fut priée de participer à cette dernière et accepta, après avoir obtenu le consentement très réticent de la tante Ruth, qu'elle n'eût probablement jamais obtenu si Mlle Aylmer n'était passée elle-même à la maison pour la prier d'accepter. Mlle Aylmer était la petite-fille du sénateur Aylmer, et la tante Ruth rendait aux puissants ce qu'elle n'eût rendu à personne d'autre. Puis, Mlle Aylmer suggéra qu'on sabre dans la musique et dans les déclamations afin de monter une courte pièce en lieu et place, ce qui eut l'heur de plaire aux élèves. On procéda donc au changement.

Ayant décroché un rôle qui lui plaisait, Émilie s'impliqua dans la préparation du spectacle et assista aux répétitions, chaperonnées par Mlle Aylmer, qui se tenaient à l'école même, deux soirs par semaine.

Cette pièce créait tout un émoi, à Shrewsbury. Rien d'aussi ambitieux n'avait encore été entrepris par les élèves du secondaire. On apprit que plusieurs des étudiants de l'Académie Queen's viendraient de Charlottetown par le train du soir pour

113

y assister, ce qui remplit les comédiens d'appréhension. Les étudiants de Queen's étaient rompus au théâtre. Ils venaient, bien sûr, pour critiquer. Aussi fallait-il que la pièce soit aussi réussie que celles qu'avait présentées l'Académie. Les efforts de chacun des membres de la distribution tendirent vers ce but. La sœur de Kate Errol, graduée d'une école de diction, les faisait répéter. Quand le soir de la représentation arriva, on était chauffés à blanc dans plusieurs maisons et pensions de Shrewsbury.

Dans sa petite chambre éclairée à la chandelle, Émilie regarda son reflet dans la glace avec une satisfaction manifeste. Dans sa robe gris cendré, avec sa couronne de feuilles d'argent enroulées autour de ses cheveux noirs, elle avait l'air d'une jeune dryade. La tante Ruth lui avait fait retirer ses bas de dentelle pour les remplacer par des bas de cachemire. Elle avait même tenté de lui refiler des bas de laine, mais sans succès, sauvant toutefois la face en faisant porter à Émilie un jupon de flanelle.

«Quel vêtement laid et encombrant, ce jupon!» pesta Émilie. Heureusement, les jupes à la mode étaient plissées. Émilie était d'ailleurs si mince que cet épais jupon ne la grossissait guère.

Elle attachait son amulette égyptienne autour de son cou quand la tante Ruth entra dans la pièce, l'air très mécontent.

— Ém'lie, Mme Ball vient tout juste de me téléphoner. Elle m'a appris une chose qui m'a sidérée. Est-ce dans *une pièce de théâtre* que tu joues, ce soir?

Émilie resta bouche bée.

— Oui, c'est dans une pièce de théâtre. Vous le saviez, voyons.

— Quand tu m'as demandé la permission de participer au concert, tu m'as dit qu'il s'agissait d'un *dialogue*.

— Oui, mais Mlle Aylmer a décidé de nous faire jouer une pièce, à la place. J'étais *certaine* que vous le saviez, tante Ruth. Je *croyais* vous en avoir parlé.

— Taratata, tu m'as délibérément laissée dans l'ignorance parce que tu savais que je ne te permettrais jamais de jouer dans une pièce.

114

— Croyez-moi, tante Ruth, plaida Émilie, sérieuse. Je n'ai rien voulu vous cacher. Je ne vous en parlais pas parce que la séance musicale elle-même vous déplaisait.

— Et en plus, tu te moques. Je te savais rusée, mais jamais à ce point là.

— Il n'y a pas de ruse, tante Ruth. On ne parle que de ça à Shrewsbury. J'aurais été bien stupide d'essayer de vous le cacher. Je me demande même comment il se fait que vous ne l'ayez pas su.

— Je ne sortais pas à cause de ma bronchite. J'y vois clair, Ém'lie.

— Je n'ai pas essayé de vous tromper. C'est la vérité vraie, tante Ruth. Quelle différence y a-t-il entre un dialogue et une pièce?

— Toute la différence au monde. Le théâtre est pernicieux.

— Mais c'est une toute petite saynète, s'éleva Émilie.

— Toute petite ou non, tu n'y participeras pas.

Émilie pâlit.

— Tante Ruth, il faut que je joue; autrement, la pièce est fichue.

— Mieux vaut une pièce perdue qu'une âme perdue, rétorqua la tante.

Émilie n'osa pas sourire. La cause à défendre était trop importante.

— Je regrette que vous désapprouviez les pièces de théâtre. Je n'en accepterai plus, à l'avenir, mais ce soir, je ne peux pas m'y soustraire.

— Tu te crois indispensable, peut-être, chère Ém'lie?

Cette tante Ruth! Quelle plaie! Et combien le terme «chère» devenait détestable dans sa bouche! Émilie n'en resta pas moins patiente.

— Ce soir, oui. Ils ne pourraient pas me remplacer au pied levé. Mlle Aylmer ne me pardonnera jamais.

— Attaches-tu plus d'importance au pardon de Mlle Aylmer qu'à celui de ton Dieu? demanda la tante Ruth, dont c'était la position définitive, son attitude en faisait foi.

— À celui de *votre* Dieu, oui, marmonna Émilie, dont la patience était à bout, après ce barrage de questions insensées.

— Tu n'as donc aucun respect pour tes ancêtres? S'ils savaient qu'une de leurs descendantes joue au théâtre, ils se retourneraient dans leurs tombes.

— Ça leur ferait un bon exercice. Je tiendrai mon rôle dans cette pièce, tante Ruth.

Émilie s'exprimait posément, les yeux déterminés. La tante se sentit dépassée: il n'y avait pas de serrure à la porte de sa nièce et elle ne pouvait la contraindre par la force.

— Si tu y vas, ne reviens pas ici, ce soir, dit-elle, pâle de rage. Cette maison sera sous clef à neuf heures.

— Si je ne reviens pas ici ce soir, je ne reviendrai jamais.

Et tant pis pour les conséquences! Émilie était si courroucée que plus rien n'avait d'importance.

— Si votre porte est fermée à clef, je retournerai à la Nouvelle Lune. Tante Élisabeth sait, à propos de la pièce. Elle acceptait que j'y participe

Et toc! Elle attrapa son manteau et ficha sur sa tête le petit chapeau rouge à plume que la femme de l'oncle Oliver lui avait offert à Noël. Les choix de la tante Adrienne ne correspondaient pas à ceux de la Nouvelle Lune, mais le chapeau allait bien à Émilie et lui donnait l'air très jeune fille.

La tante Ruth s'en rendit compte, mais cette réalisation n'atténua en rien son dépit. Ém'lie partait quand même. Ém'lie osait la défier et lui désobéir. Cette rusée, cette cachottière. Il lui fallait une leçon. Elle l'aurait.

À neuf heures, la tante Ruth se mit au lit après avoir verrouillé toutes les portes de sa maison.

La pièce obtint un vif succès. Les étudiants de Queen's eux-mêmes en convinrent et ne ménagèrent pas leurs applaudissements. Émilie s'était jetée sur son rôle avec un tel feu, après sa prise de bec avec sa tante, qu'elle y fut brillante, au grand ravissement de Mlle Aylmer qui l'avait trouvée jusqu'alors trop réservée pour ce rôle plein d'éclat. Evelyn Blake elle-même vint la féliciter à la fin du spectacle.

— Vraiment, ma chère, tu as tous les talents: comédienne, poète, romancière, et quoi encore?

Teddy la raccompagna et la quitta à la barrière sur un joyeux bonsoir. Et, alors, catastrophe, la porte fermée à clef.

116

La colère d'Émilie, qui s'était muée, pendant la soirée, en énergie et en dynamisme, se réveilla d'un coup, balayant tout sur son passage. C'était indigne d'être traitée de la sorte. La tante Ruth avait passé les bornes. Nul n'avait à supporter de tels sévices pour acquérir de l'instruction.

Trois solutions s'offraient à elle: frapper au heurtoir de cuivre jusqu'à ce que sa tante descende lui ouvrir, comme elle l'avait fait déjà, et subir ensuite des semaines de mauvaise humeur; se rendre à la maison de pension d'Ilse — les filles ne seraient pas encore couchées — et alors Mary Carswell le dirait à Evelyn Blake qui le dirait à toute l'école; ou marcher jusqu'à la Nouvelle Lune et y rester. Devant la porte fermée, c'est l'option que choisit Émilie. Tous ces mois à essuyer, en rongeant son frein, les vexations de la tante Ruth avaient pavé la voie à sa révolte ouverte. Émilie sortit du jardin, fit claquer la barrière derrière elle et entreprit sa marche de sept milles dans la nuit tombée.

Elle était si indignée que la marche lui parut courte et qu'elle ne sentit pas le froid de cette piquante nuit d'avril, bien qu'elle n'eût qu'un manteau de drap pour s'en protéger.

La neige avait fondu, mais les chemins étaient à demi gelés et rudes à ses pieds chaussés d'escarpins de cuir — cadeau de Noël du cousin Jimmy. Émilie se félicita que sa tante ait insisté pour qu'elle porte des bas de cachemire et un jupon de flanelle.

Il y avait une lune, cette nuit-là, mais à cause des nuages, le décor sévère et morne baignait dans une lumière blafarde. Le vent soufflait en rafales soudaines et gémissantes. Son sens du drame comblé, Émilie se dit que la nuit était en communion avec elle. Elle ne retournerait *jamais* chez la tante Ruth. Quoi qu'en disent les gens de la Nouvelle Lune — et la tante Élisabeth en aurait long à dire, à n'en pas douter. Si on refusait de la mettre en pension ailleurs, elle laisserait l'école. Cela créerait une commotion épouvantable à la Nouvelle Lune. Et puis, après? Elle ne se laisserait pas humilier un jour de plus, non madame. La tante Ruth était allée trop loin. On n'acculait pas une Starr au désespoir sans en subir les conséquences.

— J'en ai fini de Ruth Dutton pour toujours, se jura Émilie, omettant avec une formidable satisfaction le vocable «tante».

Lorsqu'elle s'engagea dans l'allée, la beauté altière des trois peupliers de Lombardie, dressés dans le clair de lune, lui coupa la respiration. Quelle splendeur! Pendant un moment, elle en oublia presque ses misères. Puis, l'amertume déferla de nouveau sur son âme, et la magie des trois princesses ne parvint pas à l'en déloger.

Une lumière brillait à la fenêtre de la cuisine et illuminait d'un éclat spectral les bouleaux du boisé du Grand Fendant. Émilie se demanda qui était encore debout à cette heure indue: elle comptait trouver la ferme endormie et se faufiler jusqu'à sa chambre, remettant au lendemain les explications. La tante Élisabeth fermait toujours à double tour la porte de la cuisine, avant de s'aller coucher, mais la porte avant n'était jamais sous clef. Aucun vagabond et aucun voleur ne se serait permis d'entrer à la Nouvelle Lune par la porte centrale.

Émilie traversa le jardin et jeta un œil par la fenêtre de la cuisine. Le cousin Jimmy y était seul, assis près de la table, avec deux chandelles pour lui tenir compagnie. Sur la table reposait une jarre de terre cuite et, juste au moment où Émilie regarda, il y glissait distraitement la main et en retirait un beigne rebondi. Les yeux du cousin Jimmy étaient fixés à un jambonneau pendu au plafond et ses lèvres bougeaient silencieusement. Il composait un poème, mais pourquoi le faisait-il à cette heure étonnante?

Émilie fit le tour de la maison, ouvrit doucement la porte et entra. Saisi, le cousin Jimmy en avala son beigne tout rond et ne put parler durant plusieurs secondes.

— Chère enfant, qu'est-il arrivé?

— J'ai quitté la maison de tante Ruth et je n'y retournerai pas.

Le cousin Jimmy resta muet un moment, puis il traversa la cuisine sur le bout des pieds pour aller fermer la porte du salon. Il refit la provision de bois du poêle, tira une chaise près de la bavette, y fit asseoir Émilie et souleva ses pieds froids jusqu'à la source de chaleur. Il alluma deux autres chandelles qu'il posa sur le manteau de la cheminée et se rassit enfin sur sa chaise, mains aux genoux.

— Maintenant, dis-moi tout.

Dès que le cousin Jimmy sut ce qui s'était passé, il se mit à hocher la tête lentement et continua le manège si longtemps qu'Émilie eu la désagréable impression qu'au lieu d'être une victime bafouée, elle devenait une espèce de tête folle. Plus le cousin hochait la tête, plus la révolte d'Émilie perdait ses proportions héroïques. Lorsqu'elle termina son récit en concluant, d'un air de défi: «Je ne retournerai pas chez la tante Ruth»... le cousin Jimmy hocha une dernière fois la tête et poussa la jarre vers elle.

— Prends un beigne, chaton.

Émilie hésita. Elle aimait beaucoup les beignes, et son souper était loin. Mais les beignes semblaient n'avoir rien de commun avec sa rébellion. Le cousin et elle étaient aux antipodes l'un de l'autre. Aussi refusa-t-elle le beigne, vaguement consciente de cette disparité.

Le cousin Jimmy en prit un.

— Comme ça, tu ne retournes pas à Shrewsbury.

— Ni chez tante Ruth.

— C'est du pareil au même.

Émilie le savait bien. Elle savait qu'il ne servait à rien d'espérer que la tante Élisabeth lui permît d'aller en pension ailleurs.

— Et tu as marché jusqu'ici par ces mauvais chemins?

Le cousin Jimmy hocha la tête.

— Tu as du cran. Beaucoup de cran.

— Vous trouvez que j'ai eu tort, se révolta Émilie, d'autant plus passionnément qu'il lui semblait, à cause des hochements de tête du cousin, avoir perdu l'allié naturel sur lequel elle avait compté.

— Nonnnnn. C'était très vilain de te barrer la porte au nez, à la Ruth Dutton, je dirais.

— Alors, vous comprenez, n'est-ce-pas, que je ne puisse pas retourner là-bas après une telle insulte.

Le cousin Jimmy grignota attentivement son beigne, comme s'il essayait de se rendre jusqu'au trou sans rien briser.

— Aucune de tes grands-mères n'aurait laissé tomber aussi facilement la chance de s'instruire, dit-il.

Émilie se tint coite. Tout avait été dit, sauf sa manière de se rendre. Elles faisaient cercle autour d'elle, les chères, chères dames de la Nouvelle Lune; Mary Shipley, et Élisabeth Burnley, et les autres, douces, calmes, déterminées, et elles regardaient avec un souverain mépris cette descendante trop impulsive.

Elle avait compté sur la sympathie du cousin. Cette sympathie ne lui était pas acquise. La tante Élisabeth la condamnerait, elle le savait, et la tante Laura serait déçue.

— Mes grands-mères n'ont pas eu à se mesurer à tante Ruth, rétorqua-t-elle.

— Peut-être, mais elles se mesuraient à tes grands-pères.

Argument probant pour qui eût connu Archibald et Hugh Murray.

— Cousin Jimmy, vous pensez que je devrais retourner là-bas et me laisser gronder par tante Ruth et continuer comme si de rien n'était?

— Toi, qu'en penses-tu? Allez, prends un beigne, chaton.

Cette fois, Émilie en prit un. Pour se réconforter.

— Tante Ruth a été *abominable*, ces deux derniers mois: depuis que sa bronchite la retient à la maison. Vous n'avez pas idée du calvaire que j'ai vécu.

— Oh, si, je m'en doute. Ruth Dutton sait couper les ailes comme personne. Tes pieds sont-ils réchauffés, chaton?

— Je la *déteste*, lança Émilie, qui cherchait toujours à se justifier. C'est épouvantable de vivre avec une personne qu'on ne peut pas souffrir.

— Empoisonnant, acquiesça le cousin Jimmy.

— J'ai essayé de l'aimer. Essayé de lui plaire. Rien à faire. Elle me nargue constamment, elle me soupçonne de noirs desseins, passe au crible tout ce que je dis ou fais, ou ne dis pas et ne fais pas. Je n'ai pas fini d'entendre parler du dimanche où j'ai usurpé sa place dans son banc, et du fait que je n'ai pas décroché la broche-étoile. Elle insinue des choses à propos de mon père et de ma mère. Et elle passe le plus clair de son temps à *me pardonner* pour des fautes que je n'ai pas commises ou qui n'ont pas besoin de pardon.

— Exaspérant! concéda le cousin Jimmy.

— Empoisonnant! Si je rentre, elle dira: «Je te pardonne pour cette fois, Ém'lie, mais que ça ne se reproduise plus!» Et elle va *renifler*. Le reniflement de tante Ruth est le son le plus désagréable au monde. Est-ce possible que j'aie *toujours* tort?

Elle dit qu'elle «se montre indulgente à mon endroit». Elle me gave d'huile de foie de morue et ne me permet presque jamais de sortir le soir. Quand *elle* a froid, *je* dois enfiler un jupon de plus. Elle pose des tas de questions indiscrètes et refuse d'accepter mes réponses. Elle croit que je ne l'ai pas renseignée sur la pièce parce que je suis rusée. Voyons donc! Le *Times* de Shrewsbury en a parlé la semaine dernière et tante Ruth ne manque jamais rien de ce que raconte le *Times*. L'autre jour, j'ai taché de rouille mon jupon blanc. Une petite tache. Tante Ruth me harcèle à cause de cette tache. Elle est déterminée à savoir *quand* je l'ai faite, et *comment*, et je n'en ai pas la moindre idée. Trois semaines à s'arrêter à ça, cousin Jimmy: c'est à perdre la raison.

— *N'importe qui* serait d'accord avec toi, dit le cousin Jimmy au jambonneau.

— Prises individuellement, ces choses sont des piqûres d'épingle, je le sais, et vous me trouvez folle de m'emporter.

— Non, non. Cent piqûres d'épingle sont plus difficiles à subir qu'une fracture de la jambe. Personnellement, je préférerais un bon coup sur la tête.

— Des piqûres d'épingle tout le temps. Elle ne veut pas qu'Ilse vienne à la maison, ni Teddy, ni Perry; personne d'autre que cet empoté d'Andrew. Il m'énerve. Elle n'a pas voulu que j'aille à la danse de ma classe. Il y a eu promenade en carriole, souper et danse à l'auberge *La Théière brune*. Tout le monde y était, sauf moi. C'était le clou de la saison. Quand je me promène au crépuscule dans le pays du Bois Debout, elle se persuade qu'il y a du mystère là-dessous. Elle n'aime pas marcher dans le boisé, alors pourquoi est-ce que moi, j'aimerais ça? Selon elle, j'ai une trop haute opinion de moi-même. Je ne le crois pas. Qu'en pensez-vous, cousin Jimmy?

— Je ne le crois pas non plus, dit le cousin, après réflexion. Haute, peut-être, mais pas trop.

— Elle dit que je déplace constamment les choses. Si je regarde dehors par une fenêtre, elle traverse la pièce au galop pour venir replacer symétriquement les angles des rideaux. Et les pourquoi ceci, pourquoi cela pleuvent tout le temps. Tout le temps.

— C'est un soulagement pour toi d'avoir dégorgé tout ça, dit le cousin Jimmy. Un autre beigne?

Rendant les armes, Émilie retira ses pieds de la bavette du poêle et se rapprocha de la table. La jarre de beignes était entre le cousin Jimmy et elle. Elle avait très faim.

— Ruth te donne-t-elle assez à manger?

— Ça oui. C'est une des traditions de la Nouvelle Lune que tante Ruth observe. Elle a une bonne table. Mais pas de collations.

— Et tu as toujours un petit creux au coucher, pas vrai? Tu as emporté une boîte bien garnie, la dernière fois que tu es venue ici.

— Tante Ruth l'a confisquée. Elle l'a mise dans la dépense et elle la sort pour les repas. Ces beignes sont bons. Et c'est excitant de manger, comme ça, à des heures impossibles. Comment se fait-il que vous ayez été debout, cousin Jimmy?

— Une vache malade. Je me suis dit qu'il valait mieux veiller pour y voir.

— C'est une chance pour moi que vous l'ayez fait. Grâce à vous, j'ai retrouvé mes esprits.

— Chacun a son petit grain de folie.

— Bon, je vais retourner là-bas prendre ma pilule sans trop grimacer.

— Allonge-toi sur le canapé et fais un somme. Je vais seller la Grise et je te ramènerai dès qu'il fera jour.

— Non. Ce n'est pas possible. Pour plusieurs raisons. En premier lieu, les chemins ne sont pas carrossables pour les roues ou les patins. En deuxième lieu, on ne pourrait partir d'ici sans que tante Élisabeth nous entende et découvre le pot aux roses. J'aime mieux pas. Gardons le sombre secret de mon étourderie pour nous deux, cousin Jimmy.

— Alors, comment regagneras-tu Shrewsbury?

— À pied.

— À pied? À cette heure de la nuit?

— Je suis venue à pied dans le noir. Je peux le refaire et ce ne sera pas plus difficile que de me laiser brasser sur des chemins défoncés derrière la Grise. Je vais bien me chausser. Mes pauvres escarpins! Votre cadeau de Noël, gâché par ma stupidité. J'ai une paire de bottes dans la penderie. Je vais les enfiler et mettre mon vieil ulster. Je serai rentrée à Shrewsbury avant l'aube. Je vais partir sitôt le dernier beigne avalé. Vidons la jarre, cousin Jimmy.

Le cousin Jimmy fut d'accord pour tout. Émilie était jeune et vigoureuse. La nuit était belle, et mieux valait, pour tout le monde, qu'Élisabeth en sût le moins possible sur certains sujets. Soulagé que l'affaire ait bien tourné — il avait craint, au début, que la limite du supportable n'ait été atteinte par cette tête de mule d'Émilie — le cousin Jimmy se remit à la consommation des beignes.

Quand il n'en resta plus, Émilie enfila ses bottes et revêtit son ulster. C'était un vêtement élimé, mais sa jeune beauté illumina, comme des myriades d'étoiles, la vieille pièce sombre éclairée aux chandelles. La regardant, le cousin se dit que c'était là une créature douée, joyeuse et belle et que c'était une honte qu'on l'ait traitée comme Ruth Dutton l'avait fait.

— Imposante et majestueuse... imposante et majestueuse, murmura-t-il, l'air rêveur. Comme toutes nos femmes. Sauf Ruth.

Émilie éclata de rire et lui tira la langue.

— Tante Ruth va tirer parti de tout ce qu'elle pourra, dans notre prochaine entrevue. Et va s'en délecter le reste de l'année. Mais ne vous en faites pas pour moi, cousin chéri, je serai sage. Cette escapade m'a détendue. Tante Élisabeth va vous trouver goinfre d'avoir mangé une jarre entière de beignes à vous tout seul, gros gourmand que vous êtes!

— Veux-tu un autre calepin neuf?

— Pas encore. Le dernier que vous m'avez donné n'est pas encore rempli. Un calepin me dure longtemps, maintenant que je ne peux plus, comme je le voudrais, inventer des histoires.

— Le jour viendra... le jour viendra, l'encouragea-t-il. Attends un peu. Attends juste un peu.

Il fit sortir Émilie et verrouilla la porte. Il éteignit toutes les chandelles, sauf une, qu'il regarda brûler pendant quelques instants puis, certain qu'Élisabeth ne pouvait l'entendre, il dit avec ferveur:

— Ruth Dutton peut aller au... au... au (le courage lui manqua...) au ciel!

Émilie retourna à Shrewsbury dans le clair de lune. Elle avait cru que la marche serait monotone et épuisante, dépouillée de l'élan que lui avaient données la colère et la révolte, mais elle s'aperçut que celles-ci s'étaient muées en une sorte de beauté. Elle était lasse, mais sa lassitude s'était transformée en exultation. Son esprit était vif et actif. Elle tint une série de dialogues imaginaires brillants et inventa un si grand nombre d'épigrammes qu'elle en fut elle-même épatée. C'était bon de se sentir de nouveau vivante. Elle était seule, mais ne se sentait pas solitaire.

Les grands sapins, libérés de leur fardeau de neige, agitaient leurs bras librement au-dessus des champs éclairés par la lune. Les maisons devant lesquelles elle passait étaient pleines de mystère. Et c'était facile d'imaginer, aussi, que d'autres choses étaient là, qui n'avaient rien de mortel ou d'humain. Une petite créature fringante traversa son chemin : lapin ou Petite Personne Grise? Les arbres revêtaient des formes qu'ils n'avaient pas le jour.

«On se lèse soi-même, quand on ne croit plus à rien», pensa Émilie, qui se dit qu'elle aimerait noter cette réflexion dans un calepin-Jimmy.

C'est débarrassée de son amertume par ce bain dans la nuit de printemps, et vibrante de l'étrange et douce vie sauvage de l'esprit, qu'elle arriva chez sa tante Ruth, alors que les collines devenaient plus claires sous un ciel blanchissant. Elle s'attendait à trouver la porte verrouillée, mais le bouton tourna sous ses doigts et elle entra.

La tante Ruth était levée et allumait le poêle.

Émilie avait trouvé une douzaine de façons de dire ce qu'elle avait à dire. Elle n'en employa aucune, une inspiration lui étant venue, au dernier moment. Avant que sa tante pût parler, elle lui dit :

— Tante Ruth, je suis revenue vous dire que je vous pardonne, mais que ça ne doit plus jamais se reproduire.

À dire vrai, maîtresse Dutton était soulagée qu'Émilie soit rentrée. Elle avait craint la réaction d'Élisabeth et celle de Laura, les querelles de la famille Murray étant farouches, et craint un peu, aussi, que la santé d'Émilie ne soit affectée par une longue marche dans la nuit avec des souliers et un manteau trop légers. Ruth Dutton n'était pas, au fond, une méchante femme, elle n'était que stupide et obstinée. Si Émilie n'était pas revenue, les gens auraient parlé, l'auraient peut-être montrée du doigt, et Ruth Dutton détestait les cancans lorsqu'elle en était l'objet. Elle feignit donc, tout bien considéré, d'ignorer l'impertinence d'Émilie.

— As-tu passé la nuit dehors? demanda-t-elle, sévère.

— Pas vraiment. Je suis allée à la Nouvelle Lune. J'ai bavardé et goûté avec le cousin Jimmy et je suis revenue à pied.

— Élisabeth t'a-t-elle vue? Ou Laura?

— Non. Elles dormaient

Mme Dutton se dit que c'était mieux ainsi.

— Bon, conclut-elle froidement, tu t'es rendue coupable de grossière ingratitude, Ém'lie. Je te pardonne pour cette fois (elle s'arrêta abruptement — cette phrase n'avait-elle pas déjà été prononcée, ce matin-là?). Avant qu'elle ait pu y substituer une autre phrase, Émilie avait disparu dans l'escalier.

# XI

## Des hauts et des bas

«Shrewsbury, 28 avril, 19-

«C'était mon week-end à la Nouvelle Lune et j'en suis revenue ce matin avec ce résultat que c'est un lundi de cafard et que j'ai le mal du pays. La tante Ruth est plus difficile à vivre, les lundis, ou m'apparaît ainsi, quand je la compare à tante Laura et tante Élisabeth. Cousin Jimmy n'a pas été aussi gentil que d'habitude, lui non plus. Il a eu plusieurs de ses inquiétantes absences et s'est montré grognon pour deux raisons: d'abord, plusieurs de ses jeunes pommiers se meurent parce qu'ils ont été incisés par les souris, cet hiver et, ensuite, il ne vient pas à bout de convaincre tante Élisabeth d'essayer les nouvelles écrémeuses que tout le monde utilise maintenant. En ce qui me concerne, je suis secrètement ravie qu'elle s'y refuse. Je ne veux pas que notre belle vieille laiterie et ses bassines luisantes cessent d'exister sous prétexte de progrès. Je ne peux imaginer la Nouvelle Lune sans sa laiterie.

«Lorsque j'ai réussi à arracher cousin Jimmy à ses préoccupations, nous avons parcouru le catalogue et discuté des meilleurs achats à faire avec mes deux dollars du *Rire des hiboux*. Nous avons établi les plans d'une douzaine de plates-bandes différentes et en avons retiré plusieurs centaines de dollars de plaisir, mais nous avons finalement opté pour des asters. Je suis certaine que cette plate-bande sera magnifique et j'admirerai sa grâce en septembre en me disant: «Ceci est venu de ma tête.»

«J'ai gravi un autre palier de mon sentier alpestre. La semaine dernière, le *Ladies' Own Journal* a accepté mon poème: *La Dame du Vent*, et m'a offert deux abonnements au magazine en retour. Pas d'argent liquide, mais ça viendra. Je *dois* en faire assez pour rembourser à tante Ruth chaque cent qu'il lui en a coûté pour me loger et me nourrir. Comme ça, elle ne pourra plus me reprocher les dépenses qu'elle fait pour moi. Rares sont les jours où elle n'y fait pas allusion.

«*Le rire des hiboux* a été repris par le *Times* de Shrewsbury... «la lune au miel» incluse. Evelyn Blake ne croit pas, et le dit, que j'ai écrit ce poème. Elle est *certaine* qu'elle a lu quelque chose de tout à fait pareil quelque part, il y a plusieurs années.

«Chère Evelyn!

«Tante Élisabeth ne m'en a pas parlé, mais cousin Jimmy dit qu'elle a découpé mon poème et l'a mis dans la Bible qu'elle garde près de son lit. Quand je lui ai appris que j'aurais pour deux dollars de graines en récompense, elle a rétorqué que je m'apercevrais probablement, quand je les réclamerais, que la compagnie aurait fait faillite.

«J'ai dans l'idée d'envoyer à *Golden Hours* la petite histoire sur l'enfance que M. Carpenter a aimée. Je voudrais la faire taper à la machine, mais c'est impossible, alors je vais la transcrire très proprement. Je me demande si je devrais. Ils paieraient sûrement pour une histoire.

«Dean sera bientôt de retour. Quel bonheur en perspective! Je me demande s'il me trouvera beaucoup changée. Chose certaine, j'ai grandi. Tante Laura dit qu'il faudra bientôt que je porte mes robes plus longues et que je relève mes cheveux, mais tante Élisabeth dit qu'à quinze ans, on est trop jeune pour ça. Elle dit que les filles de quinze ans de maintenant n'ont pas la maturité de celles de *son* temps. Tante Élisabeth ne veut pas me laisser grandir, de peur que je me marie à la sauvette, «comme Juliette». Je ne suis pas pressée de vieillir. Je préfère rester comme je suis, entre l'enfance et l'âge adulte.

«C'est un gentil soir de pluie, ce soir. Il y a des chatons de saule d'éclos dans le marais et quelques jeunes bouleaux du

Bois Debout ont voilé de pourpre transparente leurs membres nus. Je crois que je vais écrire un poème: *Aperçus sur le printemps.*»

«Il y a eu une véritable épidémie de poésie printanière à l'école secondaire. Evelyn a un poème publié dans *Le Gratte-papier* de mai: *Les fleurs.* Avec des rimes qui n'en mènent pas large.

«Et Perry! Il n'a pas résisté à «la démangeaison du printemps», comme la qualifie M. Carpenter, et a rédigé une chose horrible intitulée: *Le vieux fermier sème son grain.* Il l'a envoyée au *Gratte-papier,* et le *Gratte-papier* l'a reproduit... dans la section humoristique. Perry en est plutôt fier et ne s'aperçoit pas qu'il est le dindon de la farce. Ilse dit qu'il n'est pas fréquentable. Elle est, à mon sens, beaucoup trop sévère pour Perry. Pourtant, quand j'ai lu la chose, surtout les vers suivants

*...J'ai labouré, hersé, semé,*
*J'ai travaillé de mon mieux.*
*A c't'heure, je r'garde le blé pousser*
*Et je laisse le reste au bon Dieu...*

j'aurais voulu le tuer de mes propres mains. Il n'y comprenait rien.

— Ça rime bien.

«Ilse en a aussi contre lui parce qu'il vient à l'école avec un manteau qui ne tient plus que par un bouton. Moi-même, j'en étais médusée, alors je lui ai donné rendez-vous à l'étang aux Fougères, au soleil couchant. J'avais apporté une aiguille, du fil et des boutons que j'ai cousus. Il aurait attendu à vendredi, et c'est alors seulement que sa tante Tom les lui aurait recousus. J'ai dit:

— Pourquoi est-ce que tu ne recouds pas tes boutons toi-même?

— Je n'ai pas de boutons, et pas d'argent pour en acheter, mais t'en fais pas, un jour, j'aurai des boutons en or, si j'en désire.

«Tante Ruth m'a vue revenir avec le fil et les ciseaux et a voulu en savoir le court et le long. Je lui ai narré l'histoire.

— Que les amis de Perry Miller lui recousent ses boutons, a-t-elle dit, ce n'est pas ton affaire.

— Je suis sa meilleure amie, ai-je dit.

— Je ne sais d'où te viennent tes goûts de bas étage, a dit tante Ruth.»

**«7 mai, 19-**

«Cet après-midi, après l'école, Teddy nous a menées en chaloupe, Ilse et moi, cueillir des fleurs d'aubépine dans la lande aux épinettes, près de la rivière Green. Nous en avons amassé de pleins paniers et avons passé une heure parfaite à errer dans la lande.

«Quand nous avons voulu rentrer, un épais brouillard blanc s'était étendu au-dessus du littoral et recouvrait le port. Teddy a dirigé la barque vers l'endroit où sifflait le train et tout a bien été. J'ai trouvé l'expérience fascinante. Nous flottions sur une mer blanche dans le calme plat. Aucun autre son que le sifflet ne brisait le silence sauf le gémissement de l'océan, pareil à un appel venu des profondeurs, et le plongeon léger des rames dans l'eau. C'était dommage de rentrer. Quand je suis arrivée à la maison, j'y ai trouvé une tante Ruth bouleversée.

— Je n'aurais jamais dû te permettre d'aller sur l'eau, se reprochait-elle.

— Nous n'avons couru aucun danger, tante Ruth, ai-je protesté, et voyez les belles fleurs que j'ai rapportées.

— Aucun danger! Dans une brume à couper au couteau! Imagine que vous vous soyez perdus et que le vent se soit levé.

— Le port de Shrewsbury est trop petit pour qu'on s'y perde. Et la brume était si magnifique! Si magnifique! Il m'a semblé voyager sur l'extrémité de la planète dans l'immensité de l'espace.

«Je débordais d'enthousiasme, et sans doute avais-je l'air un peu bizarre, les cheveux mouillés, car tante Ruth a dit froidement, d'un air de pitié:

— C'est malheureux que tu sois si *émotive*, Émilie.

— Pensez au plaisir qu'on perd, quand on n'est pas émotif, tante Ruth. Rien n'est plus excitant que de danser autour d'un feu qui brûle haut. Qu'importe qu'il s'achève en cendres.

— Quand tu auras mon âge, tu auras assez de jugeote pour ne pas te pâmer devant les bancs de brume.

— J'ai peine à croire que je vais vieillir, et puis, mourir. Je *sais* que ça m'arrivera, mais je n'y *crois* pas.

«Déroutée, tante Ruth a attaqué sur un autre front!

— Je regardais Ilse passer devant la maison. Cette fille ne porte donc *aucun* jupon?

— *Sa robe est de soie et de pourpre*, ai-je murmuré, citant ce verset de la Bible qui me charme. (Nul ne peut imaginer plus fine description d'une femme magnifiquement parée. Je ne crois pas que tante Ruth ait reconnu la citation. Elle a seulement pensé que je faisais ma pédante.)

— Si tu veux dire qu'elle porte un jupon de soie violette, Ém'lie, dis-le donc avec des mots de tous les jours. Des jupons de soie, ah bien, on lui en donnera, des jupons de soie, à celle-là.

— Un jour, je porterai des jupons de soie, ai-je dit.

— Ah, vraiment, mademoiselle. Et puis-je demander si vous avez quelque chose pour les accompagner?

— J'ai un *avenir*, ai-je répliqué, plus Murray que les plus fiers Murray.

«Tante Ruth a reniflé.

«J'ai rempli ma chambre de fleurs d'aubépine, et lord Byron lui-même semble avoir des chances de s'en sortir.»

«**13 mai, 19-**

«J'ai plongé. J'ai envoyé mon récit *Quelque chose de différent* à *Golden Hours*. Je tremblais quand je l'ai laissé tomber dans la boîte, à la librairie. Je prie pour qu'on l'accepte.

«Evelyn continue de susurrer des petits riens sucrés qui blessent, et elle rit. Je pourrais lui pardonner les riens qui blessent, mais jamais les rires.»

«**22 mai, 19-**

«Aujourd'hui, il y avait une malheureuse grosse enveloppe pour moi dans le courrier. *Golden Hours* me retournait mon récit. Le bout de papier qui accompagnait le manuscrit disait:

«*Nous avons lu votre histoire avec un vif intérêt et regrettons d'avoir à vous informer que nous ne pouvons la publier maintenant.*»

«J'ai tout d'abord tenté de tirer quelque réconfort du fait qu'il m'aient lue, puis j'ai constaté que ce billet était imprimé et qu'un tout pareil accompagne chacun des manuscrits refusés.

«Tante Ruth avait vu le colis avant que je ne rentre de l'école et l'avait ouvert. J'étais humiliée qu'elle ait appris mon échec.

— Ça devrait te convaincre de ne plus gaspiller de timbres pour ces histoires à dormir debout, Émilie. C'est de la prétention d'imaginer que tu sois capable d'écrire une histoire digne d'être publiée.

— J'ai eu deux poèmes publiés, me suis-je récriée.

«Tante Ruth a reniflé.

— Bof! Des *poèmes*. Ça remplit les bas de pages.

«Peut-être. Quand je suis montée à ma chambre on eût pu me glisser dans un dé à coudre, tant mon ego avait rapetissé.

«Mon manuscrit a des oreilles et sent le tabac. J'ai le goût de le jeter au feu.

«Non! *Je n'en ferai rien*. Je vais le recopier et tenter ma chance ailleurs. *Je réussirai*.

«En relisant mon journal, je m'aperçois que j'apprends à me passer des italiques. Quelquefois, quand même, ça reste nécessaire.»

### «La Nouvelle Lune, Blair Water, 24 mai,19-

«Voilà que l'hiver est parti: la pluie ne tombe plus, partie aussi. Les fleurs apparaissent sur la terre. Le temps des chants d'oiseaux est revenu.

«Je suis assise sur l'appui de ma fenêtre ouverte, dans ma chère chambre à moi. C'est si agréable d'y revenir, de temps en temps. Là-bas, au-dessus du boisé du Grand Fendant, s'étend un ciel d'un jaune très doux. Une blanche petite étoile luit, à peine visible, là où l'or pâle se marie à un vert encore plus pâle. Un amélanchier appuyé à la clôture se pare de fleurs pareilles à des chenilles crémeuses. Tout est beau.

«Cet après-midi, cousin Jimmy et moi avons semé nos asters. Les graines me sont parvenues rapidement. La compagnie n'a pas fait faillite... mais tante Élisabeth est certaine qu'il s'agit là de vieux stocks et que rien ne poussera.

«Dean est rentré. Il est venu me voir hier soir. Cher vieux Dean! Il n'a pas changé du tout. Ses yeux verts sont toujours aussi verts et sa belle bouche, aussi belle, dans son visage toujours aussi intéressant. Il a pris mes deux mains dans les siennes et m'a regardée gravement.

— Tu as changé, mon étoile, a-t-il dit, mais tu es, plus que jamais, l'incarnation vivante du printemps. Cesse de grandir. Si tu continues, tu me regarderas bientôt de haut.

«À Dieu ne plaise. Je détesterais être plus grande que lui.

«Teddy me domine d'un pouce, mais ça n'a rien à voir. Dean affirme que Teddy a fait beaucoup de progrès en peinture, depuis un an. Mme Kent continue de me détester. Je l'ai croisée, ce soir, en me promenant, au déclin du jour. Elle n'a pas daigné s'arrêter pour me saluer et m'a frôlée, ombre parmi les ombres. Ses yeux étaient des étangs de haine. La pauvre semble, avec les années, de plus en plus malheureuse.

«En passant, j'étais allé dire bonsoir à la Maison Déçue, cette petite maison qui n'a jamais vraiment réalisé son destin. Ses fenêtres aveugles fouillent toujours les environs en quête d'habitants à aimer. Aucune lampe n'y a jamais brillé dans la brunante de l'été ou dans le noir de l'hiver. Et pourtant, on dirait qu'elle a gardé son rêve intact et qu'un jour ce rêve sera réalisé.

«Je la voudrais pour moi. J'ai vagabondé ce soir, tout autour de mes repaires d'autrefois: le boisé du Grand Fendant, le boudoir d'Émilie, le vieux verger, le cimetière de l'étang, le Chemin d'Aujourd'hui.

«*Vagabonder* est un très joli mot qui veut dire: errer à l'aventure.

«Dénicher des mots nouveaux me procure toujours une grande joie. J'exulte alors comme un chercheur de pierres précieuses et n'ai de répit que je les aie placés dans une phrase.»

«La semaine dernière, tante Ruth a eu son anniversaire et je lui ai offert un napperon que j'avais brodé. Elle m'a dit un merci guindé et n'a pas semblé y attacher d'importance.

«Ce soir, j'étais assise dans l'embrasure de la fenêtre à faire mon devoir d'algèbre, au déclin du jour. Les portes pliantes étaient ouvertes, et tante Ruth causait avec Mme Ince dans le boudoir, sans savoir que j'y étais dissimulée derrière les rideaux. Un nom a soudain capté mon attention. Tante Ruth montrait mon napperon à Mme Ince.

— Ma nièce Ém'lie me l'a donné à ma fête, disait-elle fièrement. C'est bien fait, vous ne trouvez pas? Elle a des doigts de fée.

«Était-ce bien là ma tante Ruth? J'étais pétrifiée d'étonnement.

— Elle n'est pas qu'habile avec l'aiguille, a dit Mme Ince. On m'a dit que le directeur Hardy s'attend qu'elle prenne la tête de la classe aux examens de fin d'année.

— Sa mère, ma sœur Juliette, était *très* intelligente, a dit tante Ruth.

— Et Émilie est plutôt jolie, aussi, a ajouté Mme Ince.

— Son père, Douglas Starr, était un homme d'une beauté saisissante, a dit tante Ruth.

«Ceci dit, elles sont sorties de la pièce. Pour une fois, une indiscrète s'entendait louer... et par la tante Ruth encore!»

«L'école est finie. J'ai obtenu ma broche-étoile. Dans l'ensemble, cette année de plaisirs partagés, d'étude et de petites misères m'a été profitable. Je retourne maintenant à la Nouvelle Lune pour deux splendides mois de liberté et de bonheur.

«Je vais écrire un *Manuel du jardin* pendant les vacances. Je caresse ce projet depuis un bon moment. Ne pouvant écrire de romans, je me rabats sur les essais. Le jardin de cousin Jimmy y sera raconté avec un poème comme envoi pour chaque chapitre. Ce sera un bon exercice de style pour moi et ça plaira à cousin Jimmy.»

# XII

## Sous le signe de la meule de foin

— Pourquoi veux-tu faire une chose pareille? lança la tante Ruth à Émilie, en reniflant, comme de bien entendu.

— Pour enrichir un peu mon portefeuille, rétorqua cette dernière.

Les vacances étaient finies. *Le Manuel du jardin* avait été rédigé et lu, au cousin Jimmy, un chapitre à la fois, dans les crépuscules de juillet et d'août. Il s'en était montré ravi. C'était maintenant septembre, et le retour aux études, au pays du Bois Debout et à la maison de la tante Ruth. Les jupes un peu plus longues, la natte relevée en catogan, à la mode du jour, Émilie était de retour pour sa deuxième année et venait tout juste d'apprendre à sa tante à quoi elle emploierait ses samedis de l'automne, à Shrewsbury, dorénavant.

L'éditeur du *Times* local projetant de publier une édition spéciale sur Shrewsbury, Émilie était chargée de faire la tournée des environs pour solliciter des abonnements. Sa tante Élisabeth y avait consenti en se faisant tirer l'oreille, car elle ne défrayait pas les dépenses d'Émilie à l'école. Wallace payait les livres et autres fournitures scolaires et faisait grand état de sa générosité. Élisabeth Murray ne portait pas son frère Wallace dans son cœur et lui en voulait de monter en épingle le peu d'aide qu'il apportait. Lorsqu'Émilie avait mentionné qu'elle pourrait gagner en travaillant pendant l'automne, de quoi payer la moitié de ses livres de l'année, Élisabeth avait acquiescé aussitôt. Wallace ne pourrait décemment en vouloir à Émilie de couvrir elle-même ses dépenses, lui qui professait bien haut le droit des filles à l'autonomie.

Élisabeth ayant accepté, Ruth Dutton ne pouvait s'y opposer, mais elle était loin d'être d'accord.

— Quelle idée d'errer seule sur les routes de campagne!

— Oh, je ne serai pas seule. Ilse m'accompagnera.

Aux yeux de la tante Ruth, ce n'était guère mieux.

— Nous commencerons jeudi, expliqua Émilie. Il n'y a pas d'école vendredi, à cause du décès du père du directeur Hardy, et les classes finissent à trois heures, jeudi. Nous allons nous attaquer d'abord à l'Ouest.

— Vous camperez au bord de la route, si je puis m'informer?

— Nous passerons la nuit chez la tante d'Ilse, à Wiltney. Vendredi, nous couperons à travers champs jusqu'au Chemin de l'Ouest. Nous irons jusqu'aux limites de celui-ci, ce jour-là et nous passerons la nuit de vendredi dans la famille de Mary Carswell, à St. Clair, puis nous reviendrons samedi, en faisant de la sollicitation le long du Chemin de la Rivière.

— Absurde! cracha la tante Ruth. Aucun Murray n'a jamais rien fait de semblable. Qu'Élisabeth soit d'accord me renverse. Ce n'est pas concevable que deux adolescentes comme Ilse et toi courent les chemins seules pendant trois jours.

— Qu'est-ce qui pourrait nous arriver? demanda Émilie.

— Des tas de choses, fit la tante Ruth. Des tas de choses.

Elle ne se trompait pas.

Émilie et Ilse n'en prirent pas moins la clef des champs avec enthousiasme, le jeudi d'après, déterminées à se donner du bon temps. Émilie, pour sa part, flottait entre ciel et terre. Le courrier lui avait apporté, ce jour-là, une autre mince lettre d'un magazine de la région qui lui proposait trois abonnements en échange du poème *La nuit dans le jardin*, qui terminait le *Manuel du jardin*. Ce poème, le cousin Jimmy et elle le considéraient comme la pièce maîtresse de l'œuvre, mais Émilie se proposait d'expédier certains extraits du livre à différentes publications au cours de l'automne. C'était de bon augure que le premier envoi ait été accepté si vite.

— Bon, allons-y, dit-elle à Ilse. Franchissons les collines et gagnons les terres lointaines sans trop nous soucier de ce qui nous y attend.

Et Ilse de répondre, pratique:

— Nous en tirerons au moins des tas de sujets pour nos compositions.

Le directeur Hardy avait prévenu son monde qu'il exigerait de nombreuses compositions littéraires pendant le terme d'automne. Émilie et Ilse avaient décidé que l'une au moins de leurs compositions narrerait leur expérience de démarcheuses en quête d'abonnements.

— Je propose qu'on couvre ce soir le Chemin de l'Ouest jusqu'aux concessions, fit Émilie. Nous serons là avant le coucher du soleil et nous prendrons le sentier des bohémiens à travers le boisé Malvern pour en sortir de l'autre côté, près de Wiltney. Trente minutes de marche, alors que la route de ceinture demande une heure.

Ce fut un joli après-midi. Les champs moissonnés, gorgés de soleil, les entouraient. La verge d'or enrubannait les clôtures, et les feux sacrificatoires des épilobes s'allumaient sur tous les chemins perdus, à l'arrière des collines.

Elles découvrirent vite cependant que solliciter des abonnements n'avait rien de particulièrement réjouissant. Au moins, elles y dénichaient en abondance la matière première de leurs futures compositions.

Ainsi, ce vieux monsieur qui concluait par un Humph! chacune des phrases d'Émilie. Quand, excédée, elle le pria de s'abonner et qu'il lui répondit: «Non!» d'un ton bourru, elle s'exclama:

— Vous n'avez pas dit: «Humph!», cette fois. Ça devenait monotone. Bravo!

Le vieux monsieur l'avait regardée, ahuri, puis avait gloussé:

— Tu serais pas parente avec les Murray, toi? Quand j'étais jeune, j'ai travaillé à la Nouvelle Lune. La plus vieille des d'moiselles Murray — Élisabeth qu'elle s'appelait — traitait les gens de haut, juste comme tu viens de le faire...

— Ma mère était une Murray.

— Tout à fait ce que je pensais. T'es du même acabit. Tiens, v'là mes deux piastres. Tu peux m'inscrire, mais je veux voir l'édition spéciale avant de m'abonner. Ça vaut deux piastres de voir une Murray demander au vieux Billy Scott de s'abonner à quelque chose.

— Pourquoi est-ce que tu ne l'as pas foudroyé du regard? s'informa Ilse, comme elles quittaient les lieux.

Émilie marchait à grandes enjambées furieuses, tête haute, prunelles orageuses.

— Je suis venue ici pour prendre des abonnements, pas pour faire des veuves. Je ne m'attendais pas à ce que tout baigne dans l'huile.

Un autre client potentiel grommela sans arrêt pendant qu'Émilie s'expliquait. À la fin, comme elle se résignait à un refus, il prit cinq abonnements.

— Ça lui plaît de contrarier les gens, dit-elle à Ilse, pendant qu'elles descendaient la colline. Et il préfère les décevoir agréablement que pas du tout.

Les femmes les accueillaient plus courtoisement que les hommes, mais les hommes s'abonnaient en plus grand nombre. La seule femme à s'abonner fut une vieille dame dont Émilie avait gagné le cœur en l'écoutant raconter en long et en large les vertus de son défunt matou.

Un homme les enguirlanda copieusement — ce fut leur plus mauvais moment — parce que ses options politiques différaient de celles du *Times*. Quand il s'arrêta pour reprendre son souffle, elles prirent la poudre d'escampette.

— Donnez un coup de pied au chien, ça vous fera du bien, recommanda Émilie, en refermant la porte.

Ilse était blanche de rage.

— Des gens comme ça, c'est pas possible, explosa-t-elle. Ils nous jugent responsables, toi et moi, des politiques du *Times*. Voilà! Je tiens mon sujet de composition: *La nature humaine, vue par une solliciteuse d'abonnements*. Dialogue entre cet homme et moi, lui, tel qu'il s'est montré et moi, disant les choses que j'aurais voulu lui lancer à la figure et que j'ai retenues.

Émilie éclata de rire et retrouva son sang-froid.

— Toi, tu peux le faire. Pas moi: ma promesse à tante Élisabeth m'en empêche. Il faut que je m'en tienne strictement aux faits. Allez, viens, oublions cet abruti.

À la porte suivante, toutefois, la rencontre fut plaisante et on les invita à souper. Au coucher du soleil, elles s'étaient plutôt bien débrouillées pour les abonnements et avaient accumulé assez de bons mots et de faits curieux pour alimenter maintes saisons de réminiscences. Elles décidèrent de cesser leurs sollicitations pour ce jour-là. Elles n'étaient pas rendues à la crique des Chasseurs, mais Émilie proposa qu'elles coupent à travers bois. La forêt Malvern n'était pas très étendue. Peu importait l'endroit d'où elles en émergeraient, Wiltney serait à portée de regard.

Elles sautèrent une clôture, traversèrent un pré vallonné emplumé d'asters et furent avalées par le boisé où s'entrecroisaient des douzaines de sentiers. Le monde disparut derrière elles. Seule resta la beauté à l'état pur. Émilie trouva trop courte à son gré la promenade en forêt, mais Ilse, qui s'était tourné le pied sur une pierre, plus tôt dans la journée, la jugea elle, interminable. Elles se retrouvèrent soudain à l'air libre, devant un petit pré abandonné au-delà duquel s'allongeait dans la lumière claire du crépuscule, une longue vallée nue où les fermes paraissaient dépourvues d'aisance et de confort.

— Eh, dis donc, où est-ce qu'on est? s'inquiéta Ilse. Certainement pas près de Wiltney.

Tirée de son euphorie, Émilie tenta de s'orienter. Le seul repère visible était une flèche élancée sur une montagne, dix milles plus loin.

— C'est le clocher de l'église catholique de Indian Head, laissa-t-elle tomber. Et là, en bas, c'est sans doute le rang de la Petite misère. Nous avons pris un mauvais tournant quelque part. Nous sommes sorties du bois à l'est plutôt qu'au nord.

— Ce qui veut dire que nous sommes à cinq milles de Wiltney, fit Ilse, découragée. Je ne pourrai jamais marcher jusque là. Nous ne pouvons pas revenir par la forêt, il fera noir dans un quart d'heure. Alors, dis-moi ce qu'on va faire, toi et moi.

— Admettre que nous nous sommes perdues, et nous arranger pour en garder un beau souvenir.

— Pour être perdues, ça, pas de doute, nous le sommes, se lamenta Ilse, en s'installant de peine et de misère sur une clôture écroulée, mais je vois mal comment nous pourrions en garder un bon souvenir. On ne peut pas passer la nuit ici. La seule chose qu'il nous reste à faire, c'est de redescendre et de chercher refuge dans l'une de ces fermes. Ce qui ne me sourit pas beaucoup. Dans le rang de la Petite misère, les gens sont pauvres. Et peu soignés. Tante Net raconte toutes sortes d'horreurs sur les habitants de ce rang.

— Alors, passons la nuit ici, proposa Émilie.

Ilse la regarda pour s'assurer qu'elle ne blaguait pas.

— Et où dormirons-nous? Drapées sur la clôture?

— Là-bas, sur la meule de foin, fit Émilie. Elle est à moitié montée, comme ils font, ici, à la Petite misère. Le sommet est plat, il y a une échelle appuyée tout contre, le foin est sec et propre, la nuit d'été est chaude et il n'y a pas de maringouins à cette époque de l'année. Tout est parfait. Nous mettrons nos imperméables sur nous pour nous protéger de la rosée.

Ilse regarda la meule dans l'angle du petit pré et laissa fuser un rire d'assentiment.

— Qu'est-ce que ta tante Ruth en dirait?

— Elle n'a pas besoin de le savoir. Soyons rusées, pour une fois, ce sera ma revanche. Tenue serré comme je l'ai été par mes tantes, j'ai toujours rêvé de dormir au grand air. Et voilà, ce vœu secret devient réalisable. J'en jubile.

— Et s'il peuvait?

— Il ne pleuvra pas. Il n'y a pas un seul nuage, sauf ces gros pansus roses et blancs qui s'empilent là-bas, au-dessus de Indian Head et qui donnent le goût d'avoir des ailes pour pouvoir s'y laisser choir.

Elles escaladèrent aisément la meule et s'y laissèrent tomber, plus lasses qu'elles ne l'avaient cru. La meule était faite d'herbes sauvages dont le parfum exquis surpassait celui du trèfle. Ilse et Émilie n'apercevaient plus, au-dessus d'elles, qu'un grand ciel rose piqué d'étoiles et que la ligne sombre des arbres ceinturant le pré. Des chauves-souris et des hirondelles plongeaient, obscures, sur le fond d'or pâle de l'occident. Elles rirent, ensorcelées par la magie claire du firmament et la magie sombre de la forêt.

140

— Une telle splendeur ne peut pas être réelle, murmura Émilie. C'est si beau que ça me *fait mal*. J'ai peur de parler tout haut, de crainte que tout ça ne s'évanouisse. Ce vieux monsieur qui nous a vexées avec ses options politiques n'existe plus, pas dans ce monde-ci, en tout cas.

Elles bavardèrent à mi-voix, se confiant leurs secrets, leurs rêves, leurs craintes. Elles abordèrent même le sujet du mariage. Ilse semblait plutôt pessimiste sur ses chances, de ce côté.

— Les garçons m'estiment comme camarade, mais ils ne s'éprennent pas de moi.

— Voyons donc, fit Émilie, rassurante. Neuf sur dix de ces garçons vont tomber amoureux de toi.

— Et c'est le dixième que je voudrai, persista Ilse, renfrognée.

Elles abordèrent mille et un sujets et conclurent leur échange par un pacte solennel: celle des deux qui mourrait la première reviendrait vers l'autre, si cela lui était possible.

Épuisée, Ilse s'endormit. Pour Émilie, la nuit était beaucoup trop exceptionnelle pour qu'elle la perde à dormir. C'était comme une étape dans sa vie. Tout, de cette nuit, était bon. Tout la remplissait d'une beauté qu'elle devrait plus tard transmettre au monde. Où étaient les mots pour le faire?

La lune se leva, toute ronde. Une sorcière passa-t-elle devant, à cheval sur son balai? Non, Il s'agissait seulement d'une chauve-souris et de la cime d'un sapin près de la clôture. Émilie en fit un poème, les vers chantant tout seuls dans son inconscient sans qu'elle fît effort. Une grande étoile scintillante pendait très bas au-dessus de Indian Head. Vinrent les aurores boréales, traînées de feu multicolores sur le ciel, pâles invitées capricieuses s'avançant ou battant en retraite. Émilie les regardait, extasiée par ce bain de splendeurs.

Quelle chance qu'Ilse se soit endormie! La compagnie d'un être humain, fût-il le plus cher et le plus parfait, lui eût répugné, à ce moment-là. Elle se suffisait à elle-même et aucune émotion humaine n'aurait rendu sa félicité plus parfaite. La vie lui sembla un magnifique instrument dont elle pourrait tirer des harmonies célestes.

Était-elle digne de transmettre un tel message? Oserait-elle jamais tenter d'apporter un peu de la munificence de ce «dialogue divin» au sordide quotidien des places du marché et à la clameur des rues? *Elle le devait.* Elle ne pouvait pas garder cela pour elle seule. Mais le monde l'écouterait-il? Peut-être, si elle était fidèle au dépôt sacré et si elle transmettait ce qui lui avait été confié, sans se soucier des reproches ou des compliments.

Elle tomba endormie dans l'euphorie et rêva qu'elle était Sapho se jetant du haut de la falaise de Leucade. S'éveillant, elle se retrouva au bas de la meule avec le visage étonné d'Ilse la dévisageant d'en haut. Une bonne partie de la meule avait glissé avec elle. Aussi fut-elle capable de déclarer en se tâtant:

— Je crois que je suis toute là.

# XIII

## Le havre

S'endormir à l'écoute des hymnes des dieux et s'éveiller en dégringolant d'une meule de foin, c'est passer du sublime au terre-à-terre. Mais c'est aussi un coup de chance quand vous voyez le soleil se lever sur Indian Head.

— Sans cet accident, confia Émilie à Ilse, je n'aurais peut-être jamais connu la splendeur d'une toile d'araignée perlée de rosée. Regarde celle-là, tissée entre deux grands herbages empanachés.

— Écris un poème là-dessus, ricana Ilse, que l'inquiétude rendait maussade.

— Comment va ton pied?

— Pas trop mal, mais mes cheveux dégoulinent de rosée.

— Les miens aussi. Nous n'avons qu'à porter nos chapeaux pendant un bout de temps. Ensuite, le soleil nous séchera. Je propose que nous partions tôt. Nous regagnerons la civilisation sans que personne sache d'où nous venons. Le pépin, c'est qu'il faudra nous contenter, pour déjeuner, des biscuits secs que j'ai dans mon sac. Jure que tu ne diras rien à personne de notre nuit. Elle a été belle, mais elle le restera seulement si nous en gardons le secret. Souviens-toi du tollé, quand tu as conté notre baignade au clair de lune.

— Les gens ont le cerveau tordu, bougonna Ilse, en se laissant glisser au bas de la meule.

143

— Oh! regarde la montagne, s'exclama Émilie. On dirait qu'elle adore le soleil.

La montagne Indian Head était une splendeur. On eût dit une flamme. Les collines lointaines viraient au pourpre contre le ciel rayonnant. Le rang de la Petite misère lui-même, si nu et laid, en était transfiguré et baignait dans une lumineuse vapeur argentée.

— À chaque aurore, le monde renaît pour un trop court moment, murmura Émilie.

Tirant son calepin-Jimmy de son sac, elle y nota cette phrase.

Elles connurent, ce jour-là, les expériences que vivent, partout au monde, les vendeurs à domicile de tout acabit. Certaines personnes refusèrent bêtement de s'abonner, certaines autres acceptèrent en souriant et d'autres enfin déclinèrent l'invitation si gentiment que c'en était plaisir. Somme toute, elles goûtèrent leur avant-midi, surtout lorsqu'un bon repas, pris chez une fermière hospitalière, vint remplir le creux douloureux que quelques biscuits et une nuit sur une meule n'avaient pas comblé.

— Z'auriez pas rencontré un enfant perdu, aujourd'hui? interrogea leur hôtesse.

— Non. Un enfant s'est perdu?

— Le petit Allan Bradshaw, le fils de Will Bradshaw, du bas de la rivière, à la pointe Malvern, y est disparu depuis mardi matin. Y est sorti de sa maison très joyeux, ce matin-là, et personne l'a plus revu, depuis.

Émilie et Ilse se regardèrent, bouleversées.

— Quel âge a-t-il?

— Tout juste sept ans, et c'est un fils unique. Sa pauvre maman en est toute à l'envers. Les hommes de la pointe Malvern l'ont cherché pendant deux jours et ils ont rien trouvé. Rien.

— Qu'est-ce qu'il est devenu? fit Émilie, pâle d'horreur.

— C'est un mystère. Y en a qui pensent qu'il est tombé du quai, à la pointe — c'est pas loin de sa maison et y s'assoyait souvent'là pour regarder les bateaux. Mais personne l'a vu près du quai, ni près du pont, ce matin-là. Y a des marécages à l'ouest de la ferme des Bradshaw, c'est plein de tourbières et

144

d'étangs. Y en a qui pensent qu'y s'est perdu en se promenant là-bas et qu'y a péri. Vous vous rappelez comme y faisait froid, mardi soir. Sa mère croit que c'est là qu'y l'est. D'après moi, elle a pas tort. Autrement, les chercheurs l'auraient trouvé. La région a été passée au peigne fin.

Cette histoire obséda Émilie le reste de la journée d'une manière quasi morbide. La pauvre mère de la pointe Malvern lui faisait pitié. Et le petit gars, où était-il? Où avait-il passé la nuit précédente, alors qu'elle-même avait vécu des heures d'extase? Cette nuit-là n'avait pas été froide, mais celle d'avant, oui. Le vent d'automne s'était déchaîné jusqu'au matin, avec des averses de grêle et de pluie verglaçante. L'enfant était-il dehors dans cet enfer?

— J'ai mal, rien qu'à y penser, gémit-elle.

— C'est épouvantable, acquiesça Ilse, défaite, mais toi et moi n'y pouvons rien. Alors, n'y pensons plus.

— Le petit Allan Bradshaw peut encore être retrouvé. *Il faut qu'il le soit.*

— On ne le retrouvera pas vivant, s'emporta Ilse. Ne me parle plus de cette histoire. Je veux l'oublier, sans quoi je vais devenir folle.

Ilse chassa le sujet de son esprit. Émilie tenta d'en faire autant, mais n'y parvint pas tout à fait. Elle s'appliqua de son mieux aux affaires de la journée et n'oublia vraiment le petit Allan qu'une seule fois, alors qu'ayant contourné une pointe du chemin de la rivière Malvern, elles aperçurent dans une baie minuscule une petite maison blottie à l'ombre d'une colline abrupte et gazonnée. Il n'y avait aucune autre maison dans les parages. Tout baignait dans la solitaire splendeur automnale des eaux grises aux rapides tumultueux et des épinettes aux pointes frangées de rouge.

— Cette maison m'appartient, déclara Émilie.

Ilse leva le sourcil.

— T'appartient?

— Bon, je n'en suis pas la propriétaire, c'est certain, mais est-ce qu'il ne t'est jamais arrivé de penser qu'une maison était à toi, peu importe à qui elle appartienne?

Non, ça n'était jamais arrivé à Ilse.

— Je sais à qui elle est, dit-elle. À M. Scobie, de Kingsport. Il l'a fait construire comme chalet d'été. Tante Net en parlait, la dernière fois que je suis allée à Wiltney. Elle vient tout juste d'être terminée. C'est une jolie maison, mais beaucoup trop petite, à mon gré. J'aime les grandes demeures spacieuses où on ne se sent pas à l'étroit pendant l'été.

— C'est rare que les grandes maisons aient de la personnalité, mais les petites en ont presque toujours. Cette petite maison-ci en déborde. Toutes ses lignes, tous ses angles sont généreux. J'aime ses fenêtres à battants, cette petite, en particulier, qui surplombe la porte d'entrée sous l'avant-toit. On dirait qu'elle me sourit. Regarde-la briller comme un bijou dans le soleil. Elle nous souhaite la bienvenue. Chère petite chose amicale, je t'aime et je te comprends. Le vieux Kelly dirait: «Que jamais larme ne coule sous ton toit!» Si je t'habitais, chère maison, je me tiendrais debout chaque soir, à cette fenêtre s'ouvrant à l'ouest pour appeler de la main celui qui revient. Cette fenêtre a été conçue pour ça: comme cadre à l'amour et à l'accueil.

— Quand tu auras fini de parler aux maisons, la prévint Ilse, il faudra rentrer. Il va y avoir une tempête. Regarde les nuages. Et les mouettes. Jamais les mouettes ne viennent si avant dans les terres, à moins qu'il n'y ait de l'orage dans l'air. Il va pleuvoir bientôt. Nous ne dormirons pas dans une meule de foin, ce soir, belle amie.

Émilie s'attarda près de la petite maison aussi longtemps qu'elle le put. C'était une si jolie petite chose avec ses bardeaux bruns et cet air d'avoir des tas de secrets. Elle se retourna maintes fois pour la regarder pendant qu'elles gravissaient la côte à pic et, lorsqu'elle disparut à sa vue, elle soupira:

— J'ai la bizarre impression, Ilse, que cette maison *m'appelle*, que je devrais y retourner.

— Ça suffit, les folies, s'impatienta Ilse. Tu vois, il pleut, maintenant. Si tu t'étais moins pâmée sur ta cabane adorée, on serait au sec sur la grand-route. Oh, ce qu'il fait froid!

— La nuit sera épouvantable, fit Émilie, la voix enrouée. Oh! Ilse, où peut-il bien être, ce soir, le pauvre petit garçon? Je voudrais savoir s'ils l'ont trouvé.

— Ferme-la, lui intima Ilse, sauvage. Ne parle plus de ça. C'est affreux, c'est terrible, mais qu'est-ce qu'on peut y faire?

— Rien. C'est ça qui est le pire. On vaque à nos affaires, on sollicite des abonnements pendant que le petit garçon est perdu. Ça n'a pas de bon sens.

Elles avaient gagné le chemin. Le reste de l'après-midi fut difficile, des averses brutales balayant la campagne à intervalles réguliers. Entre les grains, le monde leur avait paru âpre, sous le ciel de plomb. À chaque endroit où elles passaient, elles se rappelaient l'enfant perdu, car il n'y avait partout que des femmes pour accepter ou refuser l'abonnement, les hommes étant tous partis à la recherche de l'enfant.

— Ça sert plus à rien, à cette heure, commenta sombrement une fermière. Ce qu'ils trouveront, c'est un cadavre. Le petit Allan ne peut pas avoir survécu si longtemps. Paraîtrait que sa pauvre mère est quasiment folle. Y a de quoi.

— La vieille Margaret McIntyre ne le prend pas trop mal, constata une femme âgée qui piquait une courtepointe près d'une fenêtre. C'est surprenant: elle paraissait si entichée du petit Allan.

— Margaret McIntyre ne s'en fait plus pour grand-chose, depuis cinq ans, répliqua sa fille. En fait, depuis que son fils Neil est mort gelé, au Klondyke. C'est comme si son cœur aussi avait gelé. Depuis ce temps-là, elle a plus toute sa tête à elle. Si vous lui parlez du petit Allan, elle va grimacer un sourire et vous dire qu'elle a donné la fessée au roi.

Les deux femmes échangèrent un regard entendu. Émilie sentit qu'il y avait, sous roche, un filon à exploiter pour une raconteuse et se serait volontiers attardée, mais Ilse ne l'entendait pas de cette oreille.

— Allons-y, Émilie. Autrement, jamais nous n'atteindrons St. Clair avant la nuit.

Au déclin du jour, elles étaient encore à trois milles de leur but et le temps se gâtait irrémédiablement.

— On n'atteindra pas St. Clair ce soir, se résigna Ilse. Il va pleuvoir à torrents avant peu. Et déjà il fait noir comme chez le loup. Essayons d'arriver à cette maison, là-bas, et demandons l'hospitalité pour la nuit. Elle a un air douillet et respectable de bonne bourgeoise.

La maison qu'Ilse indiquait — toiture grise, murs blanchis à la chaux — était plantée sur le versant de la colline, au milieu de champs de trèfle au regain d'un vert éclatant. Un chemin rouge tout mouillé serpentait jusqu'à sa porte. Les nuages pesaient lourdement au-dessus de la maison. Le soleil perça soudain la nue à l'occident et ce fut magique: la colline aux prés de trèfle se mit à briller d'un vert incroyablement vif, le triangle de mer chatoya, violet. La vieille maison étincela comme du marbre blanc dans son écrin de collines sous le ciel d'encre qui la coiffait.

— Oh! souffla Émilie, ensorcelée. Je n'ai jamais rien vu d'aussi beau.

Elle fouilla en aveugle dans son sac et en retira son calepin-Jimmy. Le poteau d'une clôture lui servit de pupitre. Elle se mit à écrire avec fièvre. Ilse s'accroupit sur une pierre et se força à la patience. Quand le démon de l'écriture s'emparait d'Émilie, rien ne pouvait l'en arracher qu'elle-même.

Le soleil avait disparu et la pluie avait recommencé à tomber quand Émilie remit son calepin dans son sac avec un soupir satisfait.

— Il fallait que je note ça, Ilse.

— Tu aurais pu attendre qu'on soit à l'abri et rédiger de mémoire.

— Non. La saveur se serait perdue. Comme c'est là, j'ai tout, et dans les mots justes. Bon, courons jusqu'à la maison. Oh, respire-moi ce vent. Rien au monde ne sent aussi bon que l'air marin. Et puis, l'orage, c'est excitant. J'aime me battre contre lui.

— Moi aussi, parfois, mais pas ce soir. Je suis fatiguée... et ce pauvre petit...

La bouffée d'excitation d'Émilie se mua en un cri de douleur:

— Oh! Ilse, j'avais oublié. Comment ai-je pu oublier? Où peut-il bien être?

— Mort, fit Ilse, coupante. je préfère l'imaginer mort que vivant et dehors par une telle nuit. Viens-t'en. Nous aussi, il faut songer à nous abriter quelque part.

Une femme anguleuse drapée, des épaules aux chevilles, dans un tablier blanc si bien empesé qu'il eût pu aisément se tenir debout tout seul, leur ouvrit la porte de la maison et les invita à entrer.

— Beau dommage que vous pouvez rester, s'il en tient rien qu'à moi! dit-elle. Mais faudra nous excuser. Tout est chambardé, ici. Ils ont des malheurs.

— Oh, excusez-nous, balbutia Émilie. Nous ne voulons pas vous déranger. Nous irons ailleurs.

— Vous nous dérangez pas. Au contraire. Y a une chambre de libre. Vous êtes les bienvenues. Ce serait ridicule d'aller plus loin par un temps pareil. Y a pas d'autres habitations aux alentours. Je vais vous dénicher quelque chose à manger. Moi, je suis une voisine, venue donner un coup de main: Julia Hollinger. Mme Bradshaw est pas en état de recevoir. Vous avez su, à propos de son petit garçon, p't'ête?

— Ce serait... c'est ici... et on ne l'a pas... retrouvé?

— Non. Ils le retrouveront pas, non plus. Je leur ai pas dit ce que j'en pense, mais (rapide coup d'œil par-dessus l'épaule le long du corridor) j'ai pour mon dire que le p'tit s'est enlisé dans les sables mouvants au bord de la baie. Entrez. Posez vos affaires. Si ça vous fait rien, vous mangerez dans la cuisine. C'est pas chaud, ici. Ils ont pas encore de poêle dans l'entrée, mais il va leur en falloir un, s'il y a des funérailles. Quoique, des funérailles, y en aura p't'ête pas, si les sables mouvants ont fait leur travail. On peut pas faire des funérailles sans avoir un corps.

Cette femme donnait le frisson. Émilie et Ilse seraient bien allées ailleurs, mais l'orage se déchaînait dans toute sa fureur et l'obscurité semblait fondre de la mer sur un univers transformé. Elles retirèrent leurs chapeaux et leurs manteaux trempés et suivirent leur hôtesse jusqu'à la cuisine, endroit propret doucement suranné, d'aspect agréable dans l'éclat des lampes et d'une belle flambée.

— Assoyez-vous près du feu. Je vas l'attiser un brin. Occupez-vous pas de pépère Bradshaw. Pépère, v'là deux jeunesses qui veulent coucher ici.

Le grand-père leur jeta un regard de son petit œil bleu brumeux et ne dit mot.

— Occupez-vous en pas, chuchota-t-elle tout fort. À quatre-vingt-dix ans, on est pas jaseux. Clara — Mme Bradshaw — est là-dedans. (Elle indiquait, de la tête, un réduit ouvrant sur la cuisine.) Son frère, le docteur McIntyre de Charlottetown, est avec elle. Elle l'a envoyé quérir hier. C'est la seule personne qu'elle écoute. La pauvre créature s'est échinée à marcher toute la journée, mais là, il l'a forcée à s'étendre un peu. Le mari bat la campagne pour trouver leur garçon.

— Un petit garçon *peut pas* se perdre, au dix-neuvième siècle, éclata pépère Bradshaw, la voix pleine d'autorité.

— Voyons donc, pépère, faut pas vous exciter comme ça. On est au vingtième siècle, là.

Et, à Ilse et à Émilie :

— Le pauvre vieux vit dans le temps passé. Sa mémoire a cessé de fonctionner. C'est quoi, vos noms? Burnley? Starr? De Blair Water? Alors, vous connaîtriez pas les Murray? Une nièce? Vous m'en direz tant!

Le «Vous m'en direz tant!», pour n'être pas subtil, n'en était pas moins éloquent.

Elle qui, tout en parlant, avait mis le couvert sur la toile cirée très propre, repoussa le tout du geste, tira une nappe d'un tiroir, des ustensiles d'argent d'un autre ainsi qu'un superbe ensemble salière-poivrière.

— Ne vous donnez pas tant de mal pour nous, supplia Émilie.

— Ça me fait plaisir. Si on était en temps normal, Mme Bradshaw vous aurait reçues à bras ouverts. Une si bonne personne! C'est affreux de voir son chagrin. Allan était son seul enfant.

— Un petit garçon peut pas *se perdre* au dix-neuvième siècle, je me tue à vous le dire, répéta le grand-père Bradshaw, en accentuant avec emphase un autre groupe de mots.

— C'est certain, pépère. (Elle tentait de l'amadouer.) Le petit Allan va revenir tantôt. Tenez, v'là un bon thé chaud pour vous. Buvez-moi ça.

À Ilse et Émilie, elle dit :

— Ça va le tranquilliser pour un bout de temps. Y dérange pas gros, mais faut quand même s'en occuper. La maisonnée est à l'envers, comprenez. Excepté la vieille Mme McIntyre. Elle, rien la dérange. Venez vous asseoir, mes belles, et avaler une bouchée. Écoutez-moi donc tomber la pluie! Les hommes pourront pas continuer à chercher cette nuit. Clara va s'arracher les cheveux de désespoir quand son mari va rentrer tout seul.

— Un petit garçon peut pas se perdre *au dix-neuvième siècle*, insista le grand-père Bradshaw, en avalant son breuvage tout croche, dans son indignation.

— Au vingtième siècle, non plus, ça devrait pas arriver, dit Mme Hollinger, en lui tapotant le dos. Allez vous coucher, pépère, vous êtes fatigué.

— J'irai me coucher quand ça me le dira, pas avant, Julia Hollinger.

— Correct, pépère. Tenez, je vas aller porter une tasse de thé à Clara. Peut-être qu'elle la boira. Elle a rien pris depuis mardi soir. Une femme peut pas tenir le coup dans ces conditions-là.

Émilie et Ilse mangèrent du bout des lèvres pendant que le grand-père Bradshaw les observait, l'œil soupçonneux, et que des sons de tristesse leur parvenaient de la chambre attenante.

— Il fait froid et il pleut, gémissait une voix féminine. Où est Allan?

La douleur qu'exprimait cette voix blessait Émilie jusqu'à l'âme.

— Y vont le retrouver bientôt, Clara, promettait Mme Hollinger, la voix enrobée d'un réconfort artificiel. Faut pas perdre espoir, ma fille. Dors un peu, ça te fera du bien. Y vont te ramener Allan bientôt, c'est certain.

— Non. (Le gémissement se muait en cri.) Allan est mort. Il est mort mardi dernier, quand il a fait si froid. Mon Dieu, ayez pitié de lui: il était si petit.

— Je suis incapable d'en entendre davantage, Ilse, soupira Émilie. C'est trop affreux. J'aimerais mieux être dehors dans la tempête qu'ici.

La maigre Mme Hollinger sortit, remplie de son importance, du réduit près de la cuisine et en referma la porte.

— C'est lamentable. La pauvre créature va continuer comme ça toute la nuit. Voulez-vous aller dans votre chambre? Y est pas tard, mais vous êtes p't'ête fatiguées. Des fois que vous aimeriez mieux pas l'entendre. Elle a pas voulu de thé, de peur que son frère le docteur y ait glissé des pilules pour dormir. Elle dit qu'elle dormira pas, tant qu'on aura pas trouvé son fils, mort ou vivant. S'il est dans les sables, ils le trouveront jamais.

Allumant une lampe, elle conduisit Ilse et Émilie à l'étage.

— Dormez bien. Glissez-vous entre les couvertures, même s'il y a des draps dans le lit. On a tout aéré, aujourd'hui, au cas où il y aurait des funérailles. Les Murray de la Nouvelle Lune ont toujours été à cheval sur la propreté, c'est pour ça que je le mentionne. Écoutez-moi la bourrasque! Y va y avoir des dommages partout dans le canton. Ça m'étonnerait pas que le vent emporte le toit de cette maison, cette nuit. Oh, peut-être aussi que vous feriez mieux de fermer votre porte à clef. La vieille Mme McIntyre se promène un peu partout, la nuit, quand le goût lui en prend. Elle ferait pas de mal à une mouche et garde encore presque tous ses esprits, mais ça surprend quand elle vous tombe dessus au milieu de la nuit.

Ilse et Émilie poussèrent un soupir de soulagement quand la porte se referma sur Mme Hollinger.

Elle se retrouvèrent dans une chambre de débarras sous les combles. La plus grande partie de l'espace, d'une méticuleuse propreté, était occupée par un immense lit qui tendait des bras invitants. Une petite fenêtre à carreaux, habillée d'un volant de mousseline d'un blanc immaculé, coupait la pièce du froid et de l'orage qui courait sur la mer.

Ilse se jeta tête première dans le lit. Émilie l'y suivit plus lentement, oubliant, ce faisant, de tourner la clef dans la serrure. Recrue de fatigue, Ilse s'endormit aussitôt, mais Émilie chercha en vain le sommeil, tendant l'oreille malgré elle pour capter des bruits de pas. La pluie fouettait les carreaux, le vent balayait la campagne en rugissant. Au bas de la colline, les vagues écumantes s'attaquaient à la côte. Se pouvait-il qu'il ne se soit passé que vingt-quatre heures entre l'enchantement du clair de lune sur la meule du pré et l'horreur de la présente nuit?

Où était le pauvre petit garçon perdu? Émilie était dévastée par le chagrin: les portes du rêve restaient fermées pour elle qui ne parvenait pas à détacher son esprit de ses sentiments

152

pour en faire de la littérature. Tendue à l'extrême, elle propulsa ses pensées dans l'orage, en quête d'une solution au mystère de la disparition de l'enfant.

— Ô, mon Dieu, faites qu'on le trouve *sain et sauf*, pria Émilie. Cette prière, elle la répéta pour chasser de son cœur la vision terrible du marécage aux sables mouvants. À la fin, lasse de cette torture mentale insoutenable, elle sombra dans un sommeil troublé.

La tempête se déchaînait toujours et les hommes étaient rentrés, abandonnant les recherches.

# XIV

## La dame qui donna la fessée au roi

La tempête apaisée, le jour se leva sur le golfe et faufila sa grisaille dans la petite chambre sous les combles de la maison de la colline. Émilie s'éveilla en sursaut d'un rêve dérangeant où elle avait cherché, et trouvé, l'enfant perdu. Mais où l'avait-elle trouvé? Elle ne parvenait pas à s'en souvenir. Ilse dormait toujours, au creux du lit, ses boucles d'or pâle répandues en moisson soyeuse sur l'oreiller. La tête remplie des intrigues arachnéennes de son rêve, Émilie regarda autour d'elle et se dit qu'elle rêvait encore.

Près du guéridon, une femme était assise, une grande, forte et vieille femme, coiffée, par-dessus ses épais cheveux gris, d'un bonnet de veuve comme en portaient encore les Écossaises des Highlands, au tournant du siècle. Elle était vêtue d'une robe de bure couleur prune et d'un grand tablier neigeux qu'elle portait comme une reine. Un châle bleu propret était croisé sur sa poitrine. Son visage blafard était strié de rides, mais Émilie, qui saisissait d'instinct l'essentiel, capta aussitôt ce qui donnait à chacun des traits de la survenante son caractère: la force et la vivacité. Elle vit aussi que les beaux yeux bleus trahissaient combien leur propriétaire avait souffert. Il s'agissait là, à n'en pas douter, de la vieille Mme McIntyre, dont Mme Hollinger avait parlé. Si cela était, cette Mme McIntyre se comportait avec beaucoup de dignité.

155

Elle était assise, les mains croisées sur les genoux, et couvrait Émilie d'un regard difficile à définir. Étrange. Émilie se rappela ce qu'on lui avait dit de cette femme qui, selon la rumeur, était «dérangée». Elle se demanda ce qu'il convenait de faire. Devait-elle parler?

L'apparition lui enleva cette peine.

— Tu aurais pas des montagnards de la Haute-Écosse parmi tes ancêtres? demanda-t-elle, d'une voix chantante dont la puissance étonnait.

— Oui, acquiesça Émilie.

— Et tu serais pas presbytérienne?

— Oui.

— Y a que ça, fit Mme McIntyre, le ton satisfait. Et tu me dirais pas, s'il te plaît, comment que tu t'appelles? Émilie Starr? Un très joli nom que c'est. Moi, c'est maîtresse Margaret McIntyre. C'est pas une personne du commun que je suis, non, je serais la dame qui a donné la fessée au roi.

Émilie était maintenant tout à fait réveillée. La raconteuse en elle se réjouissait. Mais Ilse, qui sortait à peine du sommeil, eut une exclamation sourde. Mme McIntyre dressa la tête, l'attitude royale.

— Tu n'auras pas peur de moi, ma chère, je ne ferais pas de mal à une mouche, même si, telle que me voilà, j'ai donné la fessée au roi.

— Je suppose, fit Émilie, hésitante, que nous devrions nous lever.

— Pas avant que je vous aye conté mon histoire, articula maîtresse McIntyre fermement.

Elle s'adressa à Émilie.

— C'est deviné que j'ai, en te voyant, que tu serais celle qui m'écouterait.

— Ne l'interromps pas, souffla Ilse. Je veux savoir comment un roi a pu se laisser donner la fessée par elle.

— Vous voudriez peut-être que je parle en gaélique? interrogea Mme McIntyre.

Émilie fit non de la tête.

— Tant pis. Mon histoire sera pas aussi belle en langue de tous les jours. Vous allez penser que j'ai rêvé, mais vous vous tromperez; c'est la vérité vraie que je vais vous conter. J'ai

156

donné la fessée au roi. Il était pas roi, dans ce temps-là, il était juste un petit prince de neuf ans, le même âge que mon garçon Alec. C'est au commencement qu'il faut que je commence, autrement, vous comprendrez rien à rien. Ça s'est passé y a bien longtemps, avant qu'on aye quitté les vieux pays, mon mari Alistair McIntyre et moi. C'est berger qu'il était, Alistair, au château de Balmoral. La reine Victoria et le prince Albert, c'est l'été tout entier qu'ils passaient à Balmoral avec leurs enfants. Ils emmenaient pas de serviteurs avec eux parce qu'ils aimaient pas les chichis. Le dimanche, c'est à pied qu'ils allaient à l'église entendre prêcher M. Donald MacPherson. Quand ils avaient besoin d'aide au château, c'est moi qu'ils faisaient demander.

«La reine et moi, c'est en bons termes qu'on était. C'était pas une femme arrogante. Elle venait s'asseoir dans ma maison pour prendre le thé et elle me parlait de ses enfants. Les petites princesses et les petits princes jouaient tous les jours avec mes enfants. La reine savait qu'ils étaient en bonne compagnie et se sentait rassurée. Moi, je l'étais pas: le prince Bertie était un fend-le-vent de la pire espèce, et malin, avec ça. C'est inquiète tout le temps que j'étais qu'Alec et lui se colletaillent. Coupable ou pas, c'est toujours Alec qui était grondé. Un prince, on réprimande pas ça, voyons.

«C'est toujours dans mes petits souliers que j'étais quand ils jouaient dans les brûlés, derrière la maison; les eaux y sont profondes. Un enfant qui y serait tombé s'y serait noyé. J'avais prévenu Alec et le prince Bertie de ne pas aller là. Sont allés quand même et j'avais puni Alec, même si c'était le prince Bertie qui avait insisté et qu'Alec avait obéi parce qu'il faut faire ce qu'un prince ordonne. Alors, ma chère, un jour, c'est dans la mare la plus profonde du brûlé que le prince il est tombé. En essayant de l'en tirer, mon Alec y a glissé aussi. Ils se seraient noyés, si j'avais pas entendu leurs cris. C'est vite que j'ai compris ce qui se passait et que je les ai repêchés, tout tremblants et dégoulinants. J'en ai eu assez de blâmer mon pauvre Alec des turpitudes du prince. La vérité vraie, ma chère, c'est que j'étais furieuse et que c'est pas en termes de princes et de rois que j'ai pensé mais en termes de vilains petits garçons. J'ai plaqué le prince Bertie sur mes genoux et je lui ai administré une fessée à l'endroit que le bon Dieu a fait pour les princes aussi bien que pour les autres enfants. C'est à lui que j'ai donné une fessée en premier, parce qu'il était un prince. Puis, j'ai fessé Alec à son tour et ils ont braillé ensemble parce que mes mains avaient bien fait ce qu'elles avaient à faire, comme dit le Bon Livre.

«Quand le prince Bertie est retourné au château, j'ai repris mes esprits et j'ai eu peur. Allez donc savoir comment la reine prendrait ça. Mais c'était une femme intelligente, la reine Victoria, et elle m'a dit que j'avais bien fait, le lendemain. Le prince a souri et m'a taquinée parce que j'avais porté la main sur lui. Il m'a plus jamais désobéi ensuite, mais il a pas pu s'asseoir facilement de longtemps. J'avais peur aussi qu'Alistair soit fâché contre moi, mais il a ri et il a dit qu'un jour viendrait où je me vanterais d'avoir donné la fessée au roi. Ça s'est passé il y a longtemps, mais je l'ai jamais oublié. Victoria est morte, il y a deux ans, et le prince Bertie est devenu roi. Quand Alistair et moi on est venus au Canada, la reine m'a donné un jupon de soie du tartan Victoria. Je l'ai jamais porté, mais je le porterai dans mon cercueil. C'est dans le coffre de ma chambre que je le garde et ils savent à quoi il servira.»

Mme McIntyre joignit les mains et se tut. Émilie l'avait écoutée avidement. Elle dit alors:

— Mme McIntyre, me permettez-vous d'écrire cette histoire et de la publier?

Mme McIntyre se pencha vers elle. Sa figure ridée s'anima, ses yeux enfoncés dans leurs orbites brillèrent.

— Tu veux dire qu'elle serait imprimée dans un journal?

— Oui.

Mme McIntyre replaça son châle sur sa poitrine avec des mains qui tremblaient.

— Oui, écris-la et choisis des beaux mots.

— Non, protesta Émilie, je n'en changerai pas une syllabe. Cette histoire se lira exactement comme vous l'avez contée.

Mme McIntyre sembla en douter, puis se montra flattée.

— C'est une pauvre ignorante que je suis, mais tu as peut-être raison. Fais à ton goût.

— Ont-il trouvé l'enfant? s'informa Ilse.

Mme McIntyre hocha la tête.

— Non. Et ils le trouveront pas. Clara pleurera encore. Clara, c'est la fille de mon fils Angus. Je leur suis pas utile à grand-chose, j'ai pas des dons de voyance. Mais toi, tu en aurais peut-être... tu croirais pas?

— Non, non, protesta vivement Émilie, se rappelant malgré elle un incident de son enfance à la Nouvelle Lune, incident sur lequel elle n'aimait pas revenir.

La vieille Mme McIntyre hocha gravement la tête et lissa son tablier blanc.

— Renier ce don, ce serait pas bien, ma chère, c'est un cadeau du ciel. Tu sais, le petit Allan, ils le trouveront pas. Clara l'aimait trop. Faut pas aimer trop.

«Je vous salue bien, mes jolies, et c'est très contente que je suis de vous avoir vues et de vous souhaiter du bonheur. Je compte plus pour grand-chose, maintenant, mais dans le temps, j'ai donné la fessée au roi.»

# XV

## Cette chose qui ne pouvait être

Lorsque la porte s'était refermée sur Mme McIntyre, Émilie et Ilse s'étaient levées et habillées. Émilie pensa à la journée qui s'ouvrait devant elle avec quelque répugnance. Continuer par les routes leur sollicitation d'abonnements n'avait plus de sens.

— On dirait qu'il y a des siècles qu'on est parties de Shrewsbury, grommela Ilse en enfilant ses bas.

Émilie ressentait encore plus vivement que sa compagne le passage du temps.

— Je me sens comme si j'avais erré quelque part pendant des heures, soupira-t-elle. J'ai rêvé que j'avais trouvé le petit Allan, mais je ne sais plus où. Terrible de m'éveiller avec la perception que *j'ai su*, juste avant, où il était et de ne pas m'en souvenir.

— J'ai dormi comme une bûche, fit Ilse, en bâillant. Je n'ai même pas rêvé. Émilie, je veux quitter cette maison le plus tôt possible. J'ai l'impression de vivre un cauchemar. C'est comme si quelque chose d'horrible m'accablait et si je ne pouvais pas y échapper. Ce serait différent si j'y pouvais quelque chose. Tu vois, j'ai même oublié ce que la vieille radoteuse t'a raconté. Le petit Allan semblait vraiment le cadet de ses soucis.

— C'est peut-être qu'elle n'a plus souci de rien depuis longtemps, fit Émilie, rêveuse. Comme mon cousin Jimmy. Mais l'histoire qu'elle a contée est extraordinaire. Je m'en servirai pour ma première composition et, plus tard, j'essaierai de la faire imprimer. Si je viens à bout d'en recréer la saveur et l'authenticité, je suis certaine qu'elle ferait une contribution splendide à un magazine. Je vais la noter dans mon calepin-Jimmy, avant de l'oublier.

— Oh, la peste soit de ton calepin-Jimmy, grommela Ilse. Allons plutôt déjeuner et quittons cette maison au plus sacrant.

Mais Émilie, emportée par la vague dans son paradis de raconteuse, avait oublié tout le reste.

— Où est mon calepin-Jimmy? s'enquit-elle, nerveuse. Il n'est pas dans mon sac. Il y était hier soir. Je ne l'ai quand même pas laissé sur ce poteau de clôture!

— Est-ce qu'il ne serait pas là, sur le guéridon? s'informa Ilse.

Émilie la regarda, déconcertée.

— Comment pourrait-il être là? Je ne l'ai quand même pas tiré de mon sac pendant la nuit.

— Peut-être que tu l'as fait et que tu ne t'en souviens pas, fit Ilse, indifférente.

Émilie marcha vers le guéridon, une expression d'étonnement sur la figure. Le calepin-Jimmy était bel et bien là, ouvert, son crayon tout à côté. Quelque chose sur la page capta son attention. Elle se pencha pour regarder.

— Dépêche-toi de te coiffer, s'impatienta Ilse, quelques minutes plus tard. Je suis prête, moi. Laisse ce calepin de malheur et habille-toi.

Émilie se retourna, très pâle, les yeux obscurcis par la peur et le mystère.

— Ilse, regarde, fit-elle, la voix tremblante.

Ilse regarda la page du calepin qu'Émilie lui tendait. Sur cette page, il y avait une esquisse précise de la petite maison du bord de la rivière, celle qui avait plu si fort à Émilie, la veille. Une croix noire était tracée sur une petite fenêtre au-dessus de la porte centrale. En marge, à côté d'une croix, on lisait:

— Qu'est-ce que ça veut dire? s'étouffa Ilse. Qui a fait ça?

— Je... je ne sais pas, bredouilla Émilie. C'est mon écriture.

Ilse la regarda et recula d'un pas.

— Tu as dessiné ça dans ton sommeil, conclut-elle, abasourdie.

— Je ne sais pas dessiner, dit Émilie.

— Qui d'autre aurait pu le faire? Pas Mme McIntyre, quand même! Je n'ai jamais entendu parler d'une chose aussi étrange. Crois-tu... crois-tu que le petit Allan soit là?

— Comment pourrait-il y être? La maison est fermée à clef. Et plus personne n'y travaille. Les chercheurs ont certainement sondé les portes et les fenêtres. Si le petit Allan était là, il aurait mis la tête à la fenêtre. Il n'y a pas de volets, tu t'en souviens. Il aurait appelé. On l'aurait vu, entendu. J'ai sans doute dessiné cette maison dans mon sommeil, mais je ne comprends pas comment j'ai pu le faire. J'étais si préoccupée par le petit Allan. C'est étrange, tout ça, ça me fait peur.

— Il faut montrer ce dessin au docteur McIntyre, fit Ilse.

— Sans doute, mais j'aimerais mieux pas. Ça pourrait leur donner de faux espoirs. Pourtant, je *n'ose pas* ne pas le leur montrer. Fais-le, toi. Moi, je voudrais seulement m'asseoir et pleurer. Si le petit Allan est là depuis mardi, il est sûrement mort de faim.

— Au moins, ils sauront à quoi s'en tenir. Je vais leur montrer ton dessin. Si, par hasard, tu avais vu juste... Émilie, tu me donnes le frisson.

Il n'y avait personne dans la cuisine, quand elles y entrèrent, mais un jeune homme y arriva presque aussitôt: le docteur McIntyre. Il avait un visage agréable et intelligent et des yeux pénétrants derrière ses lunettes, mais il paraissait accablé de fatigue.

— Bonjour, dit-il. J'espère que vous vous êtes bien reposées et que vous n'avez pas été dérangées. Nous sommes tous terriblement bouleversés, ici.

— Ils n'ont pas trouvé le petit garçon? s'enquit Ilse.

Le docteur McIntyre fit non de la tête.

— Ils ont abandonné les recherches. Il ne peut pas avoir survécu à la nuit de mardi et à celle d'hier. Le marécage ne rend pas ses victimes. C'est là qu'il est, sans doute. Ma pauvre sœur en a le cœur brisé. Je suis désolé que votre visite ait coïncidé avec de si tristes événements, mais j'espère que Mme Hollinger a veillé à votre bien-être. Ma grand-mère McIntyre se sentirait très offensée que vous ayez manqué de quoi que ce soit. Elle était reconnue pour son hospitalité, dans son temps. Sans doute ne l'avez-vous pas vue. Elle ne se manifeste pas souvent aux étrangers.

— Si, nous l'avons vue, fit Émilie, perdue dans ses pensées. Elle est entrée dans notre chambre, ce matin, et elle nous a conté qu'elle a donné la fessée au roi.

Le docteur McIntyre eut un petit rire.

— Alors, on vous a fait honneur. Ma grand-mère ne raconte pas cette histoire à tout venant. Elle a déjà vu neiger et sait reconnaître les auditeurs d'élite. Elle est un peu bizarre. Il y a quelques années, son fils préféré, l'oncle Neil, a trouvé la mort au Klondyke dans des circonstances tragiques. Elle ne s'est jamais remise de ce choc. Elle vit depuis dans le passé et semble capable d'éprouver une seule émotion: sa fierté d'avoir, un jour, donné la fessée au roi. Mais je vous retiens. Votre déjeuner vous attend. Et voilà Mme Hollinger qui vient me gronder.

— Ne partez pas, docteur McIntyre, fit Ilse, brusquement. Je... nous... il y a quelque chose que je voudrais vous montrer.

Le docteur McIntyre se pencha, intrigué, sur le calepin-Jimmy.

— Qu'est-ce que c'est? Je ne comprends pas.

— Nous non plus, nous n'y comprenons rien. Émilie a dessiné cela dans son sommeil.

— Dans son sommeil? Vraiment?

— Il n'y a eu personne d'autre, dans la chambre. À moins que votre grand-mère ne sache dessiner.

— Non. Et elle n'a jamais vu cette maison. Il s'agit bien de la petite maison de campagne des Scobie, au-delà du pont Malvern?

— Oui. Nous l'avons vue, hier.

— Allan ne peut pas être *là*: la maison est sous clef depuis un mois. Les menuisiers sont partis en août.

— Je le sais, balbutia Émilie. Peut-être est-ce parce que j'ai beaucoup pensé à Allan avant de m'endormir. J'ai fait ce dessin en rêve, peut-être. Je n'y comprends rien moi-même, mais il fallait que je vous le montre.

— Évidemment. Je n'en dirai rien à Will et à Clara. Je vais prévenir Rob Mason, du versant de la colline, et nous irons là-bas voir ce qu'il en est. Ce serait étonnant que... non, c'est impossible. Je me demande bien comment nous pourrons entrer dans la maison. C'est fermé à double tour, et les volets des fenêtres sont clos.

— Pas celui qui est au-dessus de la porte d'entrée.

— C'est la fenêtre d'un placard au bout du corridor de l'étage. J'ai visité la maison au mois d'août, quand les peintres y travaillaient. Ce placard a une serrure à ressort. C'est sans doute pour cela qu'ils n'ont pas mis de volets à cette fenêtre. Elle est très haute, près du plafond, si je me souviens bien. Bon, je vais chez Rob et nous nous en occupons. Rien ne doit être négligé.

Émilie et Ilse prirent quelques bouchées de leur déjeuner, heureuses que Mme Hollinger les laisse tranquille, sauf pour quelques remarques en passant, pendant qu'elle allait et venait...

— ...une nuit terrible, la nuit dernière, mais la pluie est finie. Pas fermé l'œil de la nuit. La pauvre Clara non plus. Est plus calme, maintenant, comme si elle avait cessé d'espérer. J'ai peur qu'elle en perde la raison — la grand-mère a plus jamais été la même, après la mort de son fils. Quand Clara a appris que les recherches avaient cessé, elle a poussé un grand cri, puis elle s'est jetée sur le lit, le visage tourné vers le mur. A pas bougé depuis. Faut quand même qu'on continue de vivre, nous autres. Allez, mangez. Si j'ai un conseil à vous donner, c'est de pas trop vous presser pour partir. Laissez le vent sécher un peu la boue.

— Je ne partirai pas avant de savoir si... souffla Ilse, en hésitant.

Émilie acquiesça, incapable d'avaler une bouchée de plus. Elle avait atteint les limites de sa résistance. L'heure qui s'écoula après le départ du docteur McIntyre parut interminable à Ilse et à Émilie. Elles entendirent soudain Mme Hollinger, occupée à nettoyer les bidons de lait sur le banc à l'extérieur de la porte de la cuisine, s'exclamer bruyamment. L'instant d'après, Mme Hollinger se précipitait dans la cuisine, suivie du docteur McIntyre, ce dernier, à bout de souffle d'avoir couru depuis le pont Malvern.

— Clara doit être prévenue la première, dit-il. C'est son droit.

Il disparut dans la chambre ouvrant sur la cuisine. Mme Hol-linger se laissa choir sur une chaise, riant et pleurant à la fois.

— Ils l'ont trouvé. Ils ont trouvé le petit Allan. Sur le plancher du placard, dans la maison des Scobie.

— Est-ce qu'il est vivant? demanda Émilie.

— Oui, mais tout juste. Il a même pas la force de parler, mais il va s'en remettre. Le docteur l'a dit. Ils l'ont emmené à la maison la plus proche. J'en sais pas plus.

Un cri de joie jaillit de la chambre, et Clara Bradshaw, les cheveux en désordre et les lèvres blêmes mais les yeux brillants d'extase traversa la pièce en courant et se rua vers la colline. Attrapant un manteau, Mme Hollinger se précipita derrière elle. Le docteur McIntyre se laissa choir sur une chaise.

— Je n'ai pas pu arrêter ma sœur, et je ne suis pas en état de la suivre. Je ne m'inquiète plus pour elle: la joie ne fait pas mourir.

— Le petit Allan va donc s'en tirer? interrogea Ilse.

— Oui. Le pauvre petit était à la limite de l'épuisement. Il n'aurait pas tenu un jour de plus. Nous l'avons transporté chez le docteur Matheson, au pont, et laissé sous ses soins. Il ne sera pas en état de regagner la maison avant demain.

— Comment a-t-il pu se trouver là?

— Il n'a rien pu nous dire lui-même, mais je crois comprendre ce qui s'est produit. Une des fenêtres de la cave était restée ouverte d'un cran. Sans doute Allan a-t-il fureté autour de la maison, comme font tous les gamins de son âge et a-t-il trouvé cette fenêtre ouverte qu'il a empruntée et refermée à demi derrière lui pour explorer la maison. Il a tiré trop fort la porte du placard et la serrure à ressort l'a fait prisonnier. La fenêtre était trop haute pour qu'il l'atteigne et qu'il attire l'attention. Le plâtre des murs porte la marque des efforts qu'il a tentés pour l'atteindre. Il a crié, sans doute, mais personne n'est venu assez près de la maison pour l'entendre. C'est loin de tout. Les chercheurs ne s'y sont pas attardés. C'est seulement hier qu'ils ont fouillé les bords de la rivière. Qui eût pu penser qu'Allan s'était rendu si loin tout seul. Et hier, il n'était plus en état d'appeler à l'aide.

Le grand-père Bradshaw glissa soudain la tête dans l'embrasure de la porte.

— Je vous l'avais dit qu'un enfant *pouvait pas* se perdre, au dix-neuvième siècle, gloussa-t-il.

— Cet enfant était pourtant bel et bien perdu, insista le docteur McIntyre. On ne l'aurait pas trouvé à temps, sans cette jeune demoiselle. C'est extraordinaire.

— Émilie est un médium, lança Ilse, citant M. Carpenter.

— Je ne m'y connais pas beaucoup en psychisme. Ma grand-mère dirait qu'il s'agit de clairvoyance, c'est sûr. Comme tous les gens des Highlands, elle croit dur comme fer qu'on peut communiquer avec les esprits.

— Je ne suis pas une voyante, j'en suis sûre, protesta Émilie. J'ai rêvé et je me suis levée dans mon sommeil. Ce qui m'étonne le plus, c'est que je ne sais pas dessiner.

— Quelque puissance mystérieuse s'est servie de toi comme instrument, conclut le docteur. Après tout, la façon dont ma grand-mère explique le don de double vue s'accepte presque, quand on est confronté à l'incroyable.

— Je préfère ne plus en parler, dit Émilie, frissonnante. Je suis très heureuse qu'Allan ait été retrouvé, mais ne parlez à personne de mon rôle dans cette histoire, voulez-vous? Laissez les gens croire que c'est vous qui avez eu l'idée de fouiller la maison Scobie. Je ne veux pas qu'on en jase dans le pays.

Quand elles quittèrent la maison blanche juchée haut sur sa colline venteuse, le soleil perçait les nuages et les eaux du port dansaient comme folles dans son éclat. Le paysage étincelait de la beauté primitive de la fin des orages, et le chemin de l'Ouest s'allongeait devant elles en boucles humides et séduisantes. Émilie s'en détourna.

— Je vais garder ça pour mon prochain voyage, dit-elle. Je ne peux pas faire du porte à porte aujourd'hui. Rendons-nous au pont de la Malvern, amie de mon cœur, et prenons le train du matin pour Shrewsbury.

— Ton rêve, réfléchit Ilse, c'était étrange. Tu sais que tu me fais peur, parfois, Émilie.

— Oh, je t'en prie, n'aie pas peur de moi. C'était une coïncidence. J'avais tellement pensé au petit Allan... La petite maison avait pris possession de mes sens, tu le sais bien...

— Oui, mais je me souviens de la façon dont tu as trouvé comment ma mère était morte, fit Ilse, la voix grave. Tu possèdes un pouvoir que les autres n'ont pas.

— Ça va me passer, fit Émilie, au bord du désespoir. Ce pouvoir, je n'en veux pas. Ça me met complètement à l'envers. C'est comme si j'étais marquée d'une manière mystérieuse, comme si je n'étais pas *humaine*. Quand le docteur McIntyre a parlé d'une puissance mystérieuse qui se serait servie de moi comme d'un instrument, mon sang s'est glacé. Il m'a semblé que, pendant que je dormais, cette puissance-là avait pris possession de mon corps et avait tracé ce dessin.

— C'était *ton* écriture, insista Ilse.

— Je ne veux plus jamais qu'il en soit question, je ne veux plus même y *penser*. Oublions ça. Et ne m'en parle plus jamais, Ilse.

# XVI

## À vau-l'eau

«**Shrewsbury, 3 octobre, 19-**
«J'ai terminé mon porte-à-porte du secteur de notre province qui m'avait été alloué et j'ai dressé la liste-étendard de tous mes abonnés. J'en ai retiré assez en commissions pour payer presque tous mes livres de cette année, ma deuxième. Quand je l'ai annoncé à tante Ruth, elle *n'a pas* reniflé, ce que je considère, en soi, comme un fait digne d'être noté.

«Aujourd'hui, mon histoire *Les sables du temps* m'est revenue du *Merton's Magazine*. Mais le billet de rejet était tapé à la machine, et non imprimé. Qu'il soit dactylographié plutôt qu'imprimé me semble *moins* humiliant. «*Nous avons lu votre texte avec intérêt et regrettons de ne pouvoir le publier pour le moment.*» Si leur «avec intérêt» est sincère, c'est encourageant. Mais s'ils essaiaient de me dorer la pilule, qu'en penser?

«Ilse et moi avons été informées, récemment, qu'il y a neuf places ouvertes dans le groupe des *Couettes et Chouettes*, et que nous pouvons y poser notre candidature. Nous nous sommes donc inscrites sur la liste des aspirantes. C'est une gloire, à l'école, que de faire partie de ce groupe.

«L'année scolaire a atteint sa vitesse de croisière, et je m'y sens à l'aise. M. Hardy enseigne dans plusieurs de nos cours et il me plaît, comme professeur, plus que n'importe qui depuis M. Carpenter. Ma composition *La dame qui donna la fessée au roi* l'a beaucoup intéressé. Il lui a donné la première place, et l'a commentée en classe. Evelyn Blake est persuadée que j'ai copié ça quelque part.»

**«5 octobre, 19-**

«Mme Will Bradshaw est venue me voir, ce soir. Par bonheur, tante Ruth était absente. Je dis «par bonheur», parce que je ne veux pas qu'elle sache le rôle que j'ai joué dans la découverte du petit Allan. C'est peut-être «rusé» de ma part, mais je ne pourrais pas supporter qu'elle se mette à *se* poser et à *me* poser des tas de questions là-dessus. En reniflant, évidemment.

Mme Bradshaw est venue me remercier. Ça m'a gênée. Après tout, quel rôle ai-je joué, dans ce drame? Je ne veux plus y penser, ni en parler. Mme Bradshaw dit que son petit Allan va bien, mais qu'il lui a fallu la semaine pour se remettre. Elle était toute pâle et grave.

— Il serait mort, si vous n'étiez pas venue chez nous, mademoiselle Starr, et je serais morte, moi aussi. Jamais je n'oublierai l'horreur de ces jours-là! Je suis venue vous dire ma reconnaissance.

«Elle a éclaté en sanglots, et moi aussi. Et nous avons pleuré ensemble un grand moment. Je suis contente qu'Allan ait été retrouvé, mais qu'on ne me parle plus de ma participation à cette histoire.»

**«La Nouvelle Lune, 7 octobre, 19-**

«Ce soir, je me suis promenée dans le cimetière de l'étang. Ce n'est pas l'endroit le plus joyeux de la région, mais j'aime m'attarder dans ce lieu rempli de tombes par les beaux soirs mélancoliques de l'automne.

«C'est beau, et ce n'est pas triste.

«J'y suis restée jusqu'au coucher du soleil, qui a poétisé cette terre spectrale en la martelant d'or mat. Teddy est venu m'y chercher et nous avons gagné ensemble le haut du champ, puis emprunté le chemin de Demain, devenu, par la force des choses, le chemin d'Aujourd'hui, puisque les arbres qui le bordent ont grandi plus vite que nous. Nous l'appelons quand même le chemin de Demain, car nous y parlons de notre avenir. Il n'y a qu'à Teddy que je confie le secret de mes ambitions. Perry, lui, se moque de mes aspirations littéraires. Quand je parle avec lui du monde des livres, il me demande toujours: «À quoi ça peut bien servir?» Une personne qui ne sait pas «à quoi ça peut bien servir», les livres, rien ne sert d'essayer de le lui expliquer. Je ne peux pas non plus en parler avec Dean, surtout pas depuis qu'il a déclaré, un soir, avec amertume: «Tes lendemains ne seront pas les miens. Je ne veux plus que tu m'en parles.» En somme, Dean ne veut pas que je grandisse. Les Priest n'aiment pas le partage, surtout en amitié. Alors, à quoi bon lui expliquer à quoi j'aspire? Il s'en moque. Je lui ai fait lire ma composition *La dame qui donna la fessée au roi*. M. Carpenter s'en était montré ravi. Bon texte scolaire..., a dit Dean, avec le sourire que je n'aime pas, celui qui a trop de Priest dedans. Ça m'a démolie. Ça disait tellement: Tu barbouilles agréablement, ma petite chérie, tu as un joli talent, mais je te rendrais un mauvais service en te laissant croire qu'il y a de l'avenir pour toi, là-dedans.

«Si c'est vrai — et c'est bien possible que ça le soit, car Dean est intelligent et cultivé — je n'arriverai jamais à rien qui vaille; autant que je le sache tout de suite. Je refuse d'être «une barbouilleuse de papier».

«Avec Teddy, c'est différent.

«Ce soir-là, il débordait de joie. J'en débordai autant que lui, après qu'il m'eut conté ses nouvelles. Deux de ses toiles ont été exposées à Charlottetown, en septembre, et M. Lewes de Montréal lui a offert cinquante dollars pour chacune d'elles. Ça paiera sa pension à Shrewsbury pour l'hiver, et ça rendra la vie plus facile à sa mère. Cette dernière ne s'est pourtant pas réjouie, quand il le lui a appris. Elle a dit:

— Ah bon, tu ne dépendras plus de moi, maintenant.

«Et elle a pleuré. Teddy en a été blessé. Cette idée ne lui était jamais venue.

«Pauvre Mme Kent! Elle a dressé une barrière entre le monde et elle. Je ne suis pas retournée au Trécarré de longtemps. Une fois, en été, j'y ai accompagné tante Laura qui avait entendu dire que Mme Kent était malade. Elle nous a reçues debout et a parlé à tante Laura, mais ne m'a pas adressé la parole. Elle m'a seulement regardée une fois ou deux, un feu dévorant dans les yeux. Mais quand nous nous sommes retournées pour partir, elle s'est adressée à moi.

— Tu as grandi, m'a-t-elle dit. Tu seras bientôt femme. Et prête à voler le fils d'une autre femme.

«Pendant que nous marchions vers la maison, tante Laura a dit que Mme Kent avait toujours été étrange, mais que ça allait en empirant. «Il y a des gens qui pensent qu'elle perd l'esprit», a-t-elle soupiré.

— Je ne crois pas qu'elle ait perdu l'esprit, ai-je répondu. C'est plutôt son âme qui est malade.

— Émilie, chérie, c'est affreux, ce que tu viens de dire, s'est exclamée tante Laura.

— Si les corps et les esprits peuvent être malades, pourquoi est-ce que les âmes ne le seraient pas, elles aussi? Mme Kent a souffert d'une terrible blessure à l'âme, à un moment de sa vie, et cette blessure ne s'est jamais refermée. J'aimerais qu'elle ne me déteste pas. Ça me fait mal que la mère de Teddy me haïsse. Je n'y comprends rien. Dean est pour moi un ami aussi cher que Teddy, et pourtant, ça me serait bien égal que le clan entier des Priest me déteste.»

«**19 octobre, 19-**

«Ilse et sept autres aspirants ont été sacrés *Couettes et Chouettes*, nous en avons été prévenues, lundi. Moi, j'ai été blackboulée*.

«Evelyn Blake y a pourvu. Personne d'autre qu'elle n'aurait pu faire ça. Ilse était furieuse. Elle a déchiré en mille morceaux le mot qui la prévenait et les a retournés à la secrétaire en répudiant les *Couettes et Chouettes* et tout ce que l'association représente.

«J'ai croisé Evelyn dans le vestiaire, aujourd'hui, et elle s'est hâtée de m'assurer qu'elle avait voté pour Ilse et pour moi.

— Est-ce que quelqu'un t'a accusée du contraire? ai-je demandé.

— Oui, a répliqué Evelyn, avec humeur. Ilse. Elle s'est montrée très désagréable avec moi. Veux-tu savoir qui, d'après moi, a mis la bille noire?

* Blackbouler: Rejeter par un vote en mettant dans l'urne une boule noire. Évincer.

172

«J'ai regardé Evelyn droit dans les yeux.

— Pas nécessaire, ai-je dit, je *sais* qui l'y a mise.

«Sur ce, je l'ai plantée là.

«La plupart des *Couettes et Chouettes* sont mécontentes de cette affaire, surtout les *Couettes*. Une ou deux *Chouettes* ont laissé entendre, à ce qu'on m'a dit, que ces prétentieux de Murray ne l'ont pas volé. Pour compléter le bouquet, plusieurs des aspirants qui n'ont pas été élus me manifestent leur satisfaction méchante ou leur odieuse sympathie.

«Tante Ruth a été informée, aujourd'hui. Les pourquoi et les comment ont recommencé de plus belle.»


**«La Nouvelle Lune, 5 novembre, 19-**

«Tante Laura et moi avons passé l'après-midi à disposer, selon la tradition, les cornichons dans des pots de verre. Elle, enseignant, moi, apprenant. Nous avons mariné un baril complet de cornichons, et quand tante Élisabeth est venue voir notre œuvre, elle a admis qu'elle ne pouvait distinguer lesquels étaient les pots de tante Laura et lesquels étaient les miens.

«J'ai passé une charmante soirée, seule au jardin. C'était magnifique, cette beauté mystérieuse d'un soir de novembre. Au crépuscule, une folle petite averse de neige a, en le saupoudrant de blanc, balayé la tristesse de ce paysage aux fleurs gelées. Une grosse lune rousse a transformé les prés en un univers de merveilles. La vieille maison était coiffée de givre. Ses fenêtres illuminées brillaient comme des bijoux: une vraie carte de Noël. Une fumée s'élevait au-dessus de la cuisine. Une bonne odeur de feuilles brûlées émanait des feux de cousin Jimmy qui couvaient sous la cendre dans le chemin creux. Mes chats étaient là, en parfaite harmonie avec l'heure.

«L'air que je respire autour du cadran solaire me rend toujours un peu ivre. Et plus lucide. Comment avais-je pu m'attrister de ce qu'on ne m'ait pas élue *Chouette*? Qu'est-ce que c'est qu'une chouette, quand on se sent comme un aiglon qui plane près du soleil?

«Le monde était là devant moi, à découvrir, à apprivoiser. L'avenir m'appartenait. Et le passé aussi. Toutes les amours et toutes les vies de la vieille maison, je les portais en moi. Je les continuerais, je les rendrais immortelles.

«Dean est arrivé à ce moment-là. Je ne l'avais pas entendu venir.

— Tu souris, a-t-il dit. J'aime voir une femme sourire toute seule à ses propres pensées. Cette journée a-t-elle été bonne pour toi, chère dame?

— Très bonne. Et elle m'offre, ce soir, son plus beau cadeau. Je suis heureuse, Dean, parce que je suis vivante, sûre de moi et de mon avenir.

— Tu ressemblais à une voyante scrutant l'avenir, quand je me suis avancé vers toi, le long de l'allée, a fait Dean. Tu te tenais toute blanche et recueillie dans le clair de lune, ta peau pareille à un pétale de narcisse.

«J'aime les compliments que Dean me fait. Ils sont si différents des banalités habituelles. Et j'aime qu'on dise de moi que je suis une femme.

«Nous nous sommes assis sur le banc de pierre et en avons longuement causé. Dean ne part pas, cet hiver. J'en suis heureuse. Il me manquerait, s'il s'en allait. Sans nos discussions de toutes les quinzaines, la vie me semblerait fade. Pourtant, il sait aussi, par moments, être silencieux avec éloquence. Ainsi, ce soir, dans le demi-jour du vieux jardin, nous avons *entendu*, sans échanger de paroles, les pensées de l'autre. Puis, il m'a conté les vieux pays et les bazars de l'Orient, Il m'a ensuite interrogée sur moi-même, mes études, mes allées et venues. Ce qui ne m'a pas déplu.

— Qu'est-ce que tu lis, ces jours-ci? a-t-il demandé.

— Après en avoir fini avec les cornichons, cet après-midi, j'ai lu des poèmes de Mme Browning. Nous l'étudions, cette année, dans nos cours d'anglais. Le poème que je préfère, c'est *La dame du rosaire brun*, mais je me sens beaucoup plus en sympathie avec *Onora* que Mme Browning ne l'était.

— Ça se comprend. Tu es tellement pétrie d'émotions que tu troquerais n'importe quoi en échange contre l'amour, comme *Onora* l'a fait.

— Je ne veux pas aimer. Jamais. Aimer, c'est devenir esclave.

«Au moment même où je l'affirmais, j'ai eu honte de l'avoir dit. Je voulais paraître brillante, c'est tout. Je ne crois pas vraiment qu'aimer soit un esclavage, pas chez les Murray, en tout cas. Mais Dean m'a prise au sérieux.

— On est toujours l'esclave de quelque chose, dans notre drôle de monde. Personne n'est libre. Peut-être qu'après tout l'amour reste le maître le plus facile à suivre; plus facile que la haine ou que l'ambition. En passant, dis-moi comment tu t'en tires avec le dialogue amoureux, dans tes romans.

— Je n'écris plus de romans, maintenant. Quand je recommencerai, je vous en parlerai. Vous m'avez promis que vous m'aideriez.

— Je l'ai dit pour te taquiner.

«Il est devenu soudain très grave.

— Es-tu prête à apprendre? a-t-il dit, en se penchant vers moi.

«Un fol instant, j'ai cru qu'il allait m'embrasser. J'ai reculé et j'ai rougi. J'avais pensé à Teddy. Ne sachant que dire, j'ai enfoui ma figure dans la fourrure de Jonquille et j'ai écouté son ronron. Fort opportunément, tante Élisabeth est apparue à la porte d'entrée pour demander si j'avais mes caoutchoucs. Je ne les avais pas. Je suis entrée et Dean est retourné chez lui. Je l'ai regardé aller, de ma fenêtre, boitillant le long du chemin. Il semblait si seul! J'en ai été terriblement triste pour lui. Quand je suis avec lui, il est un si charmant compagnon et nous avons tellement de plaisir que j'oublie qu'il y a une autre facette à sa vie. Je n'en comble qu'un très petit coin. Comment est le reste? Vide, sans doute.»

«**14 novembre, 19-**

«Nouveau scandale à propos d'Émilie de la Nouvelle Lune et d'Isle de Blair Water. J'émerge de peine et misère d'une difficile confrontation avec tante Ruth. Il me faut tout raconter pour me laver de mon amertume. Tempête dans un verre d'eau, à propos de rien du tout. Ilse et moi n'avons vraiment pas de chance.

«Jeudi dernier, j'ai passé la soirée avec Ilse, à étudier la littérature anglaise. Nous avons fait du bon boulot et je suis repartie pour chez moi à neuf heures. Ilse m'a raccompagnée jusqu'à la barrière. C'était une douce nuit piquée d'étoiles. La nouvelle maison de pension d'Isle est la dernière de la rue

Cardigan. Derrière elle, le chemin tourne par-dessus le petit pont de la crique et entre dans le parc. Nous apercevions celui-ci, vague et attirant, dans la lumière stellaire.

— Allons nous y promener, a proposé Ilse.

«Nous y sommes allées, bien sûr. J'aurais dû rentrer directement à la maison et me coucher dans mon lit, comme toute bonne tuberculeuse en puissance aurait fait, mais je venais de terminer mon traitement d'automne à l'huile de foie de morue et j'ai pensé que je pouvais, pour une fois, défier l'air nocturne. Ce fut délicieux. Au-delà du port, tout était calme et tranquille. Nous avons gravi la sente en nous glissant jusqu'au plateau entre les conifères au parfum épicé.

«La nuit nous rapprochant l'une de l'autre, nous nous sommes tout dit. Je m'en suis repentie le lendemain, même si je sais qu'Ilse est une confidente discrète même au plus fort de ses colères, mais ce n'est vraiment pas dans la tradition des Murray de se vider le cœur. La nuit agit sur les êtres de si bizarre façon! Nous avons eu beaucoup de plaisir. Ilse est une amie si exceptionnelle!

«En arrivant au pont, nous avons rencontré Teddy et Perry qui arrivaient du chemin de l'Ouest où ils avaient fait leur promenade de santé. Ilse et Perry n'étant pas, par extraordinaire, à couteaux tirés, nous avons traversé le pont ensemble, chacun rentrant chez soi par son propre chemin. À dix heures, j'étais au lit et endormie.

«Quelqu'un nous avait vus. Le lendemain, toute l'école le savait; le surlendemain, la ville aussi. À entendre la rumeur, Ilse et moi avions rôdé dans le parc avec Teddy Kent et Perry Miller jusqu'à minuit, ce soir-là. L'ayant appris, tante Ruth me fit comparaître à son tribunal et je lui contai toute l'histoire que, bien sûr, elle n'a pas crue.

— Je suis rentrée quinze minutes avant dix heures, jeudi soir dernier, tante Ruth, vous le savez, ai-je dit.

— Admettons qu'il y ait eu exagération, a-t-elle dit. Pourtant, quelque chose a dû étayer cette rumeur. Il n'y a jamais de fumée sans feu. Émilie, tu marches sur les traces de ta mère.

— Ma mère est morte. Laissons-la hors de cette histoire. Ce qui m'importe, tante Ruth, c'est de savoir si vous me croyez ou non.

— Les gens parlent de toi, bougonna-t-elle, et je n'aime pas cela. Pas étonnant, quand on a pour amis Ilse Burnley et la lie de l'humanité nommée Perry Miller. Andrew t'a proposé de t'emmener en promenade au parc, vendredi dernier, je l'ai entendu, et tu as refusé. C'était peut-être trop convenable à ton goût?

— Exactement, ai-je dit. C'est pour ça que j'ai refusé. Quel plaisir trouve-t-on à faire ce qui est convenable?

— L'impertinence, mademoiselle, n'a rien de commun avec l'esprit, rétorqua tante Ruth.

— Je n'avais pas l'intention d'être impertinente, me suis-je défendue.

«Ça m'ennuie qu'on me lance constamment Andrew à la figure. Il est en train de devenir un problème pour moi. Dean s'en amuse: il sait, comme moi, d'où souffle le vent, et me taquine sans cesse sur mon pâtre aux boucles rousses: Un pâtre, c'est bientôt l'âtre, dit-il en se moquant. Ça rime.

«Peut-être, mais il n'y a pas de quoi en faire un poème. Le pauvre cher Andrew est pétri de la prose la plus indigeste qui soit. Il ne me déplairait pas, si le clan tout entier des Murray n'avait des vues sur lui pour moi. On veut me fiancer avant que je n'aie l'âge de me faire enlever. Et qui serait plus rassurant qu'Andrew?

«C'est bien vrai que nul n'est libre sur cette terre, sauf pour de trop courts instants... quand le déclic se produit, par exemple, ou quand, comme durant ma nuit sur la meule de foin, l'âme glisse dans l'éternité. Le reste du temps, nous sommes esclaves: des traditions, des conventions, des ambitions, des relations. Ce soir, j'ai l'impression que la dernière de ces servitudes est la pire qui soit.»

### «La Nouvelle Lune, 3 décembre, 19-

«Je suis chez moi, dans ma chère chambre, avec, par la grâce de tante Élisabeth, un feu dans mon foyer. J'ai regardé tomber la neige jusqu'à ce qu'il fasse noir. Je ne me sens jamais chez moi, dans ma chambre de chez tante Ruth, mais dès que j'arrive *ici*, j'entre dans mon royaume.

«Le livre que je lis, ce soir, est magnifique: son thème, ses intrigues, la profonde connaissance qu'a l'auteur des mobiles humains m'éblouissent. J'y puise de l'humilité, ce qui est bon pour moi. Je me dis: Malheureuse, comment as-tu pu croire que toi, *tu* pourrais écrire? Cette illusion t'étant retirée, vois-toi dans toute ta médiocrité! C'est un choc, mais je m'en remettrai et je poursuivrai allègrement ma production d'esquisses et de poèmes. Dans un an et demi, ma promesse à tante Élisabeth connaîtra son échéance, et je pourrai de nouveau écrire des romans. En attendant, patience, Émilie! Certains jours, je piaffe d'impatience. Pas ce soir. Ce soir, je me sens aussi satisfaite qu'un chat sur un tapis. Un peu plus et je ronronnerais.»

**«9 décembre, 19-**

«C'était, ce soir, le soir d'Andrew. Il est arrivé, tout pimpant. Il me plaît assez qu'un garçon soit bien mis, mais Andrew exagère. On dirait toujours qu'il vient d'être empesé et repassé de frais et qu'il a peur que cette perfection ne craque, s'il bouge ou s'il rit. À vrai dire, je ne l'ai jamais entendu rire de bon cœur, rire aux éclats. Et je *sais* qu'il n'a jamais été, dans son enfance, un pirate, comme tout le monde, en quête d'un trésor. Reste qu'il est un bon garçon, raisonnable et rangé, que ses ongles sont toujours propres et que le gérant de sa banque en pense le plus grand bien. Je ne mérite pas un tel cousin.»

**«5 janvier, 19-**

«Les Fêtes sont finies. J'ai passé deux magnifiques semaines dans ma vieille Nouvelle Lune encapuchonnée de blanc. La veille de Noël, *cinq* de mes envois ont été acceptés. J'en suis presque devenue folle. Trois l'ont été par des magazines qui paient en abonnements, mais les autres étaient accompagnés de chèques: deux dollars pour un poème, dix dollars pour *Sable du temps*, la première de mes nouvelles qui ait jamais été acceptée. Tante Élisabeth a regardé les chèques, l'air étonné.

— Tu crois que la banque va te les échanger contre de l'argent sonnant?

«Cousin Jimmy les a apportés à Shrewsbury et encaissés, et c'est à peine si elle le croyait.

«Cet argent couvrira mes dépenses à Shrewsbury. Mais quel plaisir j'ai eu à imaginer comment je l'aurais dépensé, autrement!

«Perry participera, en février, à un débat entre les élèves de notre école et ceux de l'académie Queen's. C'est un grand honneur. Ce débat est tout un événement, et Queen's a remporté la palme les trois dernières années. Ilse fait répéter Perry pour l'élocution et se dévoue sans compter pour lui éviter de dire «déviloppement», quand il parle de «développement». C'est bien aimable à elle, car elle ne l'aime vraiment pas. J'espère que Shrewsbury va gagner.

«J'ai lu un roman, ce soir. Avec une fin malheureuse. J'ai broyé du noir jusqu'à ce que je lui aie inventé une fin heureuse. Je vais toujours terminer *mes* histoires sur une note gaie. Peu m'importe que ce soit «comme dans la vie» ou pas. C'est comme dans la vie qui devrait être, et c'est mieux ainsi.»


**«21 janvier, 19-**

«Le débat entre l'école secondaire de Shrewsbury et l'académie Queen's a eu lieu vendredi dernier. Les gars de Queen's sont arrivés ici en conquérants et en sont repartis quelque peu défrisés. C'est Perry qui a emporté le morceau. Il a été éblouissant. Tante Ruth elle-même a dû en convenir. Quand tout a été terminé, Perry a couru vers Ilse et moi, le long du corridor.

— Et puis, Émilie, s'est-il exclamé, est-ce que je n'ai pas été formidable? Je connaissais mes possibilités, mais j'avais peur de manquer mon coup. Quand je me suis levé, j'ai eu un trac fou, mais je t'ai vue, qui me regardais, et c'était comme si tu me disais: Vas-y, Perry, t'es capable, et je me suis lancé à corps perdu dans mon discours. C'est *toi* qui a gagné ce débat, Émilie.

«Me dire ça, à moi, devant Ilse qui avait travaillé avec lui pendant des jours pour le préparer! Pas un mot d'hommage pour *elle*, tout pour moi, qui n'avais rien fait, sauf manifester de l'intérêt.

— Perry, tu es un ingrat de la pire espèce, ai-je dit.

«Et je l'ai planté là, figé d'étonnement. Ilse était si furieuse qu'elle en a pleuré, et cet idiot de Perry n'y comprend rien.

— Qu'est-ce qu'elle a donc à bouder? a-t-il dit. Je l'ai remerciée de sa participation à notre dernière pratique.

«Stovepipe Town n'est pas plus futé qu'il ne faut.»

«**2 février, 19-**

«Hier soir, Mme Rogers nous a invitées, tante Ruth et moi, à souper chez elle pour y rencontrer sa sœur et son beau-frère, M. et Mme Herbert. Tante Ruth s'était fait une beauté pour l'occasion et portait sa robe de velours brun qui empeste la naphtaline et sa grosse broche ovale contenant les cheveux d'oncle Dutton. Moi, j'ai mis ma robe rose et mon collier de la princesse Mena et je me suis rendue à l'invitation, frémissante d'impatience, car M. Herbert fait partie du Cabinet fédéral et fréquente les grands de ce monde. Quel homme impressionnant! Sous ses cheveux d'argent, ses yeux semblent capables de scruter le secret des consciences. La vie a buriné ses traits. Il est né chef, ça se sent.

«Mme Rogers m'a fait asseoir près de lui, au souper. Comme je craignais de dire des sottises, je suis restée silencieuse et j'ai écouté, fascinée. Mme Rogers m'a dit, aujourd'hui, que M. Herbert lui a déclaré, après notre départ, combien ça avait été agréable de converser avec moi.

«Comme quoi même les chefs d'État ne sont pas à l'abri de... non, trêve de cynisme. Il s'est montré magnifique, plein de sagesse et d'esprit. Pour moi, c'était une belle aventure que cette rencontre avec un bâtisseur d'empires.

Perry s'est rendu à la gare, aujourd'hui, pour voir de loin M. Herbert. Il prétend qu'il aura un jour cette envergure. Je ne le crois pas. Perry ira loin, j'en suis certaine, mais ne sera jamais qu'un politicien auquel tout réussit, et non un chef d'État. Ilse m'a envoyée promener, quand j'ai dit ça.

— Je déteste ce garçon, a-t-elle fulminé, mais ce qui me met encore plus en rogne, c'est le snobisme. Tu es une *snob*, Émilie Starr. Parce qu'il est né à Stovepipe Town, tu crois que Perry ne deviendra jamais un grand homme. Alors que, s'il était né à la Nouvelle Lune, tu ne verrais pas de limites à ses ambitions. Bon sang de bon sang!

«Selon moi, Ilse était dans les patates. J'ai redressé la tête avec hauteur.

— Après tout, ai-je déclaré, il y a une différence entre la Nouvelle Lune et Stovepipe Town.»

180

# XVII

## «Un baiser, à tout prendre, qu'est-ce?»

Il était dix heures trente quand Émilie se rendit compte, en soupirant, qu'il était l'heure pour elle d'aller au lit. Rentrée à neuf heures trente de la soirée de couture chez Alice Kennedy, elle avait obtenu de sa tante la permission de veiller une heure de plus pour étudier. C'est avec réticence que sa tante avait consenti et qu'elle s'en était allée vers sa chambre, après moult recommandations au sujet des bougies et des allumettes. Émilie avait sagement étudié pendant les quarante-cinq premières minutes et écrit un poème pendant les quinze autres. Ce poème, il brûlait d'être complété, mais Émilie avait repoussé fermement ses notes de la main.

Elle s'était alors souvenue qu'elle avait laissé son calepin-Jimmy au fond de son sac d'école, dans la salle à manger. La tante Ruth descendrait avant elle, le lendemain matin, et procéderait inévitablement à l'inventaire du sac. Elle trouverait le calepin et le lirait. Ça ne pouvait pas aller. Il y avait, dans ce calepin, des choses qu'il valait mieux que la tante Ruth ignore. Il ne restait qu'une solution: se faufiler en bas et récupérer le sac.

Émilie entrebâilla sa porte lentement et descendit sur la pointe des pieds, malade d'angoisse à chaque craquement des marches. La tante Ruth couchait au bout du hall et ne pouvait manquer de les entendre. Non, pourtant. Émilie gagna la salle à manger sans anicroches, récupéra son sac et se préparait à s'en retourner quand son regard se porta sur le manteau de la cheminée. Il y avait là, appuyée contre la pendule, une lettre pour elle, arrivée, sans nul doute, par le courrier du soir, une belle lettre mince portant dans son coin gauche l'adresse d'un magazine.

Émilie posa sa bougie sur la table, déchira l'enveloppe, trouva le billet d'acceptation d'un poème et un chèque de trois dollars. Les billets d'acceptation accompagnés d'un chèque étaient si rares dans sa vie qu'ils la rendaient un peu maboule. Elle oublia la tante Ruth. Elle oublia qu'il serait bientôt onze heures et resta là, ravie, à lire et à relire la note de l'éditeur: «Votre charmant poème»... «Nous aimerions lire autre chose de vous.»

Émilie sursauta. Est-ce qu'on n'avait pas frappé à la porte? Non. À la fenêtre? Si. L'instant d'après, elle s'aperçut que Perry, debout sur la véranda, lui souriait par la fenêtre.

Elle s'y précipita d'un élan, sans réfléchir, grisée par son succès. Faisant glisser le loqueteau, elle souleva la fenêtre. Elle savait que Perry venait de chez le docteur Hardy, honneur marquant dont peu d'étudiants étaient jugés dignes, et elle mourait d'envie de savoir comment il s'en était tiré, lui dont les manières laissaient tant à désirer.

Il se percha sur l'appui de la fenêtre, et Émilie s'assit dans l'angle du canapé. «Pour une minute, seulement», se dit-elle.

— J'ai vu une lumière, en passant, fit Perry. Et j'ai pensé que, peut-être, c'était toi. Je voulais te conter ma soirée. Tu avais raison, Émilie: les manières, ça s'acquiert.

— Comment t'en es-tu tiré? s'enquit-elle, tendue. (Les manières, c'est à la Nouvelle Lune, que Perry les avait acquises, après tout.)

— Navrant! dit Perry avec un sourire. J'ai perdu beaucoup de plumes.

— Tu en avais à revendre, fit Émilie, froidement.

Perry haussa les épaules.

— Je te raconterai tout, si tu promets de n'en rien dire à Ilse ou à Teddy. Ils se moqueraient de moi. Je suis allé rue

Queen à l'heure dite, en tenant compte de ce que tu m'avais dit des chaussures, de la cravate, des ongles et du mouchoir. Tu aurais été fière de moi. C'est quand je suis arrivé que mes problèmes ont commencé. La maison était si fabuleuse que je me suis senti bizarre. J'ai tiré sur la sonnette : elle s'est coincée, évidemment, et elle a continué de sonner comme prise de folie. Je me disais : «Ils vont penser que je vais sonner jusqu'à ce qu'ils répondent», et ça m'a déboussolé. La bonne m'a déboussolé encore plus. Est-ce que je devais ou non lui serrer la main?

— Oh, Perry!

— Je ne l'ai pas fait. Oublie pas que j'avais jamais rencontré des bonnes de ce genre-là : avec bonnet et petit tablier. Je me sentais moins que rien devant ses grands tralalas.

— Tu lui as serré la main, ou pas?

— Pas.

Émilie laissa échapper un soupir de soulagement.

— Elle m'a ouvert la porte et je suis entré. Qu'est-ce qu'il fallait faire, ensuite? Je serais resté là, à planter mes racines, si le docteur Hardy lui-même n'était venu me chercher. Il m'a montré où mettre mon chapeau puis m'a emmené dans le salon pour me présenter à sa femme. Le parquet était lisse comme de la glace. Comme j'y posais le pied, il s'est dérobé sous moi et j'ai glissé d'un bout à l'autre de la pièce, droit sur Mme Hardy.

Émilie n'avait plus le cœur à rire.

— Oh, Perry!

— Sainte misère, Émilie, c'était pas ma faute. Tous les livres d'étiquette du monde n'auraient pas pu prévoir ça. Je me suis senti ridicule, c'est évident, mais je me suis relevé et j'ai ri. Personne ne m'a imité. Mme Hardy était douce comme de la cire : «Vous ne vous êtes pas blessé, j'espère?» — et le docteur Hardy a déclaré qu'il avait trébuché de la même manière plus d'une fois, après qu'ils eurent échangé leurs bons vieux tapis pour des parquets de bois et des carpettes. J'osais à peine bouger. Alors, je me suis assis dans le fauteuil le plus rapproché. Il y avait un chien dessus, le pékinois de Mme Hardy. Je ne l'ai pas tué. Des deux, c'est moi qui ai eu le plus peur. Le temps que je m'incruste dans un autre fauteuil, j'étais baigné de sueur — pardon, de transpiration. D'autres invités sont arrivés et ça m'a sorti du pétrin et permis de me réorienter. J'avais dix paires de mains et de pieds. Et mes bottines étaient trop grandes, trop grossières. Puis, je me suis retrouvé, les mains aux poches, en train de *siffloter*.

— Oh, Perry! commença Émilie, qui s'interrompit en pensant: à quoi bon?

— Ce n'était pas indiqué, je le savais, alors j'ai arrêté et, pour ne pas me ronger les ongles, j'ai glissé mes mains sous mes fesses, jusqu'à ce qu'on passe à table. Une grosse vieille dame est entrée en se dandinant. Tous les gars se sont levés. Je suis resté assis, ne voyant pas la nécessité: il y avait plein de fauteuils aux alentours. J'aurais dû?

— Bien sûr, soupira Émilie, découragée. Tu ne te souviens pas comme Ilse t'asticotait au sujet de l'étiquette?

— Ilse me prend à partie à propos de tout et de rien. Chose certaine, c'est que je n'oublierai plus jamais les règles d'étiquette. Il y avait là trois ou quatre gars: le nouveau professeur de français et des banquiers et leurs dames. J'ai gagné la salle à manger sans m'*enfarger* et je me suis assis entre Mlle Hardy et la vieille dame dont je t'ai parlé. C'est en regardant la table que j'ai su, Émilie, ce que c'était que d'avoir peur. Vous avez de la classe, à la Nouvelle Lune, quand vous recevez des invités, mais j'ai jamais rien vu de comparable à cette table-là. Il y avait assez de fourchettes et de cuillers à chaque place pour une année. Il y avait un petit pain dans le pli de ma serviette. Il est tombé et s'est mis à patiner sur le plancher. J'avais jamais rougi comme ça. Est-ce que je devais me lever et le ramasser ou le laisser là? La servante m'en a apporté un autre. J'ai pris la mauvaise cuiller pour manger ma soupe, mais je me suis souvenu que ta tante Laura disait qu'il fallait y aller mollo et pas faire de bruit. Je m'en suis bien tiré pour les premières cuillerées, puis, pris par la conversation, j'ai avalé le reste d'une goulée.

— As-tu penché ton assiette pour prendre la dernière cuillerée? interrogea Émilie, au bord du désespoir.

— Non, j'allais le faire, mais je me suis souvenu qu'il fallait pas. Ça m'a fendu le cœur de la laisser là. C'était de la bien bonne soupe, et j'avais faim. La vieille douairière l'a lapée, elle.

Ensuite, je m'en suis plutôt bien tiré avec la viande et les légumes, sauf que... j'ai tassé un chargement sur ma fourchette et, juste au moment où je le soulevais, j'ai vu Mme Hardy me regarder et je me suis rappelé que je n'aurais pas dû en mettre autant. J'ai eu un sursaut, et tout a dégringolé sur ma serviette. Ne sachant pas si l'étiquette voulait que je ramasse le tout pour le remettre dans mon assiette, je l'ai laissé là. Le pouding était bon, mais je l'ai mangé avec ma cuiller à soupe, alors que tous les autres ont pris leur fourchette. Mangez-vous toujours le pouding avec une cuiller, à la Nouvelle Lune?

— Pourquoi est-ce que tu n'as pas regardé ce que les autres faisaient, pour les imiter?

— J'étais trop intimidé. Mais je vais te dire une chose: malgré leurs tralalas, la bouffe était pas meilleure qu'à la Nouvelle Lune. La cuisine de ta tante Élisabeth vaut mille fois celle des Hardy, et ses portions sont plus généreuses. On est revenus au salon et ça s'est pas trop mal passé pour moi. La seule affaire pas correcte, c'est que j'ai renversé une étagère à livres.

— Perry!

— Une malchance. Je m'y suis appuyé pour parler à M. Hardy et le sacré truc déjà branlant a foutu le camp par terre. Ça m'a fait du bien de le redresser et d'y remettre les livres, et j'ai cessé d'être muet comme une carpe. Seulement, autre problème, des mots d'argot m'ont échappé sans que je puisse les rattraper. J'aurais dû suivre tes conseils. À un moment donné, la grosse vieille dame a été d'accord avec moi pour quelque chose que j'avais dit. J'ai été si content que je lui ai lancé un: «Tu parles, mon vieux!» qui l'a estomaquée. Après, j'ai fait le fanfaron. Tu trouves que je suis porté à me vanter, hein?

Perry ne s'était jamais posé la question.

— Oui, rétorqua Émilie sans détour. Et ce n'est pas ce que tu fais de mieux.

— Ça m'a frappé. J'ai encore beaucoup à apprendre. Je vais m'acheter un manuel d'étiquette. Je ne veux plus vivre d'autres épreuves comme celles de ce soir. La fin a été agréable, pourtant. Jim Hardy m'a emmené dans son fumoir. On a joué aux échecs et je l'ai battu à plates coutures. Mes manières aux échecs sont parfaites, tu peux m'en croire. Et Mme Hardy m'a dit que mon discours, aux débats, était ce qu'elle a entendu de mieux de longtemps. Elle voulait savoir vers quoi je m'orientais. C'est une fameuse petite dame, qui connaît les mondanités sur le bout de ses doigts. C'est un peu pour ça que je veux qu'on se marie, toi et moi, le temps venu. J'ai besoin d'une femme intelligente.

— Tu dis des bêtises, Perry, fit Émilie, l'air altier.

— C'est pas des bêtises. Je veux régler la question une fois pour toutes. Cesse de me regarder du haut de ta grandeur. Un jour, tu verras, Perry Miller sera un parti très désirable, même pour une Murray. Alors, décide-toi.

Émilie se leva, dédaigneuse. Elle rêvait à l'amour, comme toutes les filles de son âge, mais Perry n'avait pas part à ces rêves.

— Je ne suis pas une Murray, dit-elle, et je vais me coucher. Bien le bonsoir.

— Eh, pas si vite! fit Perry, avec un sourire. Quand l'horloge sonnera onze coups, je vais t'embrasser.

Émilie n'en crut pas un mot. Perry? L'embrasser? Allons donc! Il était si peu porté sur les sentiments! Elle aurait dû savoir, pourtant, qu'il tenait toujours parole. Elle s'attarda à poser une autre question sur le repas chez les Hardy, et le premier coup de onze heures sonna à l'horloge. Enjambant l'appui de la fenêtre, Perry entra dans la pièce et s'exécuta, mais son baiser énergique — qui lui ressemblait — se posa sur l'oreille d'Émilie plutôt que sur sa joue, qu'elle avait détournée à la dernière seconde.

Au moment où Perry l'embrassait, avant même qu'elle pût s'en indigner, deux choses s'étaient produites. Un coup de vent avait soufflé la bougie, et la tante Ruth était apparue dans l'entrée de la salle à manger, vêtue d'une chemise de nuit de flanellette et portant une autre bougie dont la flamme éclairait, macabre, le visage hostile auréolé de bigoudis.

Émilie et Perry semblèrent changés en pierre. La tante Ruth aussi, qui avait cru Émilie en train d'écrire, comme c'était arrivé, déjà.

— Qu'est-ce que tu fais ici? demanda-t-elle à Perry?

Pris au dépourvu, il fit front.

— Je cherche la quadrature du cercle, fit-il, l'air polisson.

L'insolence de Perry envenima les choses. Se tournant vers Émilie, la tante Ruth s'enquit:

— Toi, peut-être pourrais-tu m'expliquer ce que tu fais ici, à cette heure indue, à embrasser ce garçon dans le noir?

Émilie tressaillit comme si sa tante l'avait giflée. En fait, oui, les apparences donnaient raison à sa tante, mais *elle* savait ce qui en était. Relevant la tête, elle dit, mordante:

— Je n'ai pas de réponse à vous donner, tante Ruth.

— Je n'en attendais pas.

La tante Ruth eut un ricanement où se décelait une note de triomphe. Après tout, ses soupçons ne se trouvaient-ils pas justifiés?

— Tu auras quand même la bonté de répondre à certaines questions. Comment ce garçon est-il entré ici?

— Par la fenêtre, dit Perry, en prenant la relève.

— Ce n'est pas à *vous*, Monsieur, que je m'adressais. Partez sur-le-champ, ordonna la tante Ruth, en indiquant la fenêtre d'un doigt mélodramatique.

— Je ne quitterai pas cette pièce sans savoir ce que vous allez faire à Émilie.

— Je ne ferai rien à Émilie, dit la tante Ruth, comme s'il ne s'était rien passé.

— Madame Dutton, soyez gentille, la cajola Perry, tout ceci est de ma faute. Émilie n'est pas à blâmer. Vous voyez, j'ai...

Son intervention venait trop tard.

— J'ai demandé une explication à ma nièce, et elle n'a pas jugé bon de me la donner. Je n'ai pas l'intention d'écouter la vôtre.

— Mais... persista Perry.

— Va-t'en, Perry, ça vaudrait mieux, ordonna Émilie.

Elle parlait posément, mais le commandement était définitif. Perry se précipita docilement hors de la pièce et se perdit dans la nuit.

La tante Ruth ferma la fenêtre, puis, ignorant complètement Émilie, elle propulsa vers l'étage sa silhouette dodue enrobée de flanellette rose.

Émilie ne dormit pas beaucoup, cette nuit-là. Sa bouffée de colère dissipée, elle connut le désarroi. Pourquoi avait-elle refusé une explication à sa tante? C'était idiot. Cette dernière avait le droit de savoir ce qui se passait sous son toit, même si sa façon de s'en enquérir était désagréable et si elle ne donnait à personne le bénéfice du doute.

Émilie était certaine qu'on la renverrait en disgrâce à la Nouvelle Lune. La tante Ruth refuserait de garder plus longtemps une telle fille sous son toit, la tante Élisabeth serait d'accord, et la tante Laura aurait le cœur brisé. La loyauté du cousin Jimmy résisterait-elle à de tels assauts?

# XVIII

## Preuves indirectes

À la table du déjeuner, le lendemain, la tante Ruth garda un silence glacial, mais n'en souriait pas moins, par devers elle, en tartinant son pain. Elle passa la marmelade à sa nièce avec une politesse assassine qui disait: «Je te chasse de ma maison, mais je connais les usages: si tu pars sans manger, c'est à toi seule qu'il faudra t'en prendre.»

Après le déjeuner, la tante Ruth se rendit en ville. Émilie devina qu'elle était allée téléphoner au docteur Burnley son message pour la Nouvelle Lune. Au cœur de l'après-midi, le cousin Jimmy arriva avec la carriole à deux bancs.

— Mets ta pèlerine, ordonna la tante Ruth. Nous allons à la Nouvelle Lune.

Émilie obéit en silence. Elle s'assit sur le siège arrière, et la tante Ruth s'installa à l'avant, aux côtés du cousin Jimmy. Celui-ci regarda Émilie par-dessus le col de sa pelisse et lui dit: «Bonjour, chaton!» avec une gaîté forcée, comme s'il savait qu'il s'était passé quelque chose de sérieux à quoi il ne comprenait goutte.

Ce ne fut pas une promenade plaisante, et l'arrivée à la Nouvelle Lune ne le fut guère non plus. La tante Élisabeth avait l'air sévère, et la tante Laura, l'air inquiet.

— J'ai amené Émilie ici, déclara la tante Ruth, parce que je ne me sens pas capable, seule, de m'occuper d'elle. Je vous laisse juges de sa conduite.

«Ainsi, se dit Émilie, me voici à la barre des accusés, dans une cour de justice domestique. Mais aurai-je droit à la justice?»

Elle redressa la tête, et la couleur revint à ses pommettes.

Ils l'attendaient dans le petit salon, quand elle redescendit de sa chambre. La tante Élisabeth était assise près de la table, la tante Laura, au bord des larmes, sur le canapé. La tante Ruth se tenait debout sur le tapis, devant le feu, regardant d'un air maussade le cousin Jimmy qui, au lieu de s'en aller à l'étable comme il l'aurait dû, avait attaché le cheval à la clôture du verger et s'était assis dans un coin, déterminé comme Perry, à voir ce qui allait être fait à Émilie. Ruth était très ennuyée de cette habitude qu'avait Élisabeth d'admettre Jimmy, un demeuré, aux conseils de famille.

Émilie se plaça, debout, dos à la fenêtre, sur laquelle sa tête noire se découpait contre les rideaux cramoisis.

— Bon, lança abruptement le cousin Jimmy, finissons-en au plus sacrant. Émilie a besoin de son souper.

— Quand tu apprendras ce que *moi*, je sais sur elle, tu sauras qu'elle a besoin de bien d'autres choses que de son souper, fit Ruth Dutton, coupante.

— Je sais tout ce qu'il y a à savoir sur Émilie, rétorqua le cousin Jimmy.

— Jimmy Murray, tu es un âne, fit la tante Ruth, furieuse.

— Eh bien, on est cousins, acquiesça l'intimé, en souriant.

— Jimmy, tais-toi, ordonna Élisabeth. Ruth, nous t'écoutons.

La tante Ruth narra sa version des faits. Elle en fit une très vilaine histoire. Plus le récit progressait, plus le masque de la tante Élisabeth se durcissait et plus Émilie frissonnait. La tante Laura se mit à pleurer, et le cousin Jimmy, à siffloter.

— Il lui embrassait le *cou*, conclut la tante Ruth.

Son ton laissait entendre que c'était mille fois plus scandaleux d'embrasser le cou que les places ordinaires faites pour ça.

— C'est mon oreille qu'il a embrassée, en fait, murmura Émilie, avec un sourire qu'elle ne put réprimer et qui parut, à ses juges, désinvolte et cynique.

— Enfin, je vous le demande, fit la tante Ruth, en élevant au ciel ses mains bouffies, comment voulez-vous que je garde une telle créature plus longtemps sous mon toit?

— Je ne crois pas que nous le puissions, énonça lentement Élisabeth.

La tante Laura se mit à sangloter. Le cousin Jimmy rabattit les pieds avant de sa chaise à grand fracas.

Émilie se détourna de la fenêtre pour leur faire face.

— À mon tour d'expliquer ce qui s'est passé, tante Élisabeth.

— Nous en avons assez entendu, dit cette dernière, d'autant plus glaciale qu'elle était déçue: elle s'était attachée à sa nièce et était fière d'elle, à la manière peu démonstrative des Murray. La juger capable de dévergondage lui causait un choc, ce qui la rendait d'autant plus impitoyable.

— Non, ça ne suffit pas, déclara posément Émilie. Je ne suis plus une petite fille. Vous *devez* écouter *ma* version des faits.

Elle avait le regard-à-la-Murray, celui qu'Élisabeth connaissait et dont elle se souvenait bien.

— Tu as eu ta chance de t'expliquer hier soir, coupa la tante Ruth. Tu n'as rien dit.

— Parce que j'étais blessée que vous m'accusiez à tort, et parce que vous ne m'auriez pas crue.

— Je t'aurais crue si tu m'avais dit la vérité. Tu ne t'es pas expliquée parce que tu n'avais pas eu le temps d'inventer des excuses à ta conduite. Je vois que tu t'y es employée, depuis.

— Émilie a-t-elle jamais menti, à ta connaissance? interrogea le cousin Jimmy.

Mme Dutton ouvrit la bouche pour répondre «oui», puis la referma. Ce foutu Jimmy voudrait des exemples.

— Et, alors? persista Jimmy.

— Cesse de me faire la leçon, rétorqua la tante Ruth, en lui tournant le dos. Élisabeth, ne t'ai-je pas toujours dit que cette fille est sournoise et secrète?

— Oui, admit Élisabeth, que Ruth avait mise en garde à maintes reprises.

— Sa conduite prouve que j'avais raison.

— J'en ai peur, souffla Élisabeth Murray, ravalant son amertume.

— Alors, à toi de décider ce qu'il convient de faire, conclut Ruth, le ton triomphant.

— Pas encore, fit le cousin Jimmy, en s'interposant résolument entre les deux femmes. Vous n'avez pas donné à Émilie l'ombre d'une chance de s'expliquer. Ce n'est pas un procès juste. Laissez-lui la parole pendant dix minutes sans l'interrompre.

— C'est justice, fit Élisabeth, qu'animait l'espoir qu'Émilie fût, après tout, capable de se disculper.

— Si vous voulez, consentit Mme Dutton, de mauvaise grâce, en se laissant choir avec un bruit sourd dans le fauteuil d'Archibald Murray.

— Maitenant, Émilie, dis-nous ce qui s'est vraiment passé, fit le cousin Jimmy.

— C'est trop fort! s'exclama la tante Ruth. Voudrais-tu impliquer que *je* n'ai pas conté ce qui s'est réellement produit?

Le cousin Jimmy leva la main.

— Tu as eu ton tour. À toi, chaton.

Émilie raconta son histoire, du début à la fin. Trois de ses auditeurs furent convaincus de sa bonne foi et soulagés d'un poids énorme. La tante Ruth elle-même, au plus profond de son cœur, sut qu'Émilie avait dit la vérité, mais se refusa quand même à l'admettre.

— Très ingénieux récit, ma grand'conscience, fit-elle avec dérision.

Le cousin Jimmy se leva et traversa la pièce. Il se courba devant Ruth Dutton et glissa très près du sien son visage rose à la barbichette en pointe et aux yeux bruns naïfs sous leur mousse de boucles grises.

— Ruth Murray, dit-il, te souviens-tu de l'histoire qui courait, il y a quarante ans, sur toi et Fred Blair? T'en souviens-tu?

Ruth Dutton repoussa son fauteuil. Le cousin Jimmy la suivit.

— Te souviens-tu que tu as trempé dans un scandale bien pire que celui-ci?

Elle poussa de nouveau son fauteuil et, de nouveau, son tourmenteur la suivit.

— Personne ne te croyait, et ça t'avait démolie. Heureusement, il y avait ton père. Lui, faisait confiance à la chair de sa chair. T'en souviens-tu?

Ruth Dutton avait atteint le mur. Il ne lui restait plus qu'à se rendre.

— Oui, trop bien, concéda-t-elle.

Émilie regardait, fascinée, cette tante Ruth inconnue, aux joues marbrées de rouge. Cette dernière revivait douloureusement quelques mois très pénibles de sa jeunesse. L'année de ses dix-huit ans, elle avait été la victime innocente d'un malheureux concours de circonstances. Des bruits avait couru, mais son père avait cru à sa version des faits, et la famille l'avait appuyée. Les mauvaises langues s'étaient tues, mais d'aucuns la croyaient encore coupable, quand, d'aventure, ils se rappelaient cette vilaine histoire. C'est donc dans la foulée de ce souvenir que Ruth Dutton baissa pavillon. Mais, de mauvaise grâce.

— Jimmy, fit-elle, cinglante, va t'asseoir et laisse-moi tranquille. Je veux bien croire qu'Émilie ait dit la vérité, même si elle y a mis le temps, mais je suis certaine que ce garçon-là lui faisait la cour.

— Il m'a seulement demandée en mariage, laissa tomber Émilie.

Il y eut, dans la pièce, trois hoquets de surprise. Quand la tante Élisabeth eut retrouvé la parole, elle demanda:

— As-tu l'intention d'accepter cette proposition?

— Non. J'ai refusé une demi-douzaine de fois, déjà.

— Au moins, tu as eu ce bon sens. Stovepipe Town! Quand même!

— Stovepipe Town n'a rien à voir à ma décision. Perry Miller n'est pas mon type d'homme, c'est tout.

Était-ce bien Émilie, cette grande jeune fille expliquant ses raisons de refuser une demande en mariage et parlant des types d'homme qui lui plaisaient? Élisabeth, Laura et Ruth la regardaient, comme si elles ne l'avaient jamais vue. Un nouveau respect se lisait dans leurs yeux. Dorénavant, Émilie serait traitée en égale et il n'y aurait plus de conseils de famille pour décider de son sort.

La tante Ruth s'adressa à elle en adulte.

— T'es-tu arrêtée à penser, Émilie, que quelqu'un aurait pu passer, à cette heure de la nuit, devant ma maison et voir Perry Miller assis à cette fenêtre?

— Oui, j'y ai pensé, et je comprends votre attitude, tante Ruth. Ce que je souhaite, c'est que vous compreniez *la mienne*. J'ai été imprudente d'ouvrir la fenêtre à Perry et de lui parler. Je n'ai pas pensé aux qu'en-dira-t-on. Ensuite, le récit de ses mésaventures au souper chez le docteur Hardy m'a tellement captivée que j'ai oublié tout le reste.

— Perry Miller a soupé chez le docteur Hardy? s'étonna la tante Élisabeth.

Stovepipe, invité sur la rue Queen? Le monde à l'envers. La tante Ruth, elle, se rappela que Perry l'avait vue dans sa chemise de nuit, et en fut mortifiée. Avant, quand il n'était que le garçon de ferme de la Nouvelle Lune, ça ne comptait pas; maintenant qu'il était l'invité du docteur Hardy, quelle disgrâce pour elle!

— Oui, le docteur Hardy trouve que Perry est un orateur brillant et qu'il a de l'avenir, laissa négligemment tomber Émilie.

— Quand même, fit la tante Ruth, le ton sec, je n'aime pas que tu rôdes dans ma maison à des heures impossibles pour y écrire tes romans. Si tu avais été dans ton lit, rien de tout cela ne serait arrivé.

— Je n'écrivais pas de romans, se récria Émilie. Je n'ai pas écrit un mot de fiction depuis ma promesse à tante Élisabeth. Je vous l'ai dit, j'étais descendue récupérer mon calepin-Jimmy.

— Tu aurais pu le laisser là jusqu'au matin, persista la tante Ruth.

— Allons, voyons, s'interposa le cousin Jimmy. Laissez tomber. J'ai faim, moi. Qu'on me prépare mon souper.

Élisabeth et Laura quittèrent la pièce aussi docilement que si le vieil Archibald Murray leur en avait intimé l'ordre. Ruth les suivit, le pas traînant. Les choses n'avaient pas tourné comme elle s'y attendait, mais elle se résignait. Un scandale public touchant une Murray eût été mauvais pour toute la famille et aucun grief n'avait, après tout, été retenu contre Émilie.

— Le problème est réglé, souffla le cousin Jimmy, comme la porte se refermait sur les trois femmes.

Émilie exhala un soupir soulagé. La calme pièce pleine de dignité lui parut soudain très belle et très amicale.

— Oui, grâce à vous, exulta-t-elle, en la traversant d'un élan pour l'embrasser. Maintenant, grondez-moi, cousin Jimmy, grondez-moi autant que vous le voudrez.

— C'est inutile, chaton, tu sais qu'il aurait été plus sage de ne pas ouvrir cette fenêtre.

— Eh oui, mais la sagesse est une vertu bien austère, qui empêche les gens d'aller de l'avant... et...

— Et... au diable les conséquences?

Émilie éclata de rire.

— C'est à peu près ça. Il n'y avait pas de véritable danger à ouvrir cette fenêtre et à parler à Perry. Il n'a rien fait de mal, en essayant de m'embrasser. Il a voulu me taquiner. Je *déteste* les conventions. Et, comme vous le dites, au diable les conséquences!

— L'ennui, chaton, c'est qu'on ne peut pas vraiment les envoyer au diable. C'est plutôt elles qui nous y envoient. Je te fais juge: tu es mariée, tu as une fille adolescente, tu descends un soir de l'étage et tu trouves ce que ta tante Ruth a trouvé: un couple qui s'embrasse. En serais-tu bien aise? Dis?

Émilie s'absorba dans la contemplation du feu.

— Non, dit-elle enfin. La différence avec maintenant, c'est que je ne saurais pas ce que je sais.

Le cousin Jimmy ricana doucement.

— Voilà le nœud du problème. Les autres ne savent pas. Et ils nous passent en jugement. C'est pour ça qu'il faut être prudent tout le temps. On a beau m'appeler l'innocent, ça, je le sais. Chaton, il y a des côtes de porc braisées pour le souper.

Des odeurs affriolantes se coulèrent, à l'instant même, hors de la cuisine. Elles n'avaient rien de commun avec les situations compromettantes et les squelettes familiaux. Émilie embrassa de nouveau le cousin Jimmy.

— Aux côtes de porc braisées avec tante Ruth, dit-elle en souriant, je préfère mille fois une salade avec vous.

# XIX

## Des voix aériennes

«3 avril, 19-
«De deux choses l'une: ou je suis née sous une mauvaise étoile, ou je suis particulièrement malchanceuse. Autrement, comment expliquer que le destin s'acharne ainsi contre moi? Tante Ruth commençait à peine à se lasser de me rappeler la nuit où elle a trouvé Perry en train de m'embrasser que je me retrouve plongée dans un nouveau pétrin.

«Je vais être franche: ce n'est pas le miroir que j'ai brisé ou mon parapluie que j'ai laissé choir qui en sont responsables. Je n'ai que moi à blâmer.

«L'église presbytérienne St. John de Shrewsbury n'a plus de pasteur depuis le nouvel an et sollicite des candidatures. M. Towers, du *Times* m'a chargée du compte rendu des sermons des postulants pour son journal, les dimanches où je ne vais pas à Blair Water. Le premier sermon était bon. Je l'ai résumé avec plaisir. Le second était anodin, rien de marquant à signaler. Mais le troisième, celui de dimanche dernier, était d'un ridicule achevé. J'ai fait part de ma réaction à tante Ruth, en rentrant de l'église, mais elle m'a rabrouée:

— Te croirais-tu, par hasard, qualifiée pour faire la critique d'un sermon?

— Pourquoi pas? N'importe qui peut le faire.

197

«Ce sermon-là ne tenait pas debout. M. Wickham s'est contredit cinq ou six fois. Il s'est fourvoyé dans ses métaphores, a prêté à saint Paul ce qui appartenait à Shakespeare et a commis presque tous les péchés littéraires imaginables, y compris celui, impardonnable, d'être mortellement ennuyeux. Quand même, c'était ma besogne de rédiger un compte rendu du sermon, et je l'ai fait. Ensuite, pour m'en débarrasser le système, j'ai écrit, pour mon propre plaisir, une analyse de ce sermon. J'ai produit, emportée par l'élan, un texte éminemment caustique : du vitriol à l'état pur.

«Puis, j'ai remis ce texte au *Times* par erreur, au lieu de l'autre. M. Towers l'a passé à la composition sans le relire : il avait en moi une touchante confiance qu'il n'aura plus jamais. Le texte a paru le lendemain. Et je suis devenue *l'infâme*.

«Vous auriez cru que M. Towers serait furieux contre moi. Il n'était que légèrement ennuyé, que... je dirais, plutôt amusé. Bien sûr, M. Wickham n'est pas un pasteur installé ici à demeure. Nul n'attache d'importance à sa personne ou à ses sermons. M. Towers, étant lui-même presbytérien, les gens de St. John ne peuvent l'accuser de chercher à les insulter. Qui donc, alors, portera le fardeau de l'ignominie, si ce n'est Émilie Byrd, qu'on accuse de «faire de l'épate»? Tante Ruth est furieuse, tante Élisabeth, froissée, tante Laura, en pleurs, et cousin Jimmy, dans ses petits souliers. Critiquer le sacro-saint sermon d'un pasteur, quel crime! surtout qu'il s'agit là d'un pasteur presbytérien. Ma suffisance et ma vanité me mèneront tout droit à ma perte, m'a froidement prédit tante Élisabeth. La seule personne qui ait parue charmée de mon article est M. Carpenter. (Dean est à New York. Lui aussi aurait aimé.) M. Carpenter raconte à tout venant que mon reportage est le meilleur qu'il ait jamais lu. Mais M. Carpenter est un païen notoire : ses éloges me coulent plutôt qu'ils ne me réhabilitent.

«Cette histoire me tue. Bizarrement, mes fautes de style me préoccupent plus que mes péchés. Et quelque chose de pas chrétien en moi se rit de tout cela. Chaque mot de ce reportage était vrai. Et juste. Je ne me suis pas emberlificotée dans mes métaphores, moi. Mais il me reste à survivre à l'ouragan que j'ai déchaîné.»

«Le printemps s'en vient. J'en oublie tout le reste et je me récite des poèmes, en l'attendant. Le soleil a brillé tout l'après-midi, mais ce soir, il gèle.

«Gravissant la colline, j'ai entendu des sons féériques, et chacun d'eux m'a apporté un moment de joie. J'ai atteint le sommet et y suis restée, immobile, laissant la douceur du soir me pénétrer comme une musique.

«Debout sur ce sommet que j'aime, j'ai pensé à la beauté du monde : aux ruisseaux libres qui courent à travers champs, à la mer, aux ondulations de satin gris, à l'orme dont les racines s'étirent voluptueusement sous la terre, aux hiboux qui rient dans l'ombre, à la sombre splendeur des tempêtes du golfe.

«Je n'avais que soixante-quinze cents en poche, mais la beauté n'a pas de prix. Je me suis assise sur une pierre et j'ai essayé de traduire mon bonheur avec des mots. Tous les détails y étaient, mais l'essence m'a échappé.

«Il faisait noir, quand je suis redescendue, et mon boisé familier en paraissait transformé : mystérieux, presque sinistre. Un peu plus et je me serais mise à courir. Les arbres, mes bons amis, étaient devenus étranges, distants, comme hostiles. Il me semblait entendre des pas feutrés tout autour de moi. Des yeux me guettaient dans les buissons. J'ai enfin atteint la clairière. Quand j'ai escaladé la clôture du jardin de tante Ruth, je me suis sentie sauvée.

— Tu ne devrais pas rester dehors, à l'humidité, avec ta toux! m'a reproché tante Ruth.

«Ce n'est pas l'humidité qui m'a blessée — car, oui, je l'ai été — c'est le murmure fascinant du mystère. J'en ai eu peur et, pourtant, il m'a séduite. La beauté placide du sommet en devenait fade, par comparaison.

«Rentrée dans ma chambre, j'ai écrit un autre poème et, ce faisant, j'ai eu l'impression d'avoir pratiqué un exorcisme sur mon âme. Émilie-dans-la-glace ne me sembla plus, ensuite, une étrangère.

«Tante Ruth m'a apporté du lait chaud et du poivre de Cayenne pour ma toux. J'ai la concoction là, devant moi. Il me faut la boire. Le paganisme et le paradis en deviennent irréels et fous.»

«Dean est rentré de New York, vendredi dernier. Ce soir, nous nous sommes promenés dans le jardin de la Nouvelle Lune, dans un crépuscule étrange qui couronnait un jour de pluie. Je portais une robe claire. En s'avançant vers moi, Dean s'est exclamé, me comblant d'aise:

— Quand je t'ai vue de loin, j'ai cru que tu étais un ceriser en fleurs. Comme celui-ci — il indiquait du doigt un cerisier du boisé du Grand Fendant, pareil à un beau fantôme dans l'obscurité grandissante.

«C'était épatant que le cher vieux Dean soit là. Nous avons passé une soirée charmante.

«Il avait un petit paquet plat sous le bras. En me quittant, il me l'a posé dans les mains.

— Pour parer à l'influence de lord Byron, a-t-il dit.

«C'était une copie encadrée du portrait de Giovanna Degli Albizzi, dame du Quattrocento, épouse de Lorenzo Tornabuoli Ghirlanjo. Je l'ai apportée à Shrewsbury et l'ai suspendue dans ma chambre. J'aime regarder dame Giovanna. C'est une mince et belle jeune femme aux torsades d'or pâle et aux petites bouclettes sages, au profil de patricienne, au long cou blanc et au large front sans rides. J'aime son air indéfinissable de victime de la destinée: la dame Giovanna est morte dans la fleur de l'âge. Je me surprends toujours à souhaiter qu'elle tourne la tête et me laisse voir son visage entier.

«Tante Ruth la trouve bizarre et n'est pas certaine qu'il soit convenable de l'avoir dans la même pièce que son chromo de la reine Alexandra.

«Je n'en suis pas certaine, moi non plus.»


«10 juin, 19-

«J'étudie maintenant près de l'étang, au cœur du Bois Debout. Plus j'apprends à connaître les arbres, plus je les aime. Quelle que soit leur parure. Quelle que soit la saison. Ils ont leur personnalité propre, comme les humains.

«Ce soir, une grande étoile palpitait à la houppe du pin géant, mon solitaire favori. Deux majestés se rencontraient. J'en garde un souvenir qui enchantera pendant des jours ma routine de l'école, du lavage de la vaisselle et du ménage du samedi chez tante Ruth.»


«25 juin, 19-

«Nous avons passé un examen d'histoire, aujourd'hui. L'époque des Tudor me fascine bien plus par ce qui n'est pas consigné que par ce qui l'est. L'histoire ne nous révèle pas — comment le pourrait-elle? — ce que nous aimerions vraiment savoir: à quoi pensait Jane Seymour, au cours de ses insomnies? Aux autres épouses d'Henri VIII? À Anne, brutalement assassinée? À Catherine, laissée pour compte? À la coupe de sa collerette, ou au prix dont elle payait sa couronne? Lady Jane Grey était-elle «Janie» pour ses intimes? Lui arrivait-il de se mettre en colère, de temps à autre? La femme de Shakespeare, que pensait-elle, au fond, de son mari? A-t-il existé un homme qui fût vraiment amoureux d'Élisabeth Ire?

«C'est le genre de questions que je me pose quand j'étudie la période Tudor, en histoire.»


«7 juillet, 19-

«J'ai terminé ma deuxième année du cours secondaire. Assez brillament, semble-t-il, puisque tante Ruth, charmée, a condescendu a admettre que, oui, elle avait toujours su que j'arriverais à quelque chose, si je m'y appliquais. Alors, voilà: je suis sortie première de ma classe. J'en suis ravie, mais, plus je vais, plus je comprends ce que Dean me disait: S'instruire, c'est tirer soi-même son miel de la vie. C'est vrai. Ce qui m'a le plus apporté pendant ces deux dernières années, c'est mon errance au pays du Bois Debout, ma nuit sur la meule de foin, la dame Giovanna et aussi celle qui a donné la fessée au roi. N'avoir écrit que des faits a compté aussi avec le reste. Les lettres de rejet et Evelyn Blake m'ont aussi appris des choses. À propos de cette dernière, elle a raté ses examens et elle devra reprendre sa deuxième année. J'en suis désolée. Pas parce que je suis extrêmement bonne et extrêmement aimable, mais parce que, si elle avait réussi, elle ne serait pas à l'école, l'année prochaine.»

«**20 juillet, 19-**

«Ilse et moi, nous nous baignons tous les jours dans la mer. Tante Laura vérifie, chaque fois, si nous avons bien nos maillots. La chère créature n'aurait-elle pas capté quelque écho de nos ébats enjuponnés dans le clair de lune?

«Nous nous baignons l'après-midi. Après quoi, nous nous gorgeons de soleil sur la plage. Derrière nous, les dunes s'enveloppent de vapeurs légères et la mer se pique de voiles que le couchant argente. Oh, la vie est bonne, bonne, bonne! En dépit des trois lettres de rejet qui sont arrivées aujourd'hui. Ces éditeurs-là se mettront à genoux devant moi, un jour. Entre-temps, tante Laura m'apprend à faire un gâteau au chocolat compliqué, à partir d'une recette qu'une de ses amies de Virginie lui a fait parvenir, il y a trente ans. Elle m'a fait promettre de ne jamais la révéler à personne. Ce gâteau s'appelle: Festin du diable, mais tante Élisabeth ne veut pas que nous le nommions ainsi.»

«**2 août, 19-**

«Je suis allée rendre visite à M. Carpenter, ce soir. Le médecin l'a mis au repos, à cause de ses rhumatismes. Il vieillit, le pauvre, ça crève les yeux. Il s'est montré maussade avec ses élèves, l'année dernière et son réengagement a été remis en question, mais les habitants de Blair Water ont eu, pour la plupart, assez de bon sens pour se rendre compte qu'en dépit de ses humeurs, M. Carpenter est un professeur comme il ne s'en fait plus.

«Comment voulez-vous garder le sourire en enseignant à des idiots? a-t-il grommelé, quand les administrateurs lui ont reproché sa sévérité.

«Est-ce son rhumatisme qui a déclenché son ire contre les poèmes que je lui apportais pour qu'il en fasse la critique? Allez voir, mais quand je lui ai lu celui que j'avais composé, un soir d'avril, au sommet de la colline, il me l'a remis en disant:

— Frivole!

«J'avais cru que ce poème traduisait mon enchantement de ce soir-là. Je m'étais trompée. Je lui ai ensuite remis l'autre poème, écrit le même soir. Il l'a lu deux fois, puis l'a, d'un geste délibéré, réduit en confettis.

202

— Hé! ai-je protesté, qu'est-ce qui ne va pas? Ce poème-là est bien charpenté.

— Oui, a-t-il admis. Chacun de ses vers, pris individuellement, pourrait être lu à l'école du dimanche, mais, dans l'ensemble... étais-tu mal lunée, quand tu l'as écrit, dis-moi, bon sang!

— Je baignais dans l'âge d'or, ai-je dit.

— Non, tu baignais dans un âge beaucoup plus reculé, a-t-il répliqué. Ce poème, c'est du paganisme tout pur, ma fille. Étonnant que tu ne t'en sois pas avisée. Si on s'arrête au côté littéraire, il vaut mille fois tes jolies rimettes. Là est le danger. Mieux vaut, pour toi, t'en tenir à ton époque. Tu en fais partie et tu peux te l'approprier sans qu'elle ne te possède.

«Je ne suis pas fâchée que M. Carpenter ait déchiré ce poème. Je n'aurais pu m'y résoudre moi-même. J'ai détruit beaucoup de mes poèmes qui m'ont semblé sans valeur, à la relecture, mais celui-là n'entrait pas dans cette catégorie.

«M. Carpenter m'a fait, comme je le quittais, un compliment très personnel.

— Cette robe bleue que tu portes me plaît beaucoup. Elle te va très bien. Les hommes — et Dieu lui-même, j'en jurerais — n'ont que faire des femmes mal fagotées.»

**«1ᵉʳ septembre, 19-**

«Deux événements se sont produits, aujourd'hui. Il est d'abord arrivé une lettre de grand-tante Nancy à tante Élisabeth. Depuis ma visite à Priest Pond, il y a quatre ans, la grand-tante ne s'est pas manifestée, mais elle vit toujours. Elle a quatre-vingt-quatorze ans bien sonnés et est encore vigoureuse. Elle a lancé des piques à tante Élisabeth et à moi dans sa lettre, mais elle a terminé en offrant de couvrir mes dépenses à Shrewsbury, l'année prochaine, ma pension chez tante Ruth comprise.

«J'en suis très heureuse. Ça m'est égal de lui devoir quelque chose. Elle ne m'a jamais traitée avec condescendance, et les choses qu'elle a faites pour moi, elle ne les a pas faites par devoir mais parce qu'elle le voulait bien. Au diable le devoir! écrit-elle. Je vous fais cette proposition pour vexer les Priest et parce que Wallace se vante vraiment trop de sa participation aux études d'Émilie. D'ailleurs, toi aussi, Élisabeth, tu fais grand état de ta générosité. Dis à Émilie de retourner à Shrewsbury et d'y apprendre tout ce qu'elle pourra, mais de ne pas s'en faire accroire et de montrer plutôt ses chevilles que son esprit.

«Tante Élisabeth a été scandalisée de ces propos qu'elle a refusé de me montrer, mais cousin Jimmy m'a conté ce qu'il y avait dans la missive.

«Le second événement, c'est que tante Élisabeth me relève de ma promesse de ne pas écrire de fiction. Dorénavant, tante Nancy couvrant mes dépenses, elle n'exige plus cela de moi.

— Je ne trouverai jamais bon que tu écrives de la fiction, m'a-t-elle dit, le ton grave. J'espère au moins que tu n'en négligeras pas tes études pour autant.

«Oh non, chère tante Élisabeth, je ne les négligerai pas. Mais je ne m'en sens pas moins comme un prisonnier libéré. Les doigts me brûlent de prendre ma plume. Mon cerveau échafaude des tas d'intrigues. Mille personnages fascinants attendent que je les campe. Reste, hélas, cet abîme entre ce que je vois dans ma tête et ce que je couche sur le papier.

— Tu sais, m'a confié cousin Jimmy, depuis que tu as reçu ce chèque, l'hiver dernier, Élisabeth se pose des questions. Mais, tu la connais, elle ne veut pas perdre la face. La lettre de Nancy lui fournit une retraite honorable. Dis-moi, as-tu besoin d'autres timbres américains?

«Mme Kent a dit à Teddy qu'il pouvait aller à Shrewsbury une autre année. Après, Dieu seul sait ce qui arrivera. Ainsi, nous y serons tous les quatre. J'en suis si heureuse que j'aurais le goût de l'écrire en italiques.»


«**10 septembre, 19-**

«J'ai été élue présidente de la classe des finissants pour cette année. Les *Couettes et Chouettes* m'ont prévenue que j'avais été élue membre de leur confrérie, sans que j'aie à m'y inscrire.

«Evelyn Blake, je le souligne en passant, est retenue chez elle par une amygdalite.

204

«J'ai accepté la présidence, mais j'ai envoyé aux *Couettes et Chouettes* un mot poli déclinant leur offre. On m'a black-boulée, l'an dernier, je ne l'oublie pas.»

«**7 octobre, 19-**

«Grande excitation en classe, aujourd'hui. À cause d'une proposition que le docteur Hardy nous a faite. L'oncle de Kathleen Darcy, professeur à McGill, en vacances dans l'île, s'est mis en tête d'offrir un prix pour le meilleur poème écrit par un élève de l'école secondaire de Shrewsbury. Le prix qu'il offre, c'est un ensemble de dictionnaires Parkman. Les poèmes doivent être remis avant le premier novembre et compter «pas moins de vingt lignes et pas plus de soixante». Comme si la longueur était un critère!

«Après avoir parcouru mes calepins-Jimmy, ce soir, j'ai décidé de soumettre *Les raisins sauvages* au concours. Mon meilleur poème, c'est *Une chanson de quatre sous*, mais il n'a que quinze lignes. Y ajouter, le gâcherait. *Les raisins sauvages* entrent dans les cadres du concours, mais il y a, dedans, deux ou trois mots dont je ne suis pas sûre de la pertinence. Je ne viens pas à bout de trouver ceux qui conviendraient. Autrefois, quand j'écrivais à mon père, j'en inventais. Lui, comprenait, mais les juges du concours ne s'y retrouveraient pas. À mon sens, *Les raisins sauvages* décrocheront le prix. Ce n'est, de ma part, ni présomption ni vanité. Disons que c'est de la prescience. Si le prix était accordé pour les mathématiques, Kath Darcey l'obtiendrait. S'il l'était pour la beauté, Hazel Willis l'aurait. Perry Miller le décrocherait pour l'élocution et Teddy, pour le dessin. Mais il s'agit ici de poésie, et en poésie, Émilie est la star.»

«Nous étudions Tennyson et Keats, en littérature, cette année. J'aime bien Tennyson: il coule, serein, entre des berges sages et des jardins bien ordonnés. Trop bien ordonnés. Keats, lui, me ravit. Quand je le lis, j'étouffe sous les roses et j'ai soif de l'austérité des sommets glacés. Il a des vers qui me font rêver,... et d'autres qui me désespèrent. À quoi bon essayer de faire ce qui a déjà été fait et si bien fait? J'ai transcrit une de ses strophes en exergue dans mon calepin-Jimmy:

*Jamais ne sera couronné par l'immortalité*
*Quiconque craint de suivre les voies*
*Que lui indiquent ses voix...*

«Comme c'est vrai! Il faut écouter ce que disent nos voix, ce qu'elles nous indiquent, jusqu'à ce qu'elles nous conduisent à notre destinée, quelle qu'elle puisse être.

«Aujourd'hui, j'ai reçu, dans le courrier, quatre billets de rejet qui me criaient que j'étais une ratée. Mes voix se taisent, dans tel vacarme. Mais je les entendrai encore. Et je suivrai leurs directives. Je ne me laisserai pas décourager. J'ai trouvé, l'autre jour, dans mon armoire, la promesse que je m'étais faite par écrit, il y a longtemps: d'écrire mon nom sur la table de la renommée.

«J'irai de l'avant.»

**«20 octobre, 19-**

«J'ai relu mes *Chroniques d'un vieux jardin*, l'autre soir. Ce texte, je peux l'améliorer, maintenant que tante Élisabeth a levé son interdit. Je l'ai apporté à M. Carpenter pour qu'il le lise, mais il a protesté:

— Bon sang, fillette, je n'ai que faire de cette camelote. Mes yeux sont fatigués et tu m'apportes un livre. Voyons donc, tu ne seras pas prête à écrire des livres avant dix ans.

— Il me faut quand même pratiquer, ai-je rétorqué, logique.

— Pratiquer, pratiquer. Si tu veux, mais ne me refile pas le résultat. Je suis trop vieux pour ça. J'accepterais une courte — très courte — histoire, de temps en temps, mais jamais un livre, sache-le bien.

«Vais-je demander à Dean ce qu'il en pense? Non. Dean se rit de mes aspirations. Avec beaucoup de gentillesse, mais il s'en moque. Teddy trouve parfait tout ce que je fais, alors il n'est pas bon juge. Je me demande si un éditeur d'ici ou d'ailleurs accepterait ces *Chroniques*. Après tout, j'ai lu pire dans beaucoup de revues.»

**«11 novembre, 19-**

«Ce soir, j'ai peaufiné un roman, pour M. Towers. Pendant qu'il était en vacances, en août, son assistant, M. Grady, a

lancé dans le *Times* un feuilleton intitulé: *Un cœur saignant.*
Au lieu d'acheter le texte à la Société des Gens de lettres,
comme le fait toujours M. Towers, M. Grady a obtenu de la
librairie des droits de réimpression d'un roman anglais à sensa-
tion et en a commencé la publication. C'était une grosse
brique. M. Towers s'en est avisé et ne veut pas que l'hiver y
passe. Il m'a chargée d'en couper les longueurs. J'ai suivi ses
instructions à la lettre, coupant les baisers, les étreintes, les
descriptions, avec le résultat qu'il n'en reste plus que le quart.
Et c'est déjà trop.

«L'été et l'automne sont partis. Ils ont passé plus vite
qu'avant, à ce qu'il me semble. La verge d'or a tourné au blanc
dans les coins du Bois Debout, et la gelée repose au sol comme
une écharpe, le matin. Chaque soir, des couchers de soleil
d'un rouge ténébreux se déploient au-dessus du port avec, les
surplombant, une étoile pareille à une âme rachetée contem-
plant avec compassion l'enfer de tourments où les esprits
pécheurs sont lavés des souillures du pèlerinage terrestre.

«Oserai-je montrer cette dernière phrase à M. Carpenter?
Non, je n'oserai pas. Ce qui signifie que je me suis complètement fourvoyée.

«Maintenant que j'ai retranscrit cette phrase, je sais où j'ai
fait fausse route: c'est de «la littérature». Et, alors? Qui, sauf
moi, se préoccupe de ce qui est écrit dans ce journal?»

**«2 décembre, 19-**
«Les résultats du concours de poèmes ont été annoncés,
aujourd'hui. Evelyn Blake est la gagnante avec un poème
intitulé: *Une légende d'Abegweit.*

«Il n'y a rien à dire, alors je me tais.

«D'ailleurs, tante Ruth a déjà tout dit là-dessus.»

**«15 décembre, 19-**
«Le poème d'Evelyn a été reproduit dans le *Times*, cette
semaine, avec sa photographie et sa biographie. Les Parkman
sont exposés en vitrine à la librairie.

«*Une légende d'Abegweit* me semble un bon poème. Le
rythme et les rimes sont corrects, ce qu'on ne pourrait dire
d'aucun autre poème écrit jusqu'ici par Evelyn.

«Elle a toujours dit de mes écrits que je les avais copiés quelque part. Au risque de l'imiter, je dis la même chose de son poème. Il ne la reflète pas le moins du monde.

«De plus, — je n'oserais m'en ouvrir à personne — même si la *Légende d'Abegweit* est d'assez bonne venue, elle n'est pas aussi soignée que mes *Raisins sauvages*.»

**«20 décembre, 19-**

«J'ai fait lire les deux poèmes à M. Carpenter qui s'est aussitôt informé :

— Qui étaient les juges ?

«Quand je lui ai expliqué, il a rétorqué :

— Va leur dire de ma part qu'ils sont des crétins.

«Ça m'a réconfortée, comme m'a réconforté un commentaire de tante Élisabeth. Elle avait demandé à lire les deux œuvres et a déclaré, après coup :

— Je ne m'y connais pas en poésie, mais ton poème me semble d'une inspiration beaucoup plus noble que l'autre.»

**«4 janvier, 19-**

«J'ai passé la semaine de Noël chez oncle Oliver. Je n'ai pas aimé : c'était trop bruyant. Ça m'aurait plu, quand j'étais petite, mais ils ne m'invitaient pas, alors. J'ai dû manger quand je n'avais pas faim, jouer au *parchési* contre mon gré, bavarder quand j'aurais préféré me taire. Ils ne m'ont pas laissée une minute. Et puis, Andrew devient assommant, et tante Adrienne s'est montrée odieusement tendre et maternelle. Je me suis sentie piégée comme le chat qu'on retient de force sur des genoux qu'il n'a pas choisis.

«Quand je suis revenue à ma chère Nouvelle Lune, je suis montée à ma chambre, j'en ai fermé la porte et je me suis enivrée de solitude.

«L'école a recommencé hier. Aujourd'hui, à la librairie, je me suis payé une pinte de bon sang. Mme Rodney et Mme Elder regardaient les livres et Mme Rodney a dit :

— Ce roman, dans le *Times* : *Un cœur saignant*, c'est la chose la plus étrange que j'aie lue. J'ai tenu le coup d'un chapitre à l'autre prendant des semaines, mais ça ne débouchait sur rien. Et puis, tout à coup, ça s'est bouclé à un train d'enfer en huit chapitres. Je n'y comprends rien. J'aurais pu lui donner la clef de l'énigme, mais je n'en ai rien fait.»

# XX

## Dans la vieille maison John

Quand *La dame qui donna la fessée au roi* parut dans un magazine new-yorkais renommé, il y eut grand émoi à Blair Water et à Shrewsbury, surtout quand on apprit par les cancans, qu'Émilie avait été payée quarante dollars pour cette histoire. Sa famille se mit, pour la première fois, à regarder d'un autre œil sa manie d'écrire, et la tante Ruth cessa ses piques sur le temps perdu. Ce succès arrivait à point, les espoirs de carrière d'Émilie étant au plus bas. Tout au long de l'hiver, ses envois lui avaient été retournés pas tous les magazines sauf deux, dont les éditeurs étaient sans aucun doute persuadés que la littérature porte en soi sa récompense et n'a rien à voir avec le vil argent.

Au début, Émilie s'était désolée que ses poèmes ou ses contes lui reviennent, flanqués de billets impersonnels ou de quelque éloge mitigé: c'est très bien, MAIS... Des larmes de déception lui montaient aux yeux, chaque fois. Avec le temps, elle s'était habituée aux rebuffades. Elle jetait au bout de papier un regard à la Murray et disait:

— Je réussirai.

Au tréfonds d'elle-même, elle savait que son heure viendrait. Chaque rejet lui faisait l'effet d'un coup de fouet et elle n'en écrivait que davantage.

L'acceptation de *La dame qui donna la fessée au roi* lui redonna des ailes. Le chèque avait son importance, mais ce qui comptait, surtout, c'était d'avoir ses entrées dans un grand magazine. M. Carpenter se montra enchanté du conte, qu'il trouva «absolument réussi».

— Le meilleur du récit appartient à maîtresse McIntyre, fit Émilie, lugubre. Je ne peux pas dire que ce texte soit de moi.

— Le décor est de toi. Ce que tu as ajouté au récit se marie parfaitement à la trame. Et tu n'as pas trop embelli la narration: cela révèle l'artiste. Tu as sans doute été tentée de le faire?

— Oui. Il y avait tellement de phrases que j'aurais pu améliorer.

— Mais tu as résisté. Et ce conte est devenu ta chose, dit M. Carpenter, la laissant s'interroger sur ce que cette phrase pouvait bien vouloir dire.

Émilie dépensa trente-cinq de ses dollars avec une telle sagesse que la tante Ruth n'y trouva rien à redire. Mais avec les cinq derniers, elle s'acheta la série Parkman. Une série beaucoup plus belle que celle du prix, qui avait, elle, été commandée par catalogue.

Pendant quelques semaines, elle flotta entre ciel et terre. Les Murray étaient fiers d'elle. Le docteur Hardy l'avait félicitée, un comédien connu avait lu son texte à un spectacle, à Charlottetown. Le meilleur de tout, c'est qu'un lecteur lui avait écrit, du Mexique, pour lui dire le plaisir que *La dame qui donna la fessée au roi* lui avait procuré. Émilie lut et relut cette lettre jusqu'à la savoir par cœur.

C'est au milieu de cette euphorie que surgit, comme un nuage d'orage, l'incident de la vieille maison John.

Voici ce qui se passa. Il y eut, un vendredi soir, à Derry Pond, un banquet aux tartes suivi d'un concert où Ilse avait été priée de déclamer. Le docteur Burnley y conduisit donc Ilse et Émilie, Perry et Teddy, dans une grande carriole à deux bancs. Les quatre camarades firent une joyeuse promenade de huit milles dans la douce neige qui commençait à tomber. Vers le milieu du concert, le docteur fut appelé d'urgence. Il partit donc, en recommandant à Teddy de ramener le groupe à la maison. Les normes de chaperonnage qui avaient cours à

Shrewsbury et à Charlottetown étaient lettre morte à Blair Water et à Derry Pond. Aussi le docteur partit-il sans inquiétude. Teddy et Perry étaient de braves garçons. Émilie était une Murray et Ilse savait se tenir.

La réception terminée, ils partirent pour la maison. Il neigeait maintenant à plein ciel et le vent se levait mais, pendant les trois premiers milles, ils traversèrent un boisé qui les en protégeait. Les clochettes de la carriole se riaient de la tempête qui se déchaînait loin au-dessus d'elles. Teddy conduisait l'attelage sans difficulté. À une ou deux reprises, Émilie eut l'impression qu'il n'employait qu'un bras pour conduire. Elle se demanda s'il s'était aperçu qu'elle avait relevé ses cheveux en chignon sous son chapeau rouge.

C'est quand ils sortirent du bois que les difficultés commencèrent. La tempête s'abattit sur eux dans toute sa fureur. Le chemin d'hiver courait à travers champs, s'enroulant, s'étirant et se déroulant tout autour des bouquets d'épinettes. La voie était déjà presque entièrement recouverte par la poudrerie, et les chevaux calaient jusqu'aux genoux en se cabrant. Après un mille de ce régime, Perry siffla entre ses dents, découragé :

— On n'arrivera jamais à Blair Water ce soir.

— Je le sais, cria Ted. Mais on ne peut quand même pas camper en pleine nature. Il n'y a pas une seule ferme habitée avant la colline des Shaw. Retourne avec Ilse, Émilie, et couvrez-vous bien. Perry va venir devant avec moi.

On effectua le changement. La panique s'emparait de Perry et de Teddy. Les chevaux ne pouvaient avancer bien longtemps dans cette neige épaisse, le chemin d'accès à la colline des Shaw serait bloqué par la rafale et il faisait un froid mordant sur ces hauteurs désolées, entre les vallées de Derry Pond et de Blair Water.

— Si on pouvait seulement atteindre la maison des Malcolm Shaw, on serait sauvés, murmura Perry.

— On n'ira pas aussi loin que ça à cause de la baissière. Elle doit être comble jusqu'aux piquets de clôture, fit Teddy. Il y aurait bien la maison John, que voilà, mais elle est inhabitée depuis longtemps. On pourrait peut-être s'y arrêter?

— Les filles y gèleraient, dit Perry. Essayons de nous rendre chez les Shaw.

Quand les chevaux, fatigués, eurent gagné le chemin d'été, les garçons virent aussitôt qu'il leur serait impossible de gravir la colline. Il n'y avait plus de chemin. Les poteaux de téléphone gisaient, fauchés par le vent, et un grand arbre écroulé bloquait la seule voie possible.

— Mieux vaudrait retourner à la vieille maison abandonnée, dit Perry. Autrement, on risque de rester pris et de mourir gelés.

Teddy fit tourner les chevaux. La neige s'amoncelait plus drue que jamais. On n'y voyait plus rien. Heureusement, la vieille maison John était tout près. Les chevaux s'embourbèrent dans les montagnes de neige qui l'entouraient, et les garçons mirent pied à terre pour les guider. L'équipage atteignit enfin un havre relativement calme dans le boisé d'épinettes au centre duquel trônait la maison.

Cette «vieille maison John» était déjà vieille quand, quarante ans auparavant, John Shaw y avait emménagé avec sa jeune épouse. C'était une demeure solitaire, retirée loin du chemin et presque entièrement entourée par des forêts d'épinettes. John Shaw y avait vécu cinq ans; puis, sa femme était morte et il avait vendu la terre à son frère Malcolm. Il avait gagné l'Ouest. Malcolm avait cultivé le sol, gardé la grange en bon état, mais la maison n'avait pas été occupée depuis, sauf quelques semaines, en hiver, quand les fils de Malcolm y venaient couper leur bois de chauffage. Elle n'était même pas fermée à clef, les voleurs étant rares à Derry Pond. Les naufragés y entrèrent aisément par la porte de la véranda à demi écroulée et poussèrent un soupir de soulagement de se trouver à l'abri de la tempête déchaînée.

— Au moins, on ne périra pas de froid, dit Perry. Ted et moi essaierons de mettre les chevaux dans la grange. Vous allez voir, nous rendrons la maison confortable. J'ai des allumettes et je suis débrouillard.

Il craqua une allumette. Sa courte flamme révéla la présence de deux bougies à demi consumées dans des boîtes de conserve, un poêle Waterloo rouillé et craqué, mais encore en état de marche, trois chaises, un banc, un sofa et une table.

— Qu'est-ce que vous dites de ça? se réjouit Perry.

— Ils vont s'inquiéter, à la maison, fit Émilie, en secouant la neige de sa pelisse.

— On n'y peut rien. Nous rentrerons demain, c'est tout. On se débrouillera pour ça.

— En attendant, nous vivons une aventure, conclut Émilie en riant. Tâchons d'en tirer le maximum.

Ilse ne dit mot, ce qui était inhabituel. Émilie la trouva très pâle et se rappela que sa camarade avait été curieusement silencieuse pendant le trajet.

— Tu ne te sens pas bien, Ilse? s'enquit-elle, inquiète.

— Pas bien du tout, dit Ilse avec un sourire forcé. Je suis malade comme un chien.

— Oh, Ilse...

— C'est pas grave, s'impatienta Ilse. J'ai seulement mal au cœur. La dernière tarte que j'ai mangée était trop riche pour mon estomac.

— Allonge-toi sur le sofa, la pressa Émilie.

Transie et pitoyable, Ilse fit ce qu'on lui ordonnait.

Ayant trouvé, derrière le poêle, une caisse remplie de petit bois, les garçons firent un grand feu. Perry prit l'une des bougies et explora la petite maison. Il y avait, dans la chambre ouvrant sur la cuisine, un vieux lit de bois à sommier de corde. Dans l'autre pièce, qui avait été le salon d'Almira Shaw, on avait accumulé plein de paille de litière. L'étage était vide et poussiéreux, mais, dans la dépense, Perry fit d'heureuses découvertes.

— Il y a une boîte de fèves au lard, annonça-t-il, et des biscuits soda. Notre déjeuner, Et ça, qu'est-ce que c'est?

Il tira de la dépense un flaçon qu'il déboucha et dont il respira le contenu.

— Ma parole, c'est du whisky. Pas beaucoup, mais assez pour soigner Ilse. Prends-en dans un peu d'eau, ma vieille: ça guérit les indigestions.

— Je déteste le whisky, geignit Ilse. Mon père n'en utilise jamais: il ne croit pas à ses vertus.

— Ma tante Tom y croit, elle, dit Perry. À l'entendre, c'est un remède miracle. Essaie-le, au moins.

— On n'a pas d'eau, se défendit Ilse.

— Alors, prends-le pur. Il en reste deux cuillerées à soupe dans la bouteille. À défaut de te guérir, ça ne peut pas te faire tort.

Ilse se sentait si mal en point qu'elle eût ingurgité n'importe quoi. S'affalant sur une chaise, devant le feu, elle avala le médicament improvisé. C'était du bon whisky et sans doute y en avait-il plus que deux cuillerées à soupe dans le flacon. Ilse resta ramassée en boule sur sa chaise pendant quelques minutes, puis se leva et s'appuya à l'épaule d'Émilie.

— Tu te sens plus mal?

— Non, je... suis grise, bégaya Ilse. Aide-moi à me rendre jusqu'au sofa. Mes jambes sont comme de la guenille. Et ça tourne.

Perry et Teddy se précipitèrent et, avec leur aide, une Ilse titubante regagna le sofa.

— Est-ce qu'on peut faire quelque chose? implora Émilie.

— On a déjà trop fait, dit Ilse.

Fermant les yeux, elle ne dit plus un mot, et ils décidèrent de la laisser tranquille.

— Elle va cuver son whisky en dormant, dit Perry et ça va lui replacer l'estomac.

Émilie était incapable d'une telle insouciance. Ce n'est qu'en entendant le souffle paisible d'Ilse, une demi-heure plus tard, qu'elle commença à goûter pleinement la saveur de leur aventure. Le vent fouettait la vieille construction et faisait trembler les carreaux. C'était agréable d'être assise devant le poêle, à écouter les lamentations de la tempête, à penser aux origines de cette maison, agréable de bavarder avec Perry et Teddy dans la lueur du feu de bois.

La flamme jetait son reflet sur le front blanc d'Émilie et rendait ses yeux troublants de mystère. Levant inopinément la tête, elle surprit les yeux de Teddy arrêtés sur elle. Pendant un moment, leurs yeux se fixèrent et se prirent, et, à cause de ce regard, Émilie ne s'appartint plus jamais, par la suite. Elle se demanda, étourdie, ce qui s'était produit. D'où avait surgi cette vague, d'une douceur inimaginable qui l'avait soudain submergée et engloutie? Cette vague qui lui faisait peur. Rien ne serait plus jamais pareil. Dorénavant, elle ne souhaiterait rien d'autre que d'être assise avec Teddy devant un feu comme celui-ci, tous les soirs de la vie. Elle n'osait plus regarder Teddy, mais qu'il soit là, si près d'elle dans la pénombre, avec sa haute taille, sa chevelure noire brillante et ses yeux bleus lumineux, la faisait vibrer d'ivresse. Elle avait toujours préféré Teddy aux autres garçons, mais ce choc au cœur dépassait en intensité la simple préférence. Quand leurs yeux s'étaient rencontrés et parlé, les autres garçons lui avaient paru quantité négligeable.

Incapable de porter plus longtemps les délices de cet envoûtement, elle se leva d'un bond et gagna la fenêtre. Les chuintements de la neige sur les cristaux gelés des carreaux semblaient rire de son trouble. Les trois meules de foin, encapuchonnées de neige, tassées dans l'angle de la grange, n'avaient cure de son émoi. Dans la forêt se déchaînait la furie blanche. Émilie, qui haïssait les entraves, souhaita s'y colleter pour échapper aux terribles délices qui avaient fait d'elle inexorablement une prisonnière.

«Suis-je tombée amoureuse de Teddy?, se demanda-t-elle. Je ne veux pas. Non, je ne veux pas.»

Perry, qui ne se doutait pas le moins du monde de ce qui s'était passé, fit un clin d'œil à Teddy et à Émilie, bâilla et s'étira.

— Bon, Pensons à dormir un peu. Les chandelles sont presque mortes. La paille fera un bon matelas pour nous, Teddy. Apportons-en des brassées et entassons-les sur le lit. Ça fera un nid douillet pour ces demoiselles. Avec les couvertures de fourrure, elles seront au chaud. Nous allons faire des rêves fous, fous, fous, cette nuit. Ilse, en particulier. Je me demande si elle est dégrisée.

— Des rêves, moi, j'en ai à revendre, fit Teddy, dont la voix et le comportement trahissaient une gaîté inattendue. Que veux-tu? Un rêve de succès? Un rêve d'aventure? Un rêve d'océans? De forêts? Tu m'offres combien pour un rêve?

Émilie se retourna et l'observa un moment, puis oublia son émoi et son enchantement dans son ardent désir de noter tout cela dans un calepin-Jimmy. La question: «Tu m'offres combien pour un rêve?» avait déclenché le processus créateur, et elle élaborait une intrigue qui se puisse coiffer de ce titre superbe: *Le vendeur de rêves.*

Les garçons s'en allèrent à leur couche de foin, laissant Ilse dormir sur le sofa. Émilie s'allongea sur le lit de la petite pièce. Mais elle n'y dormit pas. Elle avait oublié qu'elle était tombée amoureuse de Teddy. Elle avait oublié tout ce qui n'était pas sa merveilleuse histoire. Ses personnages vivaient. Ils riaient, parlaient, chantaient et souffraient. Elle les voyait sur le fond de décor de la tempête. Ses joues brûlaient, son cœur battait, elle vibrait de la tête aux pieds de l'exultation de la création, cette fontaine qui jaillit du fond de l'être et qui n'est pas de la terre.

Ilse s'était enivrée de whisky, mais Émilie, elle, était ivre d'un vin immortel.

# XXI

## Les liens du sang

La tempête s'était calmée et le paysage, autour de la vieille maison John, arborait un air spectral dans la lumière de la lune décroissante, quand Émilie sombra dans le sommeil avec le sentiment du devoir accompli. Elle avait fini de bâtir son intrigue dans sa tête. Il ne lui restait plus qu'à noter le déroulement dans son calepin. Elle ne se sentirait heureuse que lorsque tout serait consigné, noir sur blanc. Ce roman, elle n'essaierait pas de l'écrire maintenant. Non. Elle attendrait que le temps et l'expérience rendent sa plume capable de porter sa création, car c'est une chose que de bâtir une intrigue par une nuit d'extase et c'en est une autre que de la mettre sur papier d'une manière efficace.

Elle fut éveillée par Ilse, plutôt pâlotte et mal en point, mais dont les yeux riaient.

— J'ai cuvé ma débauche, on dirait. Mon estomac se porte bien, ce matin. Le whisky de Malcolm l'a replacé. Le remède était pire que le mal, selon moi, mais, enfin! Tu as dû te demander pourquoi je ne voulais pas parler, hier soir?

— Tu étais trop ivre pour parler, répondit franchement Émilie.

Ilse éclata de rire.

— J'étais trop ivre pour *ne pas* parler. Quand j'ai gagné le sofa, mon vertige s'est dissipé et je voulais parler, oh Seigneur,

219

comme je voulais parler! J'avais le goût de dire tout ce qui me passait par la tête. C'est la peur du ridicule qui m'a retenue. J'aurais dit un mot et tous les autres mots auraient déboulé, comme quand on enlève le bouchon d'une bouteille. Ce premier mot, je me suis abstenue de le prononcer. Je frissonne de penser à ce que j'aurais pu dire... et devant Perry, encore. La bombe, c'est fini, pour moi. Je suis une alcoolique repentie.

— Ce que je comprends mal, fit Émilie, c'est qu'une si petite dose d'alcool t'ait tourné la tête à ce point.

— Hérédité, peut-être? Ma mère était une Mitchell, et les Mitchell, c'est connu, supportent mal la boisson. C'est une des faiblesses de la famille. Allez, lève-toi, mon aimée, ma toute belle. Les garçons ont fait du feu et Perry dit que nous pouvons nous empiffrer de fèves au lard et de biscuits. J'ai tellement faim que je mangerais aussi les boîtes.

En fouillant dans l'armoire pour y chercher du sel, Émilie fit une extraordinaire découverte. Tout au fond, sur la tablette supérieure, reposait une pile de livres poussiéreux datant probablement du règne de John et d'Almira Shaw: de vieux journaux intimes couverts de moisissures, des almanachs, des livres de comptes. Émilie les fit tomber maladroitement et, en les ramassant, découvrit qu'un des albums contenait des coupures de journaux. Une feuille s'en détacha. Comme elle la remettait en place, son regard tomba sur le titre d'un poème qu'on y avait collé. Elle n'en put croire ses yeux: *Une légende d'Abegweit*, le poème avec lequel Evelyn avait gagné le prix. Il était là, dans cet album jauni, mot pour mot, sauf qu'Evelyn avait coupé deux vers pour le mettre à la longueur désirée.

«Les deux meilleurs vers du poème! pensa Émilie, méprisante. Du Evelyn tout craché: cette fille n'a aucun flair littéraire.»

Elle replaça les livres sur la tablette, mais glissa la feuille dans sa poche et mangea sa part du déjeuner distraitement. Pendant ce temps, la voirie avait ouvert les routes. Perry et Teddy avaient trouvé une pelle dans la grange et percé une ouverture jusqu'au chemin. Ils atteignirent la Nouvelle Lune après un parcours laborieux, mais sans histoire et y trouvèrent des gens qui s'étaient inquiétés de leur sort et qu'horrifia la nouvelle qu'ils avaient passé la nuit dans la vieille maison John.

— Vous auriez pu y prendre votre coup de mort, leur reprocha la tante Élisabeth.

— On n'avait pas le choix. C'était ça ou geler à mort dans la neige, fit Émilie.

Et on n'en parla plus. Puisqu'ils étaient sains et saufs et que personne n'avait pris froid, qu'y avait-il à ajouter? C'est ainsi qu'on voyait les choses à la Nouvelle Lune.

À Shrewsbury, c'était différent. Le lundi d'après, la ville entière connaissait l'histoire. Et s'en repaissait. Ilse avait raconté leur aventure et décrit sa cuite avec tant de verve que tout le monde à l'école s'en était délecté, mais quand Émilie avait rendu visite à Evelyn Blake, ce soir-là, elle l'avait trouvée étrangement radieuse.

— Tu ne pourrais pas empêcher Ilse de raconter cette histoire-là, ma chère?

— Quelle histoire?

— Son orgie de vendredi dernier, la nuit que vous avez passée, toi et elle, avec Teddy Kent et Perry Miller dans la vieille maison sur les hauteurs de Derry Pond, fit Evelyn, doucereuse.

Émilie s'empourpra. Le ton d'Evelyn prêtait des mobiles malsains à des faits innocents.

— Pourquoi est-ce qu'elle ne la raconterait pas? répliqua-t-elle froidement. C'est à elle qu'il revient d'en rire.

— Tu connais les gens, fit Evelyn: ils *placotent*. Et c'est bien malheureux. Vous avez été pris dans la tempête, vous n'y pouviez rien, mais Ilse devrait cesser d'en parler. Tu n'as donc aucune influence sur elle?

— Je ne suis pas venue ici pour te parler d'Ilse. Je suis venue te montrer un papier que j'ai trouvé dans la vieille maison John.

Elle exhiba la feuille volante qu'Evelyn fixa un moment sans comprendre. D'un coup, son visage vira au pourpre et elle esquissa un mouvement comme pour se saisir du papier. Émilie le retira vivement. Leurs yeux se rencontrèrent et Émilie sut qu'elle lui avait enfin rivé son clou.

Elle attendit la suite. Après un moment, Evelyn demanda, sombre:

— Qu'est-ce que tu comptes faire?

— Je n'ai pas encore décidé.

De ses longs yeux perfides, Evelyn évalua ses chances sur le visage de sa vis-à-vis.

— Tu vas la remettre au docteur Hardy, je suppose, et me déshonorer devant toute l'école.

— Tu le mérites, n'est-ce pas? déclara Émilie, logique.

— Ce prix, je le voulais parce que mon père m'avait promis un voyage à Vancouver, l'été prochain, si je le décrochais, fit Evelyn, effondrée. Ne me trahis pas, Émilie. Mon père m'en voudra terriblement. Je te donnerai les Parkman, je te donnerai tout ce que tu voudras.

Émilie ne goûtait pas du tout le spectacle.

— Tes Parkman, tu peux les garder, fit-elle, méprisante. Mais il y a une chose que tu dois faire. C'est de révéler à ma tante Ruth que c'est toi, et pas Ilse, qui a dessiné cette moustache sur ma figure, le jour de l'examen d'anglais.

Evelyn sécha ses larmes et ravala son orgueil.

— C'était une blague, avoua-t-elle.

— Mentir à ce sujet n'en était pas une.

— Tu es si... si intransigeante.

Evelyn chercha un coin sec dans son mouchoir et en trouva un.

— C'était une bonne blague. Je suis revenue en courant de la librairie pour la mener à bien. J'étais sûre que tu te regarderais dans le miroir en te levant. Et je ne savais pas que ta tante était si collet monté. Si tu insistes, je lui parlerai.

— Écris et signe, ordonna Émilie.

Ce que fit Evelyn.

— Maintenant, tu me remets cette feuille compromettante, supplia-t-elle, en indiquant du geste le vieux papier jauni.

— Non. Je la garde.

— Qu'est-ce qui me garantit que tu ne me trahirais pas?

— Ma parole. Celle d'une Starr, fit Émilie, hautaine.

Elle s'en retourna, souriante. Ce long duel, elle l'avait gagné. Elle tenait dans ses mains le papier qui disculperait Ilse aux yeux de sa tante.

Cette dernière renifla un bon coup en lisant le mot d'Evelyn, mais consciente qu'Allan Burnley lui en voulait d'avoir interdit sa porte à sa fille, elle fut heureuse de revenir sur sa décision sans y perdre de plumes.

— Bon. J'ai dit qu'Ilse pourrait revenir ici quand on me prouverait hors de tout doute qu'elle ne t'avait pas trahie. C'est fait. Je tiendrai parole.

Tout semblait aller pour le mieux, mais, dans les jours qui suivirent, Evelyn obtint sa revanche sans avoir à lever le petit doigt. Shrewsbury résonna de commérages, d'insinuations et de pures inventions sur le soir de la tempête. On fit la tête à Émilie chez Janet Thompson, au thé de l'après-midi, et elle rentra chez sa tante profondément ulcérée. Ilse se rebella.

— Une telle réaction me laisserait de glace si j'avais vraiment fait la noce et si j'en avais tiré du plaisir, déclara-t-elle en trépignant de rage. Mais je n'avais pas bu pour me sentir euphorique. Envoyons promener ces vieilles barbes. Les rumeurs s'éteindront d'elles-mêmes.

Les rumeurs continuèrent d'aller leur train. Un potin sur la nuit de la tempête parut dans le torchon d'une petite ville du continent, spécialisé dans les ragots sur les gens des Maritimes. Sans s'y abonner, tout un chacun savait ce qui y était écrit, sauf la tante Ruth qui n'eût pas touché cette feuille de chou avec des pincettes. Les noms n'y étaient pas mentionnés, mais on savait de qui il était question, et le venin se répandait de bouche à oreille. Émilie crut mourir de honte. Sa nuit magnifique de création extasiée en devenait un épisode inconvenant et disgracieux.

Teddy et Perry se fâchèrent tout rouge et se montrèrent prêts à châtier la première mauvaise langue venue, mais, comme le leur souligna Émilie, tout ce qu'ils feraient ou diraient envenimerait les choses. Et ça allait déjà assez mal comme ça. Émilie ne fut pas invitée à la fête chez Florence Black, la semaine suivante. Et c'était le clou de la saison. Pas invitée, non plus, à la soirée de patinage de Hattie Denoon. De nombreuses matrones de Shrewsbury ne la voyaient plus, quand elles la croisaient en ville. D'autres lui manifestaient une froideur mielleuse. Nombre de jeunes mondains se montrèrent soudain familiers avec elle. L'un d'eux, qu'elle ne connaissait ni d'Ève ni d'Adam, lui adressa la parole, un soir, au bureau de poste. Émilie se retourna et le regarda. Si humiliée qu'elle fût, elle était toujours la petite-fille d'Archibald Murray. Le garçon fut si frappé de ce regard qu'il parcourut trois pâtés de maison avant de s'en remettre.

Hélas, le regard-à-la-Murray, même s'il décontenançait les fâcheux, ne pouvait rien contre les ragots. «Tout le monde les croit», pensait-elle, en broyant du noir. On lui rapporta que Mlle Percy, de la bibliothèque, avait dit qu'elle s'était toujours méfiée du sourire au charme provoquant d'Émilie. Les gens se souvinrent que la vieille Nancy Priest passait pour dévergondée, soixante-dix ans plus tôt. Et n'y avait-il pas eu un scandale à propos de Mme Dutton elle-même, dans sa jeunesse? Bon chien chasse de race... Sa mère s'était mariée à la sauvette. Et la mère d'Ilse! Elle s'était tuée en tombant dans un puits, c'est entendu, mais qui sait ce qu'elle eût fait, sans ça. Et il y avait aussi cette histoire récente de bain de nuit, au naturel!* sur la plage de Blair Water. Bref, des chevilles comme celles d'Émilie, on n'en voyait pas aux filles sages: elles n'en avaient tout simplement pas.

Même Andrew, le soupirant sans malice dont Émilie avait appris à s'accommoder, cessa ses assiduités. Elle redoutait ses visites du vendredi soir et s'apprêtait à lui signifier son congé, mais que ce soit lui qui s'efface de son plein gré retournait la situation. Et cela fit mal à Émilie.

Une rumeur plus cruelle que les autres lui parvint: le directeur Hardy aurait dit qu'elle devrait démissionner de la présidence de sa classe. Démissionner, c'était se reconnaître coupable.

— Jamais, dit Émilie, en redressant le menton.

— J'aimerais lui donner une bonne gifle, dit Ilse. Qu'importe ce que pensent ces vieux barbons, ne te tracasse pas, Émilie. Ils auront bientôt oublié.

— Moi, je n'oublierai jamais, dit Émilie passionnément. Je me souviendrai jusqu'à ma mort de ces semaines d'humiliation. Et sais-tu quel est le dernier outrage, Ilse? Mme Tolliver m'a écrit pour me décommander au bazar de St. John. Je ne tiendrai pas le stand, cette année.

— Elle n'a pas fait ça?

---

* En français, dans le texte.

— Si. Elle a prétexté que sa cousine de New York, en visite chez elle, s'en occuperait à ma place. J'ai compris. Et c'est «Chère mademoiselle Starr», alors qu'il y a quelques semaines, c'était «Émilie chérie». Tous les gens sauront pourquoi on m'a demandé de me retirer. Quand je pense qu'elle s'était presque mise à genoux devant tante Ruth pour que je tienne le stand.

— Qu'est-ce que ta tante en dit?

— C'est ça, le hic. Elle ne sait rien encore de cette histoire. Sa sciatique l'a retenue au lit tout ce temps. Elle a recommencé à circuler, alors, c'est fatal qu'elle en entende parler, un de ces jours. Et je n'ai pas le courage de le lui dire moi-même. Quel cauchemar!

— Les habitants de cette ville ont des mentalités tellement étriquées, rétrogrades, malicieuses, pesta Ilse, que ce chapelet d'injures soulagea.

Mais l'âme tourmentée d'Émilie ne pouvait se satisfaire d'un heureux choix d'adjectifs. Elle ne venait même plus à bout de coucher sa misère sur le papier, pour s'en délester. Plus de notes dans le calepin-Jimmy, plus de confidences au journal intime, de nouvelles histoires, de poèmes. Plus de déclic. La vie était devenue morne. Il n'y avait plus de beauté nulle part, pas même dans les solitudes blanches de mars à la Nouvelle Lune, quand elle y passa le week-end.

Personne, à la ferme, n'avait eu vent de ce qui se chuchotait à Shrewsbury. Mais ils sauraient bientôt. Ils s'attristeraient qu'une Murray, fût-elle innocente, ait été mêlée à un scandale. Et comment allaient-ils juger Ilse, enivrée par le whisky de Malcolm?

À Shrewsbury, Émilie sentait le dénigrement dans tout ce que disait le directeur Hardy et dans les remarques ou les regards de ses compagnons de classe. Seule Evelyn Blake s'érigeait en amie et en défenderesse de l'opprimée, et c'était le coup de pied de l'âne. Qu'y avait-il derrière l'attitude d'Evelyn? Émilie l'ignorait, mais elle savait que l'amitié et la loyauté dont Evelyn faisait montre, face aux témoignages accablants, la salissaient plus encore que tous les ragots mis ensemble. Evelyn allait répétant qu'*elle* ne croyait pas aux calomnies dont «la pauvre chère Émilie» était l'objet. La pauvre chère Émilie l'eût volontiers envoyée à tous les diables.

Pendant ce temps, la tante Ruth, délivrée de sa sciatique, commençait à dresser l'oreille aux cancans dont nul n'avait osé lui souffler mot jusqu'alors. Elle s'aperçut aussi que sa nièce n'avait plus son bel appétit d'antan et qu'elle semblait manquer singulièrement de sommeil. La tante Ruth entra en action.

— Émilie, dis-moi ce qui ne va pas, demanda-t-elle, un samedi midi, alors que la jeune fille, pâle et apathique, les yeux cernés de mauve, mangeait du bout des lèvres.

Les joues d'Émilie s'empourprèrent. Le moment redouté était venu. Il fallait que l'histoire soit contée: elle se serait.

— Je n'ai rien fait de mal, tante Ruth. J'ai seulement fait quelque chose qui a été mal interprété.

La tante Ruth renifla, mais elle écouta le récit d'Émilie jusqu'au bout, sans l'interrompre. Émilie le fit aussi bref que posible. Elle se sentait comme une criminelle dans le box des accusés, avec tante Ruth comme juge, jury et avocat de la couronne en une seule personne. Quand elle eut terminé, elle resta assise, silencieuse, dans l'attente d'un des commentaires coutumiers.

— Et à propos de quoi font-ils tout ce boucan? demanda la tante Ruth.

— Ils pensent... ils disent toutes sortes d'horreurs, fit Émilie, en hésitant. Bien à l'abri à Shrewsbury, les gens qui nous critiquent n'ont pas réalisé l'ampleur de la tempête. Ensuite, tout un chacun a brodé des festons en racontant notre aventure. Quand la rumeur a atteint Shrewsbury, elle prétendait que nous étions soûls tous les quatre.

— Je ne comprendrai jamais, s'exaspéra la tante Ruth, que vous ayez conté votre aventure aux gens d'ici. Pourquoi, Seigneur, ne pas avoir gardé votre langue?

— Ça aurait été *sournois*, susurra Émilie, qu'un démon poussait. (Le chat était sorti du sac; elle se sentait tellement soulagée que, pour un peu, elle en aurait ri.)

— Sournois? Taratata! Ça aurait été du simple bon sens. Cette Ilse n'a aucune discrétion. Je t'ai souvent répété, Émilie, qu'un faux ami est dix fois plus dangereux qu'un ennemi. Enfin, pour l'instant, ce qui m'importe, c'est que tu te laisses mourir à petit feu pour ça. Puisque ta conscience est pure, il n'y a pas de raison. Ces ragots s'éteindront d'eux-mêmes.

— Non, justement. Le directeur Hardy a laissé entendre que je devrais démissionner de la présidence de ma classe.

— Jim Hardy a dit cela? s'exclama la tante Ruth, sur un ton qui traduisait un souverain mépris. Son père a été l'engagé de mon grand-père pendant des lustres. Et Jim Hardy croirait que ma nièce pourrait se mal conduire? Voyons donc!

Émilie se dit qu'elle rêvait. Sa tante prenait parti pour elle?

— Ne t'en fais pas à propos de Jim Hardy, fit celle-ci. Je vais le remettre à sa place. Ça apprendra aux gens d'ici à ne pas parler en mal des Murray.

— Il y a aussi Mme Tolliver qui m'a priée de laisser mon stand à sa cousine, au bazar, dit Émilie. C'est clair qu'elle ne veut plus de moi.

— Polly Tolliver est une parvenue et une sotte, rétorqua la tante Ruth. Depuis qu'elle a épousé son patron, Nat Tolliver, l'église St. John n'a plus jamais été la même. Il y a dix ans, Polly était une va-nu-pieds des quartiers pauvres de Charlottetown à qui nul n'eût ouvert sa porte. Et voilà qu'elle se donne des airs et veut mener la confrérie! Je m'en vais lui river son clou. Tu te rappelles comme elle était reconnaissante, l'autre jour, d'avoir une Murray dans son stand. Pour elle, ça signifiait qu'elle était acceptée dans la société.

La tante Ruth plana jusqu'à l'étage, laissant là une Émilie médusée, et en redescendit, sur un pied de guerre. Elle avait retiré ses frisettes, mis son plus beau chapeau, sa meilleure robe de soie noire et son nouveau manteau de phoque. Ainsi parée, elle fit voile vers la ville et s'arrêta à la résidence des Tolliver, sur la colline. Elle y passa une demi-heure, enfermée avec Mme Nat. Il y avait, d'un côté, la tante Ruth, petite boulotte plutôt mal fagotée, en dépit de ses vêtements neufs. Et de l'autre, Mme Nat, élégante comme une carte de modes avec sa toilette de Paris, son face-à-main et sa mise en plis *Marcelle* — mode qui venait tout juste de gagner Shrewsbury et dont elle était la première à faire étalage.

Nul ne sut jamais ce qui se dit, lors de cette entrevue. Mme Tolliver, quant à elle, n'en révéla jamais rien. Mais, quand la tante Ruth quitta la résidence cossue, Polly, nonobstant sa robe de Paris et sa permanente, pleurait toutes les larmes de son corps dans les coussins de son canapé. La tante Ruth portait, dans son manchon, un mot de Mme Tolliver à «sa chère Émilie», lui disant que sa cousine ne prendrait pas part au bazar et qu'elle serait bien bonne d'assumer la direction du stand, tel qu'elle l'avait promis.

La tante Ruth se rendit ensuite chez le docteur Hardy où elle gagna la bataille tambour battant. La domestique des Hardy rapporta, du dialogue, une phrase qu'elle avait entendue, mais qui se pouvait difficilement croire. Ruth Dutton aurait dit, à l'imposant directeur au nez chaussé de lunettes:

— Je sais que tu es un idiot, Jim Hardy, mais, pour l'amour de Dieu, essaie de prouver aux autres que tu ne l'es pas.

La domestique avait sûrement inventé ça.

— Tu n'auras plus d'ennuis, ma nièce, déclara la tante Ruth, en rentrant à la maison. Polly et Jim n'ont pas fini d'en rabattre. Quand les gens te verront au bazar, ils comprendront d'où souffle le vent et ils orienteront leurs voilures en conséquence. J'aurai un mot ou deux à dire à quelques autres personnes, quand l'occasion s'en présentera. Ce serait du joli que des garçons décents et des filles sages ne puissent échapper à la mort dans la tempête sans qu'on les calomnie. Ne t'en tracasse plus, Émilie. Ta famille t'appuie.

Quand sa tante sortit de la chambre, Émilie gagna son miroir qu'elle inclina à l'angle qui convenait le mieux. Elle sourit à Émilie-dans-la-glace d'un sourire lent, provoquant, aguichant.

«Je me demande bien où j'ai pu mettre mon calepin-Jimmy, pensa-t-elle. Il faut que je peaufine mon esquisse de la tante Ruth.»